Niko Tackian
Dunkle Wut

PIPER

Zu diesem Buch

Commandant Tomar Khan ist bei der Mordkommission für seine unorthodoxen Methoden bekannt. Hartnäckig, unermüdlich und mit dem Instinkt eines Spürhundes verfolgt er die Täter und kämpft für Gerechtigkeit. Doch das droht ihm während der hitzigen Ermittlungen in der Pariser Vorstadt zum Verhängnis zu werden. Denn Tomar muss nicht nur verhindern, dass es weitere Opfer gibt, sondern auch den Inspektor der internen Revision loswerden, der nur darauf wartet, ihm einen Mord nachweisen zu können. Tomar muss aufpassen, dass er nicht noch einmal die Kontrolle verliert. So wie damals, als er selbst einen Menschen tötete …

Niko Tackian, geboren 1973, studierte Jura und Kunstgeschichte. Er arbeitete zunächst als Journalist und Drehbuchautor, bevor er sich ganz dem Schreiben spannender Romane widmete. Mit »Böser Engel« erschien 2018 der erste Thriller der Tomar-Khan-Reihe.

Niko Tackian

DUNKLE WUT

Thriller

Aus dem Französischen
von Anja Mehrmann

PIPER

Mehr über unsere Autoren und Bücher:
www.piper.de

Wenn Ihnen dieser Thriller gefallen hat, schreiben Sie uns unter Nennung des Titels »Dunkle Wut« an *empfehlungen@piper.de*, und wir empfehlen Ihnen gerne vergleichbare Bücher.

Von Niko Tackian liegen im Piper Verlag vor:
Tomar-Khan-Reihe:
Band 1: Böser Engel
Band 2: Dunkle Wut

MIX
Papier aus verantwortungsvollen Quellen
FSC® C083411
FSC www.fsc.org

Deutsche Erstausgabe
ISBN 978-3-492-31466-4
Februar 2020

Titel der französischen Originalausgabe:
»Fantazmë«, Editions Calmann-Lévy, Paris 2018

Redaktion: Friedel Wahren
Umschlaggestaltung: zero-media.net, München
Umschlagabbildung: arcangel/Roy Bishop;
Drunaa/Trevillion Images; FinePic®, München
Satz: Uhl + Massopust, Aalen
Gesetzt aus der Minion
Druck und Bindung: CPI books GmbH, Leck
Printed in the EU

Ich widme diesen Roman meinem Vater,
Arty oder Arthur Tackian,
dessen Gedächtnis langsam entschwindet,
gute und schlechte Erinnerungen mit sich nimmt
und nur Nebel zurücklässt,
ohne Scheinwerfer, ihn zu durchdringen.
Für dich, Papa, trotz allem …

»Menschlichkeit beginnt bei der Liebe
und endet beim Hass.«

Kurdisches Sprichwort

1

Jazzklänge und der heisere Gesang einer Frau verloren sich in der Dunkelheit. Tomar wusste nicht mehr, wo er das Stück schon einmal gehört hatte, aber es hallte in seinem Kopf wider wie eine berauschende Melodie. Reglos saß er da, den Rücken an einen dicken Baumstamm gelehnt. Die strenge Kälte drang durch die Kleidung und breitete sich in seinem Körper aus, machte die Muskeln gefühllos und steif. Noch erkannte er den Ort nicht, an dem er sich aufhielt, aber das spielte keine Rolle. Seine Nächte waren nichts als eine Abfolge von Albträumen. Ein Labyrinth aus Ängsten, in denen sich die Qualen seines Polizistenlebens mit denen seiner schmerzhaften Vergangenheit vermischten.

Langsam stand er auf und wandte sich zur Seite, um die Umgebung zu betrachten. Ringsum erhoben sich Eichen mit kahlen Ästen, die an Wachposten erinnerten. Die Musik war leiser geworden, verdrängt vom Geräusch des Atems, der ihm in warmen weißen Wirbeln aus dem Mund quoll. Tomar stampfte mit den Füßen auf den Boden, der mit trockenem, kältehartem Laub übersät war. Er kannte diesen Wald. Hier hatte er sich um Bob gekümmert. Um den guten alten Bob, den er auf seine eigene radikale Art daran gehindert hatte, weiteren Schaden anzurichten. Er ging geradeaus auf ein Gebüsch zu. Der Stoff seiner Kleidung blieb an dem stacheligen Astwerk hängen, als er sich durch das Pflanzenchaos kämpfte. Wie lange schon hatte er nicht mehr von dem Labyrinth geträumt? Hatte er sich endgültig von den Wänden und dem Boden aus roter Erde befreit, die er seit seiner Pubertät in jeder Nacht durchstreift hatte? Ein Holzsplitter grub sich in die Haut an seinem Hals und schmerzte wie ein elektrischer Schlag. Auf der anderen Seite des Gebüschs stand ein hoher Kirschbaum, dessen weiße Blüten in seltsamem Kontrast zur dämmrigen Atmosphäre dieser Traumwelt standen. In der leichten Brise löste sich eine Blüte und sank sanft wie ein entschwindendes Gespenst auf ihn herab. Er streckte die Arme aus und öffnete die Hände, um sie aufzufangen, aber der Wind blies die Blüte weiter zum Fuß des Baums. Und da entdeckte er das Loch, das jemand zwischen die knorrigen Wurzeln des Kirschbaums gegraben hatte. Es war gut einen Meter breit und mit Blüten und dürrem Laub bedeckt. Tomar bückte sich und tastete mit den Händen in der Grube herum. Was erwartete er? Vielleicht das Holzkästchen zu finden, das er in seinen kindlichen Albträumen immer wieder aufs Neue ausgrub? Endlich streiften seine Finger etwas Hartes. Er betastete es vorsichtig, dann packte er entschlossen zu. Ein Kribbeln überlief seine Hand wie ein eisiger Biss und breitete sich in den Unterarmen aus. Rasch zog er die Hand zurück, und ein Gegenstand kam zum Vorschein. Es war der Schädel eines Menschen, weiß wie die Blütenblätter des Kirschbaums. Tomars Magen verkrampfte sich, Übelkeit zerriss ihm die Eingeweide und zwang ihn, den makabren Fund fallen zu lassen.

Von seinem Blätterteppich aus starrte ihn der Schädel aus leeren Augenhöhlen an.

»Sag deinem Papa guten Tag!«

Die Stimme hinter seinem Rücken war ihm vertraut. Dennoch würde er sich niemals an diese nächtlichen Begegnungen gewöhnen. Tomar drehte sich zu dem verwesten, in Lumpen gehüllten Leichnam um. Bobs Gesicht – oder vielmehr dessen Abwesenheit – verblüffte ihn noch immer. Da sein Unterkiefer verschwunden war, hing ihm die Zunge wie eine schwarze Larve herab und wiegte sich im Takt seiner Bewegungen hin und her. Aus Bobs milchig weißen Augen rannen undurchsichtige Tropfen, die auf den Wangen zu Krusten erstarrten.

»Aber ja! Wer suchet, der findet«, sagte der Leichnam mit trotz seines Zustands unfassbar heiterer Stimme.

Tomar richtete sich wieder auf und betrachtete den Schädel. Er versuchte, sich das Gesicht seines Vaters ins Gedächtnis zu rufen. War er blond gewesen oder brünett? Welche Farbe hatten seine Augen gehabt? Zu diesem Mann, der sein Leben in einen Albtraum verwandelt hatte, fiel ihm nichts mehr ein. Nichts außer dem Gefühl an jenem Tag, an dem er ihm ein Messer in den Bauch gerammt hatte, um allem ein Ende zu machen.

»Na hör mal, du bist heute Abend aber nicht sehr gesprächig«, gab Bob von sich, während er auf ihn zuhumpelte.

»Warum dieser Wald?«, fragte Tomar.

»Oh, Zeit für Veränderungen, Kumpel. Mal was Neues. Die Geschichte mit deinem Labyrinth ist zu Ende. Die Akte ist geschlossen, und wir befassen uns mit was anderem. Wir machen einfach hier weiter, mit erhobenem Haupt und als ob nichts gewesen wäre.«

Beim Sprechen wiegte Bob den Kopf, und seine Zunge

schwang wie ein widerliches Pendel hin und her. Nun stand er dicht vor Tomar und verströmte seinen Aasgeruch.

»Welche Veränderungen?«

Auf einmal spürte Tomar ein jähes Brennen auf Magenhöhe. Bob hatte ihm ein Messer in den Bauch gerammt, dicht über dem Nabel. Zwanzig Zentimeter Stahl zerrissen Fleisch und Muskeln und streiften die Rückwand seines Brustkorbs.

»Solche Veränderungen!«, antwortete Bob vergnügt.

Tomar fiel auf die Knie und drückte die Hände flach auf die Wunde, aus der Ströme dunklen Bluts flossen. Er hob den Blick, konnte aber den Himmel zwischen den dichten Ästen nicht erkennen. Dann löste sich alles ringsum auf.

2

Tomar öffnete die Augen und setzte sich ruckartig im Bett auf. Er war schweißgebadet und zitterte, als er die klamme Nässe auf der Haut spürte.

»Alles in Ordnung?«

Rhonda hatte sich umgedreht und musterte ihn besorgt. Sie schob sich eine Strähne ihres zerzausten Haars aus dem Gesicht und starrte auf Tomars Hände, die er auf den Bauch presste.

»Hast du Bauchweh?«

Der Schmerz des Messerstichs ließ allmählich nach, aber Bobs Gesicht schien sich in seine Netzhaut gebrannt zu haben. »Zeit für Veränderungen, Kumpel.« Zum ersten Mal hatte sein nächtliches Schreckgespenst ihn mit dem Messer angegriffen, und das verhieß nichts Gutes für die Zukunft.

»Nur ein Albtraum«, antwortete er und versuchte, so überzeugend wie möglich zu klingen.

Rhonda seufzte, drehte sich auf dem Bettrand wieder um und griff nach ihrem Handy.

»Fünf Uhr dreißig … lohnt sich nicht, noch mal einzuschlafen.«

»Tut mir leid.«

»Willst du einen Kaffee?«, fragte sie und stieg aus dem Bett, um in die Küche zu gehen.

Tomar betrachtete Rhonda, als sie das Zimmer verließ.

Ihr zum Bob geschnittenes blondes Haar bildete ein zerzaustes Büschel auf ihrem Kopf und erinnerte an einen Punk. Sie schlief immer im Slip und in einem unförmigen langen T-Shirt, sogar dann, wenn sie miteinander geschlafen hatten, doch das tat ihrer Anmut keinen Abbruch. »Nackt schlafen ist was für Kerle«, hatte sie eines Tages zu ihm gesagt. Vor einigen Monaten hatte ihre Beziehung eine neue Wendung genommen. Tomar hatte es endlich geschafft, sich nach seiner Trennung aus der Erstarrung zu lösen und sich Klarheit über seine Gefühle zu verschaffen. Rhonda war von Anfang an für ihn da gewesen. Sie hatte Verständnis gezeigt, als er sich wie ein Vollidiot benommen hatte. Trotz der heiklen Situationen, in die er sich verstrickt hatte, war sie immer auf seiner Seite gewesen. So sehr, dass sie sich selbst in Gefahr gebracht hatte. Die Ermittlungen im vorhergehenden Fall hatten ihm gezeigt, wie wertvoll wohlwollende Menschen in einer Welt waren, in der es von Soziopathen nur so wimmelte. Rhondas Gegenwart schien den Einfluss der dunklen Schatten seiner Vergangenheit zu mindern.

In jeder Hand einen Becher mit dampfendem Kaffee, kam sie wieder ins Schlafzimmer. Mit einem großen Schritt stieg sie über das Fußende des Betts und setzte sich neben ihn. Sie lehnten sich an die Kissen und schlossen die Hände um die heißen Tassen, um sich zu wärmen.

»Diese Albträume … machen dir ganz schön zu schaffen«, sagte sie zögernd.

»Ja. Und außerdem wecke ich dich jedes Mal auf.«

»Ach, das stört mich nicht. Ich glaube, für dich ist es schlimmer.«

Tomar antwortete nicht. Er wusste, woher seine unruhigen Nächte rührten. Aber es war noch zu früh, um es ihr zu sagen, sie war noch nicht so weit.

Rhonda trug bereits das Gewicht seiner schwachsinnigen Aktionen auf den Schultern, er konnte sie nicht auch noch mit seiner Vergangenheit und dem Mord an seinem Vater belasten. Sie liebte Tomar, den Bullen, aber würde sie auch Tomar, den Vatermörder, lieben?

Er trank einen großen Schluck Kaffee. Vom Bett aus sah er in den Hof des Gebäudes im Haussmann'schen Stil, das typisch für diesen Stadtbezirk war. Noch war es dunkel, und vor acht Uhr ließ sich die Sonne nicht blicken. Er fragte sich, ob er sein verfrühtes Erwachen nicht nutzen sollte, um im Boxclub vorbeizuschauen und vor der Arbeit ein bisschen zu schwitzen. Rhonda schob sich hinter ihn und schlang ihm die Arme um den Brustkorb.

»Weißt du, worauf ich Lust habe?«, flüsterte sie ihm ins Ohr.

Mit einer Hand nahm er den Kaffeebecher und stellte ihn neben das Bett, während er die andere zwischen ihre Schenkel schob. Tomar spürte jähes Verlangen in sich aufsteigen, und er drehte sich zu ihr um und küsste sie. Der Boxclub konnte warten.

3

»Alles wird gut.« Die drei beruhigenden Worte standen in roter Neonleuchtschrift auf dem Schild eines Café Tabac am Boulevard de la Villette im 19. Arrondissement von Paris. Hätte Assan Französisch lesen können, hätte er die Ironie dieser Botschaft am Giebel der schäbigen Kneipe, deren Terrasse auf die Trasse der Hochbahn hinausging, zweifellos zu schätzen gewusst. Wenige Monate zuvor hatte sich unter den Bogen der Metro noch eins der größten Flüchtlingscamps der Hauptstadt erstreckt. Inzwischen war der Zugang zu dieser Örtlichkeit durch einen langen stählernen Gitterzaun versperrt. Von den ehemals dreitausend Flüchtlingen waren nur Müll, wertloser Plunder und durchnässte Matratzen geblieben. Assan hatte die Buskolonnen und die Razzien der Spezialeinsatzkräfte der französischen Polizei gesehen, er wusste, dass Paris nicht das Refugium war, zu dem die Schlepper die Stadt verklärten. Darum war er darauf vorbereitet, sein Überleben durch alle möglichen Gelegenheitsjobs sichern zu müssen, angefangen beim Verkauf von geschmuggelten Zigaretten. Er schuftete für einen Algerier, einen Typen mit rundlichem Gesicht, der die Plackerei auf der Straße am eigenen Leib erfahren hatte. Der Typ lieferte ihm die Ware und bekam dafür siebzig Prozent seiner Einnahmen. Das war viel, aber Assan war nicht in der Position, um zu verhandeln. Außerdem mochte er den Job, der es ihm erlaubte, sich in den beheizten Gängen der Metro herumzutreiben. Die Station Stalingrad war sein Schlupfwinkel, hier deckte er sich mit Ware ein und nahm die zweistelligen Eurobeträge seines wöchentlichen Gewinns entgegen. Es war zu wenig für ein Hotelzimmer, aber genug, um in einer Wohnung zu hausen, die illegalen Einwanderern wie ihm zur Untermiete überlassen worden war. Genau wie in seinem Heimatland kannte die Ausbeutung menschlicher Not auch in Frankreich keine Grenzen.

Er hatte gerade das Drehkreuz der Metro passiert, um mit der Rolltreppe zum Bahnsteig der Linie 2 in Richtung Nation zu fahren. Er mochte diese Station, in der die Züge oberirdisch verkehrten. Manchmal presste er die Nase an die Scheibe, um die Zimmerfluchten in den Gebäuden aus weißem Stein zu betrachten. Paris war eine schöne Stadt, obwohl er fand, dass es ihr an Wärme und Lebendigkeit fehlte. Allerdings kannte er auch nur die öden Niederungen und Eingeweide der Metro. Er hätte gern den Eiffelturm oder den Louvre besichtigt, aber solche Orte waren für Menschen wie ihn tabu. Zu viele Polizisten, und bei jeder Kontrolle lief er Gefahr, in einem Lager zu landen oder, schlimmer noch, in sein Herkunftsland verfrachtet zu werden. Darum mied er die Touristengebiete konsequent und beschränkte sich auf die Arbeiterviertel, in denen er mit der anonymen Masse verschmolz. Am Gleis gegenüber fuhr ein Zug durch und hinterließ einen kalten Luftstrom, der ihn aus seiner Erstarrung riss. In diesem Augenblick bemerkte er in einigen Metern Entfernung eine Silhouette, deren Gesicht unter einer Kapuze aus schwarzem Stoff verborgen war. Assan war sofort klar, dass dieser Mann nicht einfach nur ein Passagier war, der geduldig auf den nächsten Zug wartete. In einem anderen Leben, in einem anderen Land war er schon einmal geflohen, um diesem Gefühl von Angst zu entkommen, das ihn nun erneut frösteln ließ. Sein Chef hatte ihn vor Zigarettenhändlern und einigen kleinen Bossen gewarnt, die Anspruch auf das Geschäft im Stalingrad-Viertel erhoben, doch den Mann, der dort stand, umgab etwas anderes. Etwas Kaltes und Entschlossenes wie das Beil eines Henkers. Assan stand sofort von seinem Platz auf und ging in Richtung Ausgang. Hin und wieder warf er einen Blick über die Schulter, um zu überprüfen, ob der Mann ihm folgte. Einige Sekunden lang rührte sich der schwarze Umriss nicht, dann bewegte er sich in seine Richtung. Also beschleunigte Assan seinen Schritt, um die Treppenflucht zu erreichen, die ihn auf den Boulevard führen würde. Von dort aus konnte er sich in ein Café oder Geschäft flüchten, bis die Bedrohung vorüber war. Vielleicht würde er ein paar Euro investieren, um sich ein Handy zu leihen und seinen Chef anzurufen. Mit dessen Hilfe würde er der Situation zweifellos entkommen. Er sprang die letzten Stufen hinauf und beschleunigte weiter, bis er die automatischen Türen erreichte. Rasch sah er sich um, konnte aber niemanden entdecken. Hatte er sich diese feindselige Ausstrahlung, dieses Gespenst mit dem schwarzen Gesicht nur eingebildet? In diesem Augenblick packte ihn eine Hand am Kragen und drückte ihn an einen Stützpfeiler aus Stahlbeton. Er machte Anstalten, sich zu wehren, aber der Mann verpasste ihm einen so heftigen Schlag in den Unterleib, dass Assan sich krümmte.

»Was wollen Sie?«, knurrte er und biss vor Schmerz die Zähne zusammen.

Der Mann stand ganz dicht vor ihm. Unter dem Stoff

konnte Assan die Umrisse des Gesichts erkennen. Bestürzt starrte er ihn einen Moment lang an, dann stieß er einen Schrei der Verwunderung aus. Da packte ihn der Mann bei den Haaren und schlug seinen Kopf brutal gegen den Betonpfeiler.

Wieder und immer wieder.

4

Wie im restlichen Frankreich war auch in Paris die Temperatur unter null gefallen. Die zweite Januarwoche des Jahres 2017 versprach die kälteste seit zehn Jahren zu werden. Wie an jedem Sonntagmorgen stieg Ara die Treppe vor ihrer kleinen Wohnung in der Rue Jacques-Louvel-Tessier hinunter, um auf den Markt entlang der Mauer rings um das alte Hôpital Saint-Louis zu gehen. Der Asphalt der Bürgersteige war mit einer dünnen Eisschicht bedeckt, und vorsichtig setzte sie einen Fuß vor den anderen. Ein junger Mann, eingemummt in einen dicken Parka mit Pelzkragen, warf ihr einen belustigten Blick zu, als sie ihren Einkaufstrolley wie einen seltsamen Rollator vor sich herschob. Ara wirkte wie eine harmlose alte Frau, und das war sie zweifellos auch geworden. Die Zeiten, als sie mit umgehängter Kalaschnikow die unzugänglichen Höhen des iranischen Zagrosgebirges durchstreift hatte, schienen eine Ewigkeit zurückzuliegen. Dennoch erinnerte sich Ara noch an jede Einzelheit dieses Lebens, das sie mit der Waffe in der Hand und dem Herzen voller Treue geführt hatte. Ihre Schwestern im Kampf waren gefallen, um die Freiheit für alle zu erringen. Das Schicksal des kurdischen Volks, so heldenhaft und tragisch wie Homers *Odyssee*, hatte ihr Leben und ihre Seele geprägt. Aber wozu hatte das große Leid geführt? Mittlerweile wurde härter gekämpft denn je. Iran, Irak, Syrien, Türkei, Afghanistan … Der Boden dieser Länder war mit kurdischem Blut und mit dem Blut von Millionen Unschuldiger getränkt, die auf dem Altar der Verrücktheit eines religiösen Fanatikers oder eines Diktators geopfert worden waren, und zwar meistens wegen Öl. Ara aber hatte beschlossen, die Waffen niederzulegen. Sie war kaum dreißig Jahre alt gewesen, von denen sie fünfzehn in der Heimlichkeit und Härte der Befreiungsarmee verbracht hatte, als sie sich entschieden hatte, alles zurückzulassen, wegzugehen und sich ein neues Leben aufzubauen. Abends, am Lagerfeuer, hatte sie ihre Zweifel und Hoffnungen mit ihren Kameradinnen geteilt, und das Wort Frankreich hatte die Menschenrechte symbolisiert, ein Land, das die Armen und Unterdrückten aufnehmen würde.

Freiheit, Gleichheit, Brüderlichkeit, diese drei Worte waren tabu in den meisten Ländern, auf deren Boden sie je die Füße gesetzt hatte. Und darum hatte sie sich auf eine lange Reise begeben, um in dieses Dorado zu gelangen und sich ein Leben fern von ihren Wurzeln aufzubauen.

Mit einem dumpfen Geräusch knallte der Trolley gegen eine Wagentür, die Plastikräder waren auf dem Glatteis weggerutscht. Ara drehte sich zur Seite, um den Einkaufsroller wieder in die richtige Bahn zu lenken, dann setzte sie ihren Weg bis zur Ecke der Rue Bichat fort, wo sie bereits die ersten Marktstände entdeckte. Im Lauf des vergangenen Jahres hatte sich das Viertel ziemlich verändert. Inzwischen war der Bürgersteig, auf den die von Kugeln niedergemähten Opfer der Novemberattentate gestürzt waren, nicht mehr mit Blumengebinden, bunten Kerzen und Kinderzeichnungen übersät. Das *Petit Cambodge* war von Grund auf erneuert worden, und das *Carillon* empfing seine Stammkunden bereits wieder in aller Frühe.

Das Gefühl, in einem Mausoleum zu wohnen, hatte sich allmählich gelegt, nachdem die Touristen diesen friedlichen Ort im 10. Arrondissement endlich wieder verlassen hatten, die »Terroristentour«, wie sie den Bezirk nannten. Von der Schreckensnacht des 13. Novembers war nur noch eine Gedenktafel an der Außenmauer des Krankenhauses geblieben. Ara erinnerte sich sehr genau an den Moment, in dem sie die ersten Schüsse gehört hatte. »Man hätte meinen können, jemand wirft Chinakracher«, sagten später viele Marktbesucher, die den Angriff überlebt hatten. Chinakracher, genau das hatte auch Ara gedacht, als man ihr – sie war noch ein Kind gewesen – zum ersten Mal ein Sturmgewehr in die Hand gedrückt hatte.

Sie überquerte die für den Verkehr gesperrte Straße, um zu den wenigen Ständen zu gelangen, die sie interessierten. Zuerst zum Gemüsehändler, einem jungen Kerl vom Land mit derbem Gesicht und heiserer Stimme. Er brachte es fertig, ihr stundenlang vom Geschmack einer saftigen Mandarine vorzuschwärmen. Eines Tages hatte sie ihn zu einer jungen Frau sagen hören, er hasse alte Leute. »Allein schon, dass sie sich nie in die Schlange stellen. Und dann kramen sie stundenlang in ihren Taschen herum, bis sie endlich die Kohle finden, und manche meckern auch noch über die Preise.« Bei fünfzehn Euro für ein Kilo Tomaten war das durchaus nachvollziehbar. »Ja, sie sind teuer, aber sie sind auch gut.« Ara liebte es, den Kerl schimpfen zu hören. Es erinnerte sie an ihre Kindheit und an das lebhafte Markttreiben in Istanbul. Manchmal gab sie vor, taub zu sein, damit er gezwungen war, sich zu wiederholen. Ein Stück weiter die Straße entlang gab es einen Käsestand. Die alten Frauen des Viertels sagten, man solle die Verkäuferin besser nicht bitten, den Käse in Scheiben zu schneiden, sondern sich mit Ware am Stück begnügen. Niemand hatte je herausgefunden, ob die Klinge ihres Messers krumm war oder ob sie die Waage frisiert hatte, jedenfalls kostete bereits ein kleines Stück Käse eine Stange Geld. Daher befolgte Ara die Ratschläge der Alten und kaufte nur ein gutes Pfund von dem Feta, den sie gern unter ihr Gemüse mischte. Mit finsterem Blick nahm die Verkäuferin ihren Zwanzigeuroschein entgegen und gab ihr das Wechselgeld heraus. »Voilà, Madame Khan, gehen Sie schnell nach Hause, sonst gefriert der Käse noch und Sie gleich mit«, scherzte sie. Ara nickte und erinnerte sich, wie sie einmal in dreitausend Metern Höhe hatte kampieren müssen. Sie wusste genau, was das Wort »gefrieren« bedeutete, denn damals hätte sie beinahe ihre Finger verloren.

Während sie zum letzten Verkaufsstand ging, zu einem hübschen Metzgergesellen mit rosigen Wangen und blutbefleckter Schürze – ihrem Liebling –, erhob sich auf der Straße heftiges Geschrei. Ein Mann in schwarzem Trainingsanzug und dickem Militärparka ging auf eine Frau los und beschimpfte sie wortreich. Ara ließ ihren Trolley stehen und näherte sich den beiden, während Schaulustige die Szene beobachteten, ohne einzugreifen.

»Was hast du hier zu suchen, du blöde Kuh? Verpiss dich!«, brüllte der Typ und baute sich drohend vor ihr auf.

Die Frau war ungefähr dreißig. Das dunkle Haar hatte sie sich unter einem bunten Schleier zusammengebunden. Sie trug ein langes Kleid, knöchelhohe Turnschuhe, die zu groß für sie waren, und eine schlecht sitzende schwarze Lederjacke. Ihr Teint war dunkel, und sie sprach Arabisch.

Ara war nur noch wenige Meter von dem Mann entfernt, der die Frau offenbar nicht in Ruhe lassen wollte.

»Was hat sie Ihnen getan?«, fragte sie mit ruhiger Stimme.

Der Mann drehte sich um und musterte das zierliche Persönchen mit den weißen Haaren und den hypnotisch grünen Augen.

»Das geht dich nichts an, Alte.«

Der Bursche hätte sich vermutlich gut mit dem Gemüsehändler an der Ecke verstanden.

»Das glaube ich aber doch. Warum belästigen Sie die Frau auf diese Weise?«

Die Frau nutzte Aras Eingreifen, um sich neben sie zu flüchten und auf Arabisch auf sie einzureden. Eine Sprache, die Ara perfekt beherrschte, denn es war die Sprache ihrer Eltern und der großen Mehrheit des kurdischen Volks. Sie begriff, dass die Frau weder wusste, was der Mann von ihr wollte, noch, warum er sie angriff.

»Sie hat mich angerempelt, weil sie mir mein Handy klauen wollte, diese Nutte!«, stieß er hervor.

Ara blickte die Frau an und fragte sie, ob das stimme. Ihre ängstliche, flehende Miene genügte, um sie vom Gegenteil zu überzeugen.

»Sie haben es sicher verloren, junger Mann … oder in eine andere Tasche gesteckt.«

»Du hältst mich wohl für dämlich, Alte.«

Ara packte ihn am Handgelenk und sah ihm unverwandt in die Augen.

»Sehen Sie nach, bevor Sie sie beschuldigen!«

Darauf folgte ein längeres Schweigen, während der Mann offensichtlich überlegte, was er als Nächstes tun sollte.

Lag es an der Entschlossenheit in Aras Blick oder an der überraschenden Festigkeit ihres Griffs? Jedenfalls durchsuchte er mit der freien Hand seine Taschen, danach öffnete er den Parka und kontrollierte auch die Innentaschen. Als er sein Handy schließlich fand, wirkte er verblüfft.

»Ja, ich habe es«, sagte er wie ein fünfjähriger Junge, der auf frischer Tat ertappt wird.

»Ich denke, Sie sollten sich bei ihr entschuldigen«, bemerkte Ara.

»Träum weiter!«

Ara verstärkte den Griff um das Handgelenk und spürte, wie sich ihre Nägel in das Fleisch des Mannes gruben. Er schien nachgeben zu wollen, denn diese Oma, die offensichtlich Streit suchte, versetzte ihn fast in Panik. Plötzlich fiel seine Anspannung in sich zusammen, und er murmelte leise »Pardon«. Dann machte er kehrt und verlor sich rasch in der Menge.

Die Entschuldigung war zwar dürftig, aber Ara begnügte sich damit.

5

Die Rue Caillié mündete in der Nähe der Hochbahn auf den Boulevard de la Chapelle. Es war eine schmale Straße, ungefähr hundert Meter lang und gesäumt von Gebäuden uneinheitlicher Bauweise. Die Stadtverwaltung hatte den großartigen Einfall gehabt, auf ganzer Länge Pfosten aufzustellen, damit in dieser Straße keine Autos parken konnten. Tomar stellte seine Triumph einfach auf dem Mittelstreifen des angrenzenden Boulevards ab, bevor er sich in das Haus Nr. 8 begab, in dem sich die übrigen Mitglieder seines Teams befanden. Er kam an einem winzigen Friseursalon mit einem geschlossenen Rollgitter voller Graffiti vorbei und blieb gegenüber einem vierstöckigen Haus aus weißem Stein stehen. Davor stand, eine Kippe im Mund, Dino und wartete auf ihn. Über seiner abgewetzten Lederjacke trug er eine Cabanjacke aus Wolle, sodass er aussah, als hätte er sich in eine Wurstpelle gezwängt – wie üblich.

»Alles klar, Chef?«, fragte er und blies sich in die Hände.

Tomar mochte diesen Typen wahnsinnig gern. Nun gut, Dino fühlte sich hinter seinem Computer wohler als beim Außeneinsatz, aber wenn es darum ging, die Daten einer Ermittlung zusammenzufassen und folgerichtige Schlüsse daraus zu ziehen, war er einfach unübertrefflich.

Nachdem Tomar ihn eingestellt hatte, tat Dino sich sofort hervor, denn er entwirrte eine komplizierte Betrugssache, indem er Hunderte Stunden von Telefonaufzeichnungen auswertete. Mercure, die Software zur Datenanalyse, beherrschte er aus dem Effeff. Daher stammte auch sein Spitzname Der Alchimist, den er sich selbst gegeben hatte. Tomar begrüßte seinen Kollegen und stieß die rot lackierte Eisentür auf, die den Zugang zum Haus versperrte.

»Das hier ist gar nicht hübsch, mein Lieber«, hörte Tomar gerade noch, als er sich in den engen Flur schob, der in ein düsteres Treppenhaus überging.

Nach einer langen Reihe von Briefkästen und einer mit einem Keil blockierten Tür, die sonst mittels Summer hätte geöffnet werden müssen, verschwand Tomar im Innern des Hauses. Zwischen fleckigen, zerfressenen Wänden stieg er die Betonstufen hinab und betrat den gestampften Boden eines Kellers, der anscheinend seit hundert Jahren nicht mehr instand gehalten wurde. Lange Flure mit Wänden aus rotem Ziegelstein waren von stark beschädigten Türen durchbrochen. Verstaubte Gegenstände aller Art lagen auf dem Boden. Tomar musste den Kopf einziehen, um nicht von rostigen Eisenhaken skalpiert zu werden, die ein Netz aus Leitungen unterhalb der Decke hielten. Die Kollegen von der Kriminaltechnik hatten Taschenlampen entlang des Wegs deponiert, der geradewegs zum Tatort führte. Dem Zustand des Kellers nach zu urteilen wurde er häufig von Fremden besucht, und die meisten Hausbewohner vermieden es offenbar, ihre Habseligkeiten darin zu lagern. Solche Örtlichkeiten wurden häufig zu einem Niemandsland, geeignet für illegale Geschäfte jeder Art, besonders in dieser Gegend des 18. Arrondissements, in der das Elend der ganzen Welt aufeinandertraf. Tomar legte die letzten Meter bis zum Eingang eines Kellerverschlags zurück, dessen Holztür auf dem nackten Boden lag. Das Licht der Strahler, die in allen vier Ecken des Raums angebracht waren, bildete gelbe Kreise, in denen Staubpartikel schwebten, die von den Füßen der Techniker aufgewirbelt worden waren. Die Polizisten, die die Leiche eines Mannes betrachteten, waren von dichten Staubschwaden umgeben wie von einem Glorienschein. Das Opfer saß auf einem Stuhl. Es war ungefähr vierzig, hatte kurz geschnittenes braunes Haar, und Tomar musste dicht an den Mann herantreten, um seine Gesichtszüge zu erkennen. Jemand hatte sich große Mühe gegeben, um sie verschwinden zu lassen.

Der zahnlose Kiefer hing ihm vor dem Hals, und darüber prangte ein riesiger Bluterguss an der Stelle, an der zuvor die Nase gewesen sein musste. Aus den zu weißen Wülsten geschwollenen Lidern rann zähflüssiges Blut und bedeckte Wangen und Schultern. Er war nackt, an Fesseln und Handgelenken an den Stuhl gebunden. Auch seinem Körper war nichts erspart geblieben, und Tomar glaubte, die Spuren zahlreicher Verbrennungen zu erkennen. Einige waren eher klein, andere jedoch großflächig. Es blitzte, als ein Techniker ein Foto machte, und Tomar richtete sich wieder auf, um die Umgebung in Augenschein zu nehmen. In einer Ecke lag ein Stapel Klamotten. Rhonda durchsuchte gerade die Taschen einer alten Jeans, während Francky, wie immer mit dem Notizbuch in der Hand, den Grundriss des Raums zeichnete und auch den Standort der Folterbänke markierte. Der Geruch des Bluts in Verbindung mit der schmuddeligen Nässe des Kellers schnürte Tomar die Kehle zu. Obwohl er schon so lange Polizist war, konnte er sich daran noch immer nicht gewöhnen.

»Ich glaube, ich habe was gefunden«, sagte Rhonda leise, während sie vorsichtig ein Blatt Papier auseinanderfaltete, das in einem Umschlag aus transparentem Plastik gesteckt hatte. »Assan Barazi … hier ist ein Foto von ihm«, sagte sie und hielt Tomar das Blatt hin. »Sieht aus wie ein Asylantrag.«

»Also ein Immigrant«, sagte Francky, ohne von seinem Notizbuch aufzublicken.

Tomar nahm das Formular in die Hand und betrachtete das Gesicht des Mannes, wie es ausgesehen hatte, bevor es zu Brei geschlagen worden war. Die schwarzen Augen, die erschöpfte Miene. Er war aus seinem Land geflohen, um in diesem Keller wie ein Hund zu verrecken.

»Jedenfalls hat der Mörder sich verdammt viel Mühe gegeben«, bemerkte Francky. »Er ist offensichtlich lange gefoltert worden. Müssen wir mit dem Rechtsmediziner besprechen.«

»Wer hat die Leiche gefunden?«, fragte Tomar.

»Eine Mieterin aus dem Erdgeschoss. Sie hat mitten in der Nacht Schreie gehört, sich aber nicht getraut, uns anzurufen. Erst als sie heute Morgen die offene Kellertür sah, hat sie sich gemeldet«, antwortete Rhonda.

»In diesen Keller kommt jeder rein, das Schloss ist reiner Fake, da reicht ein Stoß mit der Schulter«, fügte Francky hinzu und schob das Notizbuch in seine schwarze Lederjacke. »Wir sind schon seit einer Stunde dabei, die Spuren zu sichern. Der Typ, der hierfür verantwortlich ist, hat überall Spuren hinterlassen. Also war es ihm scheißegal. Jede Wette, dass wir den nicht in der Kartei haben.«

»Eine Abrechnung unter Immigranten.«

»Bingo. Kein Name, keine Fingerabdrücke, keine Spuren. Das heißt, unsere Ermittlungen sind für'n Arsch. Den Kerl finden wir nie.«

Tomar betrachtete Franckys ausgemergeltes Gesicht. Er war der Verwaltungsfachmann des Teams, der König der Details, dafür zuständig, auch das kleinste Indiz aufzuschreiben, und er irrte sich nur selten.

Dann wandte sich Tomar wieder dem Passbild von Assan zu. Francky hatte recht – die Spuren würden nichts ergeben, und niemand würde den Mann als vermisst melden und damit die Ermittlungen wieder ins Rollen bringen. Dieser Fall würde unabgeschlossen bei den Akten liegen, bis neue Hinweise auftauchten, und so etwas konnte Jahre dauern. Mit einem bitteren Geschmack ganz hinten auf der Zunge verließ Tomar den Kellerverschlag.

Leb wohl, Assan, Friede deiner Seele, dachte er und steuerte auf das Treppenhaus zu, um sich nach draußen in die Kälte zu begeben.

6

Quai des Orfèvres 36. Während er die alte Treppe hinaufstieg, die von den Schritten vieler Krimineller und erbitterter Flics abgenutzt war, überfiel Tomar eine seltsam melancholische Stimmung. In einigen Monaten würde er die sagenumwobenen Räumlichkeiten der Brigade verlassen, um ins Quartier des Batignolles zu ziehen, an seine neue Adresse in der Rue du Bastion. Ivan Dorval, regionaler Leiter der Kriminalpolizei und derzeit Chef der Pariser Mordkommission, verbrachte seine Tage damit, den Aufbruch der ersten Abteilungen in Richtung Bastion vorzubereiten. Dem Flurfunk zufolge würden die Drogenfahndung und die Mordkommission als Letzte umziehen, spätestens im September 2017. Nur die Such- und Eingreifbrigade und die Vierundzwanzig-Stunden-Bereitschaft sollten nach wie vor im Zentrum von Paris verbleiben. Das Modell des neuen Standorts in Batignolles hing seit einer gefühlten Ewigkeit im Büro des Chefs. Er ließ keine Gelegenheit aus, auf die Vorzüge der neuen Räumlichkeiten hinzuweisen, die den Erfordernissen der modernen Polizei besser gerecht werden und sämtliche Abteilungen der Kripo an einem Ort vereinen würden. Es handelte sich eindeutig um das Ende einer Epoche.

Als er auf dem Treppenabsatz der vierten Etage ankam, deren vergilbte Wände die Reihe bizarrer, winzig kleiner Büros nicht gerade aufwerteten, konnte Tomar den Gedanken nicht unterdrücken, dass sein Chef zweifellos recht hatte. Das Haus war alt und seine Mauern geschichtsträchtig, aber es verfügte nicht einmal über ein Sitzungszimmer, das sich alle Gruppen teilen konnten. Das Büro der Gruppe drei befand sich am Ende eines Gangs. Irgendein Witzbold hatte mit Tesafilm einen Zettel an die Tür geklebt: »Ich bin auf der Suche nach der Wahrheit, nicht nach Ruhm«, geschrieben mit schwarzem Filzstift, die Art von desillusionierenden Zitaten, auf die Francky so versessen war. Die Arbeit in der Nummer 36 war anspruchsvoll. Die meisten Ermittler opferten ihr Privatleben, ihre Freunde, ihre Familie. Der Job drängte alles andere in den Hintergrund und beschränkte sich nicht auf die gesetzlich festgelegte Regelarbeitszeit. Man nahm seine Zweifel, Hoffnungen und Leiden immer mit, egal, wo man gerade war. Niemand wusste das besser als Tomar. Alle Polizisten der 36 waren zu diesem Opfer bereit, um den Beruf auszuüben, der ihnen zu einer verzehrenden Leidenschaft geworden war. Aber auch die Leidenschaft verhinderte nicht, dass man ab und zu mal durchhing, was sich bei jedem auf andere Weise zeigte. Tomar betrat das Zimmer, das seiner Truppe als Zufluchtsort diente, und fühlte sich sofort wie zu Hause. Zwei Dachfenster gingen auf den mit dem Gerichtsgebäude verbundenen kleinen Hof hinaus. Einige altmodische Schreibtische aus dunklem Holz fanden auf den fünfzehn Quadratmetern mehr schlecht als recht Platz. Die seltsame Dekoration hatte sich im Lauf der Jahre und vieler Ermittlungen angesammelt. Es gab ein Plakat des Films *36 tödliche Rivalen* von Olivier Marchal, emaillierte Werbeschilder, eine große Pinnwand aus Kork mit angehefteten Phantombildern und einen kaputten Schrank, den Tomar noch nie offen gesehen hatte. Ein paar recycelte Lampen warfen Licht, das ebenso gelb war wie die Tapete, auf die Wände. Fügte man noch den Geruch nach kalter Asche und das Klappern abgenutzter Computertastaturen hinzu, ergab das die berühmte Atmosphäre der Nummer 36, von der sich kein Polizist je trennen wollte.

Francky saß an einem Schreibtisch, auf dem ein Aktenberg vor ihm aufragte. Er hatte die Aufgabe, jede Tatsache zu notieren, jeden Befund und den gesamten Verlauf einer Ermittlung zu protokollieren. Die gesamte Belegschaft der Nummer 36 konnte sich mithilfe seiner Arbeit über die Fälle, die Tomars Gruppe bearbeitete, auf dem Laufenden halten. Nicht selten zogen sich Ermittlungen monatelang, manchmal sogar jahrelang hin, und Hunderte sorgfältig beschriebener Blätter fassten die Früchte der harten Arbeit Dutzender erfahrener Ermittler zusammen, die unzählige schlaflose Nächte verbracht hatten. Irgendwo in dieser Datenmenge verbarg sich die Wahrheit über das tragische Schicksal eines Menschen, und Francky hatte nicht die Absicht, irgendetwas zu verpfuschen. Dieser Polizist mit dem langen, schmalen Gesicht, den nikotingelben Zähnen und dem ergrauenden Haar glich einem alten Rocksänger – und es war unwahrscheinlich, dass Dick Rivers seine Lederjacke jemals gegen ein tailliertes weißes Hemd und eine feine schwarze Krawatte tauschen würde.

»Schon wieder so eine unendliche Geschichte«, sagte er und warf Tomar einen finsteren Blick zu. »Wir haben jede Menge Zeug im Keller gefunden, Fußspuren und DNA, aber nichts davon bringt uns weiter … genau wie vorhergesehen.«

»Und das Opfer?«, fragte Tomar, schon auf dem Weg zu seinem Schreibtisch unter der Pinnwand.

»Assan Barazi. Über den haben wir nur die Informationen auf seinem Antrag auf politisches Asyl, den er im Oktober 2016 bei der Polizeipräfektur gestellt hat.« Francky warf einen Blick in sein Notizbuch, bevor er weitersprach. »Er soll im Januar 1961 in Aleppo geboren sein und als Schuhmacher gearbeitet haben, so weit die Kurzversion. Nichts davon lässt sich überprüfen, wir müssen einfach glauben, was hier steht.«

»Und die Autopsie?«

»Steht noch aus. Bouvier ist spät dran, er hat offensichtlich Wichtigeres zu tun.«

Tomar wusste, was Francky meinte. Seit den Attentaten im November 2015 und der Ausrufung des Notstands wurden die meisten Ressourcen der Kriminalpolizei zur Bekämpfung des Terrorismus eingesetzt, weil die Politik diese Aufgabe zur höchsten Priorität erklärt hatte. Die Gruppe Khan gehörte zu den wenigen, die sich nach wie vor ausschließlich um gewöhnliche Straftaten kümmerten. Der gesamte Polizeiapparat konzentrierte sich auf die Jagd nach und die Überwachung von Verdächtigen, die von der Antiterroreinheit SAT karteimäßig erfasst worden waren. Und die waren Legion.

»Und die Hausbewohner?«

Tomar wandte sich zu Dino um, der sich in ein zwei Nummern zu kleines hellblaues T-Shirt gezwängt hatte und seinen Darth-Vader-Becher mit dampfendem Kaffee in der Hand hielt.

»Ich habe alle Etagen überprüft. Nichts. Nach Aussage der Mieter wird die Kellertür nie abgeschlossen, und sie haben sich schon mehrfach darüber beim Verwalter beschwert. Keine Überwachungskamera zur Straße hin, keine Meldung über verdächtige Beobachtungen bei der Kripo im 18. Arrondissement. Nichts.«

»Und die Frau, die uns angerufen hat?«

»Victoire Lemercier, neunzehn Jahre alt, Schauspielschülerin, wohnt seit zehn Monaten in dem Haus. Eine Unschuld vom Land.«

»Nun, das heißt, wir haben wirklich gar nichts«, schloss Tomar und ließ sich in seinen abgewetzten Ledersessel sinken.

»Ich hab dir doch gesagt, dass diese Ermittlung für'n Arsch ist«, stellte Francky mürrisch fest.

Ein dumpfes Geräusch war zu hören, die Bürotür öffnete sich, und ein Mann von etwa vierzig Jahren kam herein.

»Die Gruppe Tomar Khan, ist das hier?«, fragte der Unbekannte, an Dino gewandt.

Er war groß, hatte schmale Schultern und breite Hüften. Er trug ein blassblaues Hemd, vor dem eine für seinen langen Oberkörper zu kurze rote Krawatte hing. Seine Gesichtszüge waren grob, er zeigte deutliche Ansätze einer Glatze und hatte mandelförmige sumpfgrüne Augen. Schlangenaugen, dachte Tomar, während er das Wort ergriff. »Ja, da sind Sie hier richtig. Ich bin Commandant Khan.«

Der Mann machte einen Schritt vorwärts und streckte eine Hand aus, die so kalt und feucht war, dass sich Tomar sofort unwohl fühlte.

»Lieutenant Belko von der Innenrevision.«

Die Innenrevision. Was will der hier? Vor Tomars geistigem Auge blitzte ein Bild auf – das entstellte Gesicht aus seinem Albtraum, der ihm eine Veränderung angekündigt hatte. War der Typ wegen Bobs Tod hier? Seit einem Jahr kamen die Ermittler der Gruppe Alvarez kaum von der Stelle. Niemandem war es gelungen, den Fall bis zu Tomar zurückzuverfolgen … bislang jedenfalls nicht.

»Rhonda Lamarck, finde ich die bei Ihnen?«

»Sie ist meine Stellvertreterin«, antwortete Tomar und starrte Belko noch immer an.

»Können Sie sie zu mir schicken, wenn sie hier eintrifft?«

»Warum?«, fragte Tomar kurz angebunden.

»Vorläufig nichts Offizielles. Sagen wir … ich habe Lust, sie kennenzulernen«, sagte die Schlange mit einem Lächeln, bei dem Tomar das Blut in den Adern gefror. »In diesem Sinn wünsche ich Ihnen weiterhin viel Erfolg, Messieurs.«

Tomar sah Belko auf dem Absatz kehrtmachen und das Büro verlassen und dachte, dass er sich vor diesem Mann in Acht nehmen musste.

7

Wenige Schritte von der Seine und dem Brunnen Saint-Michel entfernt befand sich eine kleine Sackgasse namens Rue de l'Hirondelle. Auf diesem schmalen Weg, geschützt vor den Touristenmassen im Quartier Latin, musste man etwa zehn Meter weit gehen, bis man vor dem dunkelroten Schaufenster des winzigen italienischen Restaurants *L'Osteria* stand, vor dem sich ein paar Tische auf dem Gehweg drängten.

Das große Bruchsteinhaus mit den frei liegenden Balken stand dort seit Jahrhunderten – wie zahlreiche andere Gebäude des historischen Viertels der Hauptstadt. Neben dem Fenster wurde auf Schiefertafeln auf regionale Spezialitäten und die dazu passenden Weine hingewiesen. Die meisten Ermittler der Mordkommission besuchten das Lokal gewohnheitsmäßig, um bis spät in die Nacht hinein den Abschluss einer Ermittlung zu feiern. Livio, der Wirt, ein ruhiger Kalabrier mit zerfurchtem Gesicht, kümmerte sich aufmerksam um seine Gäste aus der Nummer 36, und oft verließen sie das Restaurant erst nach einem oder zwei Gläsern Grappa aufs Haus. Tomar hatte sich für einen Tisch hinten im Lokal entschieden, unter dem kleinen Mezzanin mit Stahlgeländer, wo einige zusätzliche Tische standen. Er betrachtete die rosafarben verputzten und mit mediterranen Landschaften dekorierten Wände – ein Olivenbaum mit knotigem Stamm, eine Villa am Meer, lange

Reihen von Weinstöcken unter strahlend blauem Himmel. Seit wann hatte er eigentlich keinen Urlaub mehr genommen? Fast vier Jahre war es her, dass er sich von seiner Ex-Frau getrennt hatte, und seitdem lebte er allein und widmete sich ausschließlich seiner Arbeit. Seine Beziehung zu Rhonda war ihm anfangs wie ein Pflaster für seine verwundeten Gefühle vorgekommen, bis er erkannte, dass sie ihm tatsächlich etwas bedeutete. Es war zweifellos an der Zeit, sein Gefühlsleben in Ordnung zu bringen. Warum taten sie das eigentlich nicht zu zweit an einem sonnigen Strand?

»Hast du schon bestellt?«, fragte Rhonda und nahm ihm gegenüber Platz.

Sie trug hautenge Jeans, Turnschuhe, einen eng anliegenden Pullover und eine elegante schwarze Jacke, deren Ärmel sie hochgekrempelt hatte. Der blonde Bob reichte ihr bis zum Kinn, und ihr fein geschnittenes Gesicht war nun über die Speisekarte gebeugt, die sie konzentriert betrachtete. Tomar lächelte innerlich, als er die zierliche Frau beobachtete, die in der Lage war, dem abgebrühtesten Verbrecher ein Geständnis zu entlocken. Am liebsten hätte er sie bis ans Ende der Welt entführt. Dann radierte Belkos dreckige Visage mit den Schlangenaugen und dem Lächeln eines Raubtiers die paradiesischen Landschaften aus seinem Geist, und er spürte, wie ihm ein Schmerz zwischen die Schulterblätter fuhr.

»Ich nehme Penne mit Trüffeln«, sagte Rhonda bedächtig und hob den Kopf.

»Man muss sich was gönnen, Penelope!«

Der Witz war misslungen, dessen war sich Tomar bewusst, aber die kleine Anspielung auf die Frau des Präsidentschaftskandidaten Fillon, die derzeit viel von sich reden machte, hatte er sich nicht verkneifen können.

»Klar, schließlich bekommen wir ja Ministergehälter, nicht wahr?«, antwortete Rhonda lächelnd, vermutlich, um ihm trotz des flachen Witzes eine Freude zu machen.

Livio nahm ihre Bestellung auf und bestand darauf, ihnen einen Aperitif auszugeben, bevor er in die Küche zurückkehrte und sie die Erdnüsse aus dem Schälchen auf dem Tisch knabbern ließ.

»Also, ich nehme an, du weißt es bereits«, setzte Tomar an.

»Ja … Was ist das für einer, dieser Typ von der Innenrevision?«, fragte Rhonda.

»Belko. Ein echtes Arschloch nach allem, was man so hört.«

Darauf folgte betretenes Schweigen, und Tomar ergriff Rhondas Hand.

»Er hat nichts gegen dich in der Hand, sonst hättest du schon eine offizielle Vorladung bekommen«, sagte er.

»Ich weiß, aber warum will er mich sprechen? Was meinst du?«

»Keine Ahnung … lass es einfach auf dich zukommen«, sagte er mit beruhigender Stimme.

Rhonda entzog ihm ihre Hand und lehnte sich auf dem Stuhl zurück. Eine blonde Strähne fiel ihr in die Augen, und sie schob sie sich genervt aus dem Gesicht.

»Das muss etwas mit dem Messer zu tun haben. Eine andere Erklärung gibt es nicht.«

Tomar beugte sich vor, und sie spürte die Anspannung, die sein Körper ausstrahlte. Rhonda hatte ein Beweisstück verschwinden lassen, um ihn zu decken. Sie war bereit gewesen, sich selbst in Gefahr zu bringen, um zu vermeiden, dass Tomar in der Akte von Robert Müller auftauchte, einem rückfälligen Vergewaltiger, den er für tot gehalten und im Wald von Montmorency zurückgelassen hatte. Auf den ersten Blick schien man ihr unmöglich nachweisen zu können, dass sie es gewesen war, dennoch hatte sie hoch gepokert. Eine Verurteilung wegen Beihilfe zum Mord, wenn auch unfreiwillig, würde sie ihre Karriere kosten.

»Wenn die Sache zu heiß wird, zeige ich mich selbst an«, sagte Tomar ohne zu zögern.

Zwischen ihren Augen bildete sich eine Falte, als sie sich nun zu ihm vorbeugte.

»Du spinnst wohl! Dieser Idiot macht dir dein Leben nicht kaputt.«

»Warten wir ab, was er dir zu sagen hat … Wenn auch nur die geringste Gefahr besteht …«

Rhonda ließ ihm keine Zeit, den Satz zu beenden.

»Spinn hier nicht rum!«, sagte sie laut.

Zwei Touristen, die in einer Ecke des Restaurants saßen, beobachteten sie heimlich, überzeugt, ein streitendes Paar zu belauschen.

»Was auch passiert, du hältst den Mund. Zusammen werden wir mit diesem Belko schon fertig.«

Bei diesen Worten hielt sie seine Hand fest umklammert, und Tomar fragte sich, woher sie so viel Kraft nahm. Livio unterbrach sie, als er zwei dampfende Teller vor ihnen abstellte und ihnen aus einem Krug Rotwein eingoss.

Rhonda hob ihr Glas, um Tomar zuzuprosten, und bis zum Ende der Mahlzeit redeten sie über andere Dinge. Dennoch wusste Tomar, dass die Sache längst nicht ausgestanden war.

8

Tomar spürte, wie der Kaffee ihm die Lippen verbrannte, als er sich in dem Zimmer umsah. Seit seiner Kindheit hatte sich hier nichts geändert. Mit den Eichenmöbeln, die im Lauf der Zeit Patina angesetzt hatten, den Orientteppichen, die jedes Stückchen Parkett bedeckten, und den winzigen Fotos längst erwachsen gewordener pausbäckiger Kinder in großen vergoldeten Rahmen sah die Wohnung seiner Mutter aus wie eh und je. In einer Ecke teilte ein mit dicken Wollfäden bestickter Paravent einen Bereich ab, in dem ein niedriger marokkanischer Tisch das Gewicht einer antiken Wasserpfeife trug. Es gab Kupferstiche von Türmen, deren spitze Kuppeln aus einem Märchen aus *Tausendundeiner Nacht* zu stammen schienen, einige schöne Bildbände über Afghanistan und Iran und zwei große Sofas mit flauschigen Decken. Schwere, halb zugezogene Vorhänge vor dem einzigen Fenster ließen ein Bündel weißer Lichtstrahlen herein, die einer Kirche würdig gewesen wären. Es war ein Ort der Andacht, der Lust machte, sich mit leiser Stimme zu unterhalten, eine Zuflucht, die seine Mutter errichtet hatte, um die Sicherheit ihrer Kinder zu gewährleisten und ihnen den Frieden zu schenken, der ihnen so sehr gefehlt hatte.

Ara hatte ihren Sohn ein paar Stunden zuvor angerufen. Am Klang ihrer Stimme hatte er gemerkt, dass etwas Ungewöhnliches vorgefallen sein musste, aber damit, was er nun sah, hatte er nicht im Geringsten gerechnet. Am Ende des Flurs lag ein wenige Quadratmeter großes Kinderzimmer, der Rückzugsort, an dem sich Tomar und Goran, sein kleiner Bruder, nach zahlreichen Umzügen endlich niedergelassen hatten. Zwar waren sie schon vor langer Zeit ausgezogen, aber das Zimmer befand sich noch im selben Zustand wie damals, als wäre es ein Heiligtum. Tomar trank einen Schluck Kaffee und stellte die Porzellantasse auf einer Ecke des Tischs ab, bevor er auf den Flur hinaustrat. Von dort aus sah er die Tür, vor der seine Mutter mit zwei dunkelhaarigen Kindern stand, die ihn ängstlich musterten. Ara streichelte ihnen den Kopf und murmelte einige Worte auf Arabisch, vermutlich, um sie zu beruhigen. Einige Sekunden später schickte sie die beiden zum Spielen hinaus, drehte sich um und kam auf Tomar zu.

»Sie heißen Hala und Ziad«, sagte sie mit strahlendem Lächeln. »Ich glaube, Hala ist ungefähr zehn Jahre alt, ihr Bruder noch nicht mal sechs.«

»Und woher kommen diese Kinder?«

Es klang ein bisschen grob, aber die Frage brannte Tomar auf der Zunge, seit er die Wohnung betreten hatte, und Ara hatte sich noch nicht dazu herabgelassen, ihm zu erklären, warum sie zwei Kinder in sein Zimmer einquartiert hatte.

»Ihre Mutter ist auf dem Markt von einem miesen Typen angegriffen worden, und sie weiß nicht wohin. Ich lasse sie nicht einfach im Stich«, sagte sie entschlossen.

»Du wirst sie aber auch nicht lange hier beherbergen.«

»Und warum nicht?«, fragte Ara kurz angebunden.

»Weil du diese Leute nicht kennst, deshalb.«

»Und wenn schon! Sie sind aus ihrem Land geflohen,

haben die Wüste und das Meer durchquert, um hier bei uns zu sein.«

»Woher kommen sie?«

»Aus Syrien. Sie haben in Aleppo gelebt. Nouria, die Mutter, war Ärztin. Du hast keine Ahnung, Tomar, was die Kleinen alles erlebt haben«, sagte sie und wandte sich zu dem Zimmer um, aus dem die gedämpften Stimmen der Kinder zu hören waren. »Und weißt du, was das Schlimmste ist, mein Sohn?«

Tomar begnügte sich mit einem Nicken. Er kannte diese hellen Augen und die Entschlossenheit, die in ihnen funkelte, nur zu gut. Seine Mutter war eine Kämpferin, eine widerspenstige Peschmerga, die lieber sterben als unterliegen wollte. Sie hatte sich etwas in den Kopf gesetzt, und jeglicher Widerspruch war sinnlos.

»Das Schlimmste – die Schleuser, die ihnen ihr ganzes Geld abgenommen haben, bevor sie sie in einem LKW mitten in Italien zurückgelassen haben … das waren Kurden. Diese Verräter!«

»Deswegen musst du dich noch lange nicht verpflichtet fühlen …«

Tomar blieb keine Zeit, den Satz zu beenden, denn Ara durchbohrte ihn mit ihrem Blick. Es war ein Blick, mit dem sie ihn nur bedachte, wenn er im Begriff stand, sie zu enttäuschen. Er erinnerte sich, dass sie ihn einmal – er musste ungefähr sieben gewesen sein – gebeten hatte, auf den kleinen Bruder aufzupassen, während sie einkaufen ging. Tomar hatte das Interesse an dem Säugling rasch verloren, der in seinem Kinderwagen lag und schrie, und hatte den Fernseher eingeschaltet. Bei Aras Rückkehr starrte Tomar wie hypnotisiert auf einen Zeichentrickfilm, während Goran brüllte wie am Spieß. Damals hatte sie ihn mit genau dem gleichen Blick bedacht, und Tomar hatte sich gefühlt, als wäre er von Kopf bis Fuß zu Eis erstarrt. Angesichts seines gewalttätigen Vaters, den sie auf Abstand zu halten versuchten, besaß er lediglich das Vertrauen und die Liebe seiner Mutter. Ohne sie löste sich jede Wärme in tiefe Finsternis auf.

»Tomar, hör zu«, setzte Ara erneut an und nahm ihn bei den Händen. »Du musst etwas für diese Leute tun.«

»Was soll ich denn tun, Maman?«, fragte er wie ein kleiner Junge, der sich möglichst gut benehmen will.

»Hilf ihnen, ihre Papiere zu bekommen!«

»Ich bin ein Beamter der Kriminalpolizei, ich arbeite nicht in der Präfektur.«

»Es muss doch Mittel und Wege geben. Irgendjemand kann ihnen bestimmt helfen.« Ara flehte ihn geradezu an.

Tomar seufzte, als sie ihn aus ihrer Umklammerung entließ, dafür aber seine Handflächen liebkoste.

»Ich erkundige mich«, versprach er, obwohl ihm klar war, dass er mit diesen Worten einen Pakt schloss, der mit der Liebe einer Mutter besiegelt wurde.

»Ich weiß, mein Sohn, du bist ein guter Mensch. Du verschließt deine Augen nicht vor diesen Schicksalen.«

Aus dem Kinderzimmer kam das Geräusch von zerbrechendem Glas, und das kleinere der beiden Kinder kam mit einem zerbrochenen Delfinfigürchen in der Hand heraus. Ara sagte ein paar Worte, und ihre besorgte Miene verwandelte sich in ein breites Lächeln. Während er das Kindergesicht mit den schwarzen Augen und dem dunklen Teint betrachtete, dachte Tomar, dass es schwer werden würde, sein Versprechen zu halten. Aber es war der Mühe wert.

9

Assans Leichnam lag ausgestreckt auf dem Seziertisch aus Edelstahl. Guy Bouvier, der für die Gruppe zuständige Rechtsmediziner, hatte die äußerliche Untersuchung gerade abgeschlossen und schickte sich an, die schwierigeren Bereiche in Angriff zu nehmen. Ein Skalpell in der Hand, stand er über den Unterleib gebeugt und setzte einen tiefen Schnitt in den Muskel, der ihm erlauben würde, seine bisherigen Beobachtungen zu präzisieren. Wenn sie im Rechtsmedizinischen Institut ankamen, verwandelten sich die Leichname der Opfer in schlichte Konstruktionen aus Haut und Knochen, und der Rechtsmediziner zerlegte sie in ihre Einzelteile. Man vergaß, dass es sich um einen Menschen handelte, und konzentrierte sich auf das Rohmaterial, den Brei aus Fleisch und Blut, in dem sich manchmal die Wahrheit versteckte. Tomar war ungern Zeuge der Leichenöffnungen, aber irgendwann hatte er sich daran gewöhnt. Während er Bouvier bei der Arbeit beobachtete, musste er an die Tausende von Leichen denken, die dieser Mann sorgfältig seziert und dann wiederhergerichtet hatte, damit die Familienmitglieder den Toten betrachten konnten. Welche Berufung hatte ihn wohl in diese Räume geführt? Wie lebte man mit seinen Mitmenschen, wenn man so genau wusste, was sich in ihrem Innern befand? Er erinnerte sich an eine Unterhaltung an einem Sommerabend nach einer Autopsie. Bouvier hatte Tomar gefragt, ob er glaube, dass die Identität eines Menschen in seinem Körper zu finden sei. Diese nahezu mystisch anmutende, für den Rechtsmediziner eher ungewöhnliche Frage hatte Tomar erstaunt. Sprach er vom Geist oder von der Seele? Nein, Bouvier war nicht gläubig, sein Glaube beschränkte sich auf Stoffwechselprozesse und Gehirntätigkeit. Für ihn ließ sich das Leben in einem langen Satz zusammenfassen, dessen Anfangsbuchstabe die Geburt und dessen Punkt der Tod war. Sterben war das natürlichste Phänomen überhaupt und das Schicksal jedes Menschen. Es war sinnlos, auf etwas anderes zu hoffen. Nein, Bouvier sprach von dem Unterschied zwischen den Individuen, allen physiologischen Ähnlichkeiten zum Trotz. Er war überzeugt, dass sich die Identität eines Menschen als Reaktion auf die Beziehungen herausbildet, die er mit seinen Mitmenschen unterhält. »Ohne die anderen existieren wir nicht«, hatte er seine Ausführungen mit ungewohnt ernster Stimme beendet.

Als Bouvier Assans Brustkasten aufzusägen begann, knirschte es laut. Mit dem Fotoapparat in der Hand stand Francky hinter ihm und ließ sich nicht das Geringste entgehen. Die Untersuchung des Körperinnern schien ewig zu dauern. Jedes Organ wurde gewissenhaft entnommen, gewogen und seziert. Dann waren die Luftwege an der Reihe, um das System der Atmung zu verstehen, das aufgrund des brutalen Schlags, der den Mann mitten im Gesicht getroffen hatte, zum Teil bereits offen zutage lag. Schließlich schnitt Bouvier mit der Kreissäge den Schädel auf und hielt sich lange mit der Schädelbasis auf, bevor er das Gehirn herausholte und auf die Waage legte.

»Es ist so, wie ich dachte«, sagte er schließlich, als setzte er ein Selbstgespräch fort. »Dieser Mann hatte tausend

Gründe, den Löffel abzugeben, aber tatsächlich ist er erstickt, weil seine Atemwege blockiert wurden. Von einem Seil, würde ich sagen, den Würgemalen am Hals nach zu urteilen. Er ist regelrecht erdrosselt worden, wie mit einer Garrotte…«

»Und der Todeszeitpunkt?«, fragte Tomar.

»Mit Sicherheit gegen zwei oder drei Uhr heute Nacht. Vorher ist er mindestens zwei Stunden lang misshandelt worden. Daher die Hämatome, die Brandmale von Zigaretten und auch die Anzeichen dafür, dass ein Schweißbrenner benutzt wurde.«

»Wir haben also nicht mehr als diese ersten Ergebnisse«, seufzte Francky, während er Assans Hals fotografierte.

»O doch, viel mehr!«, entgegnete Bouvier munter. »Erstens hat dieser Herr schon vor dem Abend seines Ablebens zahlreiche Narben gehabt.« Er beugte sich über die Leiche, griff nach einer Pinzette und stocherte im Innern des Knochens herum, den er aufgesägt hatte. »In dieser Rippe habe ich eine anomale Vertiefung gefunden. Sie stammt von einer Kugel, großes Kaliber, glaube ich, und schon etwas älter.«

»Seinem Asylantrag zufolge ist er Syrer. Er musste aus einem Kampfgebiet fliehen, wahrscheinlich stammt die Wunde aus dieser Zeit.«

»Die Knochenverkalkung spricht dafür, dass die Verletzung alt ist, mindestens zehn Jahre, aber das ist noch nicht alles.« Bouvier legte die Pinzette beiseite und nahm hinter dem Leichnam Aufstellung. »Am Hinterkopf hat er zwei schwere Verletzungen, die ihm vor dem Aufenthalt im Keller zugefügt wurden… Ich würde sagen, zehn bis zwölf Stunden früher.«

»Möglicherweise wurde er bewusstlos geschlagen?«

»Ja, und zwar mit großer Entschlossenheit. Das Schädeltrauma war schon beträchtlich, bevor sie ihn richtig in die Mangel genommen haben. Ich bezweifle sogar, dass er es überlebt hätte.«

»Das heißt, er wäre auf jeden Fall gestorben«, stellte Tomar fest und berührte seine linke Schläfe, um die allmählich stärker werdenden Kopfschmerzen zu besänftigen. »Sie schaffen ihn weg, foltern ihn, um Informationen aus ihm herauszuholen, und dann bringen sie ihn um. Klingt nicht gerade nach einer Abrechnung unter Migranten …«

»Darüber wissen wir nichts. Vielleicht hatte er Schulden«, entgegnete Francky. Wenn dieser Mord mit einer anderen Tat in Verbindung stand, würden sie bei den vielen Spuren, die am Tatort zurückgeblieben waren, zwangsläufig irgendwann auf einen alten Bekannten stoßen.

»Sonst nichts?«, fragte Tomar, an Bouvier gewandt.

»Außer diesem tätowierten schwarzen Adler auf dem Unterarm, einer Laune, die dem Zustand der Pigmentierung nach etwa zehn Jahre zurückliegen dürfte, habe ich noch etwas Material unter seinen Fingernägeln gefunden. Wir müssen die Analyse noch abwarten, aber dem Geruch nach würde ich auf Tabak tippen.«

Bouvier setzte ein selbstzufriedenes Lächeln auf und begab sich zur Spüle, um sich die Handschuhe auszuziehen.

»Und jetzt, meine Herren, will ich Sie nicht länger aufhalten. Ich gönne mir eine kleine Pause, bevor ich ihn wieder zumache.«

Francky packte seine Ausrüstung ein, während Tomar in

Assans leblose Augen starrte. Da er offenbar weder Familie noch enge Freunde hatte, gehörte er zu den Menschen, die im Verwaltungsjargon »Personen ohne bestattungspflichtige Angehörige« hießen. Er würde in einem Lieferwagen abgeholt und in der Gleichgültigkeit eines anonymen Grabs beerdigt werden. Niemand würde an dem Begräbnis teilnehmen, und es würde auch keine weitere Suche nach Angehörigen geben. *Ohne die anderen existieren wir nicht.* Da hatte Bouvier vollkommen recht.

10

Francky stand auf dem kleinen Parkplatz des Rechtsmedizinischen Instituts und steckte sich eine Kippe an. Das lange rote Backsteingebäude, eingezwängt zwischen der Schnellstraße Quai de la Râpée und der Gare de Lyon, erinnerte an eine altertümliche Befestigungsanlage, die sich der galoppierenden Verstädterung dieses Viertels am Seineufer noch widersetzte. Das Institut war in der Tat ein aus der Zeit gefallener Ort, und nur wenige Pariser ahnten etwas von seiner Existenz. Das unablässige Hin und Her der Leichen, die man hinein- oder heraustrug, und das Kommen und Gehen der Familien, die sie identifizieren mussten, bildeten einen feierlichen und zugleich finsteren Gegensatz zur Hektik des Verkehrs ringsum. Der graue Schleier des Himmels wurde an einigen Stellen von Sonnenstrahlen durchbohrt und brachte das Wasser des Flusses zum Funkeln. Tomar zog den Reißverschluss seiner Jacke zu und legte die zehn Meter bis zu seinem Kollegen zurück. Er sah, wie Francky einen tiefen Zug nahm und gleich darauf eine weiße Rauchwolke durch die Nase ausstieß.

»Verdammt, tut das gut, eine zu rauchen.«

»Was ist denn los? Wir haben doch schon Schlimmeres gesehen!«, antwortete Tomar und schob die Hände in die Jackentaschen, um sich gegen die Kälte zu schützen.

»Ach, dieses elende Magengeschwür! Ich werde es einfach nicht los. Nachts schlafe ich nur zwei Stunden.«

»Na ja, kein Wunder, wenn du es nicht behandeln lässt.«

Seit Jahren klagte Francky über Magenschmerzen, sodass sich inzwischen alle an sein ständig schmerzverzerrtes Gesicht gewöhnt hatten. Tomar hatte ihn als einer der Ersten aufgefordert, sich darum zu kümmern, aber Francky schien eine Mordsangst vor Krankenhäusern zu haben. Weil der Tod und die Medizin in so engem Kontakt standen, vernachlässigte er sich am Ende selbst. Tomar hatte das zigmal im Lauf seiner Karriere erlebt. Er selbst flüchtete sich in den Sport, um seine bösen Geister zu bannen, was ihm immerhin zu guter körperlicher Kondition verhalf.

»Ich muss noch ein paar Analysen fertig machen«, sagte Francky mit gesenktem Blick. »Ich warte das Frühjahr ab … Im Moment ist zu viel zu tun.«

Diese Art von Aufschub gewährt man sich gern, bevor man unangenehme Vorhaben in Angriff nimmt. Tomar hatte das sein Leben lang so gemacht, um seiner Schuld zu entgehen. Aber eines Tages holt die Realität jeden ein und präsentiert ihm eine gesalzene Rechnung. Und dann lässt sie nicht mehr mit sich handeln, sondern bittet einen zur Kasse, unverzüglich und zu erhöhten Preisen. Francky zog die Schultern hoch und rieb sich die Hände, um sich aufzuwärmen.

»Übrigens, ich muss dich was fragen«, sagte Tomar und sah ihm ins Gesicht. »Kennst du jemanden in der Präfektur?«

»Welche Abteilung?«

»Asylverfahren … Anträge für eine Frau und zwei Kinder.«

»Seit wann kümmerst du dich um so was?«

Franckys Stimme verriet aufrichtige Überraschung. Tomar dachte, dass er ziemlich kaltblütig und distanziert wirken musste, wenn er auf seine Frage einen solchen Spruch kassierte.

»Nun … Sagen wir mal, ich tue jemandem einen Gefallen.« Francky atmete noch eine Dosis Nikotin ein, bevor er antwortete.

»Ich kenne jemanden bei der OFPRA, der Behörde, die sich um die Flüchtlinge kümmert. Aber ich kann dir nichts versprechen, du verstehst …«

»Schon klar.«

»Das Mädel, das dort bei Gesprächen dolmetscht, ist schwer in Ordnung. Ich versuche sie schon seit Monaten anzubaggern«, sagte er mit einem Krokodilslächeln.

»Wie alt?«

»Oh … so fünfundzwanzig, sechsundzwanzig vielleicht.«

»Du widerlicher alter Sack.«

»Was bleibt mir denn noch, wenn ich nicht mal mehr träumen darf? Na ja, sie hat mich jedenfalls abblitzen lassen.«

»Kluges Mädchen.«

»Ja …«

Baby one more time von Britney Spears erklang, und Francky beugte sich vor, um sein Handy aus der Jackentasche zu ziehen. Trotz seiner Visage eines alternden Rocksängers hatte er eine verblüffende Vorliebe für uralte, süßliche Popsongs.

»Ich höre«, sagte er ins Handy und schob sich die Kippe in den Mundwinkel.

Tomar warf einen Blick auf das Gebäude und sah, dass sich in der dritten Etage eine Gestalt in einem weißen Kittel aus dem Fenster lehnte. Einer der Rechtsmediziner verspürte offensichtlich ein Bedürfnis nach frischer Luft. Vielleicht war es Bouvier. Gerade hatte er Assans Leichnam zusammengesetzt wie die blutigen Teile eines menschlichen Puzzles, die sich nie wieder richtig ineinanderfügen würden, und ihn dann zugenäht.

»He, es gibt Neuigkeiten!«, sagte Francky und steckte sein Handy wieder ein. »Der Alchimist ist da auf was Heikles gestoßen. Dieser Mistkerl ist einfach zu clever.«

»Erzähl!«

»Die DNA von dem Toten aus dem Keller. Dino hat sie abgleichen lassen. Auch eine Mordsache, aber von der Drogenfahndung bearbeitet. Hatte was mit den Albanern zu tun. Hätte er die Ermittlungen nicht verglichen, wären wir nie drauf gestoßen. Dino ist einfach ein Teufelskerl!«

Plötzlich spürte Tomar einen beißend kalten Windhauch im Gesicht. Franckys Augen funkelten vor Erregung. Endlich schien diese kleine Abrechnung doch noch interessant zu werden.

11

Er hatte sie in ein Mansardenzimmer in der sechsten Etage vorgeladen, in dem sonst die Verwaltungskräfte ihre Papierberge sortierten. Die Innenrevision der Police Nationale, die Polizei innerhalb der Polizei, ging im Allgemeinen nicht gerade zimperlich vor. Rhonda rechnete damit, dass Belko sie nicht so bald aus den Klauen ließ. Er würde sie auf kleiner Flamme weichkochen und ihr nichts schenken. Sie waren zwar beide Polizisten, aber mit Sicherheit nicht aus denselben Gründen. Rhonda kämpfte gegen das Verbrechen und hielt dabei die Regeln ein, selbst wenn sie ihr nicht immer angemessen erschienen. Lieutenant Belko hingegen spürte menschliches Versagen auf, ihm entging nicht die geringste Nachlässigkeit, und er besaß genug Macht, um Karrieren zu zerstören. Verbrecher traten in Anwesenheit ihres Anwalts vor den Richter, Polizisten hatten weder das Recht, Fehler zu begehen, noch konnten sie sich ein Burn-out leisten. Das alles wusste Rhonda, und sie war bereit, sich der Situation zu stellen. Dennoch machte ihr ein Anflug von Schuldbewusstsein zu schaffen. Sie, das Mädchen aus Caen, das nach Paris gekommen war, um ihren Kleinmädchentraum zu leben. Sie, die dreimal so fleißig wie ihre männlichen Kollegen hatte büffeln müssen, um in den Genuss des Privilegs zu kommen, ins Team der Nummer 36 aufgenommen zu werden. Sie, die das Gesetz buchstabengetreu befolgte und deren Arbeitsweise, O-Ton

Francky, »so sauber wie der Arsch einer Nonne« war. Ja, diese Rhonda war dieselbe Frau, die bedenkenlos ein großes Risiko eingegangen war, um den Mann zu schützen, den sie liebte. So schwerwiegend ihre Tat auch gewesen sein mochte, Rhonda bereute sie nicht. Allerdings war ihr klar, dass diese kleine Abweichung von ihren Überzeugungen sie in eine schwierige Situation gebracht hatte. Tomar bewegte sich in einer Grauzone, die sie nie hatte betreten wollen, doch inzwischen war sie gezwungen, sich dort mit ihm herumzutreiben, um das Schlimmste zu verhindern.

Antonin Belko saß hinter einem Schreibtisch, der unter prall gefüllten Aktendeckeln aus Pappe zusammenzubrechen drohte. Um Platz zu schaffen, hatte er zwei Stapel beiseitegeschoben und saß mit gefalteten Händen da, den Oberkörper zur Tür vorgebeugt, in gespielt ungezwungener Haltung. Als sie das Büro betrat, fand Rhonda, dass er in dem etwas zu engen kurzärmligen blauen Hemd wie ein leicht vertrottelter alter Kellner aussah. Wer trug denn mitten im Winter solche Kleidung?

»Lieutenant Lamarck«, sagte er und musterte sie mit einem Blick, der ihr sofort Unbehagen bereitete.

Rhonda nickte und nahm ihm gegenüber Platz, während er sich erhob. Er richtete den hässlichen langen Körper zu voller Größe auf und reichte ihr eine Hand, die so groß war wie der Vorderfuß eines Krokodils.

»Freut mich sehr, Sie zu sehen, Lieutenant. Ich war gerade dabei, Ihre Akte durchzublättern.«

Rhonda senkte den Kopf und bemerkte einen schwarzen Aktenordner, in dem in schützenden Klarsichthüllen die Personalbogen der Beamten steckten. Auf einem davon haftete ihr dienstliches Passbild.

»Wirklich beeindruckend! Und das vom ersten Tag an. Beste Ihres Jahrgangs, während der praktischen Ausbildung Empfehlungen sämtlicher Vorgesetzten ... Sie waren im 18. Arrondissement, stimmt's?«

»Das Revier in der Rue de la Goutte d'Or«, erklärte Rhonda. Er versuchte bereits jetzt, sie zu verwirren.

»Kein einfaches Viertel«, bemerkte Belko und setzte ein gezwungenes Lächeln auf, das vielleicht komisch gewirkt hätte, wäre Rhonda weniger angespannt gewesen. »Und nach ein paar Jahren vor Ort bestehen Sie endlich Ihre Offiziersprüfung und schwups ... landen Sie hier, bei der Crème de la Crème.«

Darauf folgte ein ausgedehntes Schweigen.

»Jung, intelligent, begabt und schön ... Sie besitzen all diese Vorzüge.«

Belkos Unterton setzte Rhondas Frühwarnsystem für Schwierigkeiten in Gang. Der Typ war cleverer, als es den Anschein hatte. Sie vermutete sogar, dass er sich dumm stellte, um harmlos zu wirken. Aber Tomar hatte recht – in gewisser Weise war dieser Mann so kaltblütig wie die Typen, die sie tagtäglich jagten. Nur mit dem Unterschied, dass er auf der anderen Seite des Gesetzes stand.

Belko atmete tief durch, bevor er erneut das Wort ergriff. Rhonda hatte den Eindruck, dass er schon wieder falsch klang. Bei diesem Kerl war alles Berechnung, von der Körperhaltung bis zu den Kunstpausen, die er einlegte.

»Ich erkläre Ihnen jetzt, warum Sie hier sind, denn vermutlich fragen Sie sich das sowieso. Also, ursprünglich handelte es sich um eine einfache Routineuntersuchung, um festzustellen, ob Sie Ihre Beweisstücke ordnungsgemäß verwalten. Ich gebe zu, dass ich die Burschen von der Mordkommission anfangs gar nicht im Visier hatte. Ich hatte eher damit gerechnet, dass die Cowboys von der Drogenfahndung mal ein paar Beutel Gras aufzuschreiben vergessen. Das ist schon vorgekommen, und es wird immer wieder vorkommen … Aber dann bin ich auf das hier gestoßen.«

Er hielt ihr eine dicke Akte vors Gesicht. Der Vermerk »GP5 Akte Müller« auf dem Deckel beseitigte Rhondas letzten Zweifel. Er blätterte die Akte durch und nahm einen Fotoausdruck heraus, auf dem ein versiegelter Beutel und ein Messer zu sehen waren.

»Vor etwas weniger als einem Jahr ist dieses Stück mit der Nummer GP5–67 aus dem Schrank verschwunden. Einer Ihrer Kollegen aus der Gruppe Alvárez hatte es dort hinterlegt.« Belko legte einen dicken Finger auf den unteren Rand eines Formulars mit Kohlepapier. »Sehen Sie, da … das ist das Datum, an dem der Sachverhalt festgestellt wurde, der 12. März 2016.«

Rhonda spielte mit. Sie warf einen Blick auf die vorschriftsmäßige Empfangsbestätigung und machte ein erstauntes Gesicht.

»Ja, das ist bedauerlich, aber leider verschwinden immer wieder Beweisstücke. Seit meinem Eintritt in die 36 habe ich mindestens drei Verluste in die Akten eingetragen«, sagte sie mit Bedauern in der Stimme.

Belko faltete die Hände und sah ihr unverwandt in die Augen. Für den Bruchteil einer Sekunde glaubte sie, seine Gedanken lesen zu können. Er schien sich auf ihre Antwort zu freuen wie ein Wettkämpfer, der es kaum erwarten kann, auf einen gleich starken Gegner zu treffen.

»Sehr bedauerlich, in der Tat«, sagte er. »Aber auch

ärgerlich, denn dieses Messer hätte Ihnen bestimmt erlaubt, den Täter zu entlarven, der für den Tod von Monsieur Robert Müller verantwortlich ist. Wissen Sie, wer das ist, dieser Müller?«

Eine Fangfrage. Wenn sie ihm zu viele Einzelheiten lieferte, riskierte sie, sich in eine schwache Position zu manövrieren.

»Der Name sagt mir was.«

»Glücklicherweise. Ihre Gruppe hat den Fall dieses Herrn nämlich bearbeitet. Er war sexuell gestört, sehr gefährlich und mehrfach vorbestraft.«

»Ja, wir haben ihn erwischt, aber er hatte einen guten Anwalt.«

Belko seufzte betrübt. »Solche Funktionsstörungen sind wirklich bedauerlich. Aber zurück zum Verschwinden des Messers ... Sie wissen also immer noch nicht, warum Sie hier sind?«

»Nein, aber vermutlich werden Sie es mir gleich sagen«, wagte Rhonda sich vor, denn sie verspürte das starke Bedürfnis, die Unterredung zu beenden, bevor die Falle zuschnappte.

»Nun, ich habe eine Liste aller Personen erstellt, die zwischen dem Tag der Einlieferung und dem Tag, an dem das Verschwinden des Messers festgestellt wurde, das Archiv mit den versiegelten Beweisstücken betreten haben. Und jetzt raten Sie mal ... Genau, Ihr Name steht auf der Liste.«

»Da bin ich nicht die Einzige.«

»Nein, tatsächlich nicht, vor mir liegt also noch viel Arbeit. Aber es ist ein Anfang«, räumte er ein und lächelte dermaßen breit, dass er eine Reihe makellos weißer Zähne entblößte. Wahrscheinlich hatte er seine ganze Kindheit hindurch eine Spange getragen und einen Großteil seines Lebens beim Zahnarzt verbracht, um solche Beißerchen zu bekommen. »Sie haben im Register die Hinterlegung eines Küchenmessers im Fall Marie-Thomas Petit quittiert. Das ist doch super!«

»Super?«, fragte Rhonda verständnislos.

»Damit will ich sagen, dass Ihnen unser verschwundenes Messer zweifellos begegnet ist, weil Sie die entsprechende Abteilung aufgesucht haben.«

»Dort oben gibt's viele Messer.«

»Ganz genau sieben an dem Tag, an dem Sie eins hinterlegt haben. Sieben, darunter Ihres und das aus dem Fall Müller. Es hätte Ihnen auffallen können.«

Der Typ war völlig übergeschnappt. Dem Funkeln in seinen Augen nach zu urteilen freute er sich wie verrückt.

»Langer Rede kurzer Sinn … Ich wollte Sie fragen, ob Sie das Messer, um das es mir geht, an jenem Tag bemerkt haben. Sehen Sie sich's genau an!« Er hielt ihr das Foto unter die Nase. »Dieses Messer ist sehr speziell. In den Griff ist ein Kreis mit einem Stern darin eingraviert. Kommt Ihnen das nicht bekannt vor?«

Rhonda schüttelte den Kopf und spürte, wie allmählich Angst in ihr hochkroch. Antonin Belko war alles andere als ein trotteliger alter Garçon. Was genau wusste er?

»Ein Stern und ein Kreis, so was ist als Symbol recht geläufig. Es reicht vom esoterischen Pentagramm bis zu irgendwelchen New-Age-Spinnereien, was bedeutet, dass sich fast jeder damit identifizieren kann.« Während er das sagte, verblasste allmählich das einfältige Lächeln, das er zu Beginn der Unterhaltung aufgesetzt hatte, und machte einer strengen Miene Platz. »Aber das gilt nicht für mich.

Ich habe weitere Nachforschungen angestellt und bin auf eine andere Darstellung gestoßen – eine Sonne in einem Kreis, offenbar ein Symbol kurdischen Ursprungs.«

Rhonda wurde blass. Die Angst verwandelte sich in Schmerz, ihr Brustkorb zog sich krampfhaft zusammen.

»Sagen Sie mal, ist Ihr Commandant nicht Kurde?«

12

In großen Tropfen fiel der Regen auf die Kühlerhaube des Zivilstreifenwagens, in dem Francky, Dino und Tomar seit dem frühen Nachmittag saßen und warteten. Tomar blickte auf die Uhr: siebzehn Uhr dreißig. Die menschenleeren Alleen der Sozialbausiedlung Curial-Cambrai würden bald von den Menschen überflutet werden, die hier wohnten und mit schnellen Schritten von der Arbeit heimkehrten. Sie würden sich an den Mauern entlangdrücken, um zu ihren kleinen Wohnungen in einem der hohen Betontürme zu gelangen. Achtzehn Hochhäuser bildeten ein Netz, in dem zehntausend Menschen lebten. Zwei Schulen, ein Kulturzentrum und eine lächerliche Handvoll Wachmänner, die vom Amt für sozialen Wohnungsbau dafür bezahlt wurden, in der größten Siedlung innerhalb der Stadt, im 19. Arrondissement von Paris, für Sicherheit zu sorgen. In den Nullerjahren hatte diese Insel des Friedens durch eine Reihe von extrem brutalen Schutzgelderpressungen von sich reden gemacht, deren Opfer gefoltert worden und mit amputierten Fingern in den Kellern des Gebäudekomplexes gelandet waren. Fügte man dem praktisch ständigen Krieg gegen die Dealer der benachbarten Siedlung Orgues de Flandre und die tödliche Aggression gegen einen vor dem Eingang seiner Schule erstochenen Jugendlichen hinzu, ergab sich das Bild eines Viertels, das die Presse als jenen Teil von Paris darstellte, den man unbedingt meiden sollte. Trotz umfangreicher Investitionen, um den guten Ruf der Siedlung wiederherzustellen und die Wirtschaft neu zu beleben, stand die Cité weiterhin unter Aufsicht und beherbergte nach wie vor einige zwielichtige, polizeibekannte Gestalten. Dennoch wusste Tomar, dass der Großteil der Bewohner einfach ganz normal leben und die Probleme des Alltags bewältigen wollte. Es war das Schicksal aller Sozialsiedlungen im inneren Kranz von Paris, von einer Minderheit aus Kleinkriminellen als Geisel genommen zu werden, und angesichts des Desinteresses der Politik würde sich die Lage in absehbarer Zeit vermutlich nicht bessern.

»Wann kommt dieses Arschloch endlich nach Hause?«, sagte Francky in die Stille hinein, während er mit Adleraugen die Umgebung absuchte.

Dino hatte sie zuvor rasch ins Bild gesetzt. Die Kollegen von der Drogenfahndung hatten einen kleinen Dealer gefunden, der in einer herrenlosen Garage zu Tode gefoltert worden war. Dieselbe Art von Misshandlungen wie bei Assan und obendrein Unmengen von übereinstimmender DNA. Noch immer keine Personalien für eine Gegenüberstellung, aber es ging das Gerücht, dass ein Kunde des Dealers ein Video gedreht hatte und sich noch in der Gegend herumtrieb. Ein Video, mit dessen Hilfe man vielleicht Assans Folterer identifizieren und damit die Ermittlungen ein großes Stück voranbringen konnte. Die Bilder waren zwar im Netz nicht zu finden, aber es war immerhin gelungen, das Handy des Verdächtigen bis hierher zu tracken. Der Typ, ein gewisser Reda Khamili, war als Gelegenheitskonsument von Betäubungsmitteln aktenkundig geworden. Mit dem Verbrechen hatte er zweifellos nichts zu tun, aber er musste etwas gesehen haben, das fesselnd genug war, um das Handy zu zücken und später vor seinen Kumpels damit zu prahlen.

»Da, ist er das nicht?«, fragte Dino und deutete mit einem Kopfnicken auf den Rückspiegel.

Tomar drehte sich um. Er scannte den Bereich hinter dem Wagen und entdeckte die Gestalt eines jungen Mannes von ungefähr zwanzig Jahren. Er hatte sich die Kapuze über den Kopf gezogen, sein Blick war auf den Asphalt gerichtet.

»Ja, das ist er«, bestätigte Francky ohne jede Spur von Zweifel. Tomar wusste, dass er ihm vertrauen konnte. In jungen Jahren war Francky ziemlich oft mit den Teams der Zivilstreife unterwegs gewesen und hatte einen sechsten Sinn für Köpfe entwickelt. Er fand jeden Verdächtigen inmitten einer Menschenmenge.

»Ich kümmere mich um ihn«, sagte Tomar und hatte die Hand bereits am Türgriff.

Er stieg aus dem Wagen, überquerte die Rue Curial und betrat den Gehweg. Das Wohnhaus war von weißen Gitterzäunen umgeben und durch einen schmalen Portalvorbau zugänglich, von dem Tomar noch einige Meter entfernt war. Auf der rechten Seite erhob sich ein riesiger Turm, dessen Fassade von großen Glasfenstern mit geometrischen Motiven durchbrochen war. Die Januarkälte hielt Schaulustige von den Balkons fern, und Tomar war zuversichtlich, dass die Festnahme ohne allzu viele Zuschauer vonstattengehen würde. Er hörte, dass der Typ sich ihm von hinten näherte, und verlangsamte den Schritt, wobei er so tat, als suchte er etwas in den Taschen seiner Bomberjacke. Mit einem raschen Blick schätzte er den Abstand ein, der ihn von seinem Ziel trennte, und machte sich bereit, dem Jungen entgegenzutreten. Danach würde alles sehr schnell gehen. Tomar würde seine Identität überprüfen, und wenn es wirklich Khamili war, würde er ihn zu einer kurzen Anhörung mit in den Wagen nehmen und das Handy beschlagnahmen, auf dem die Bilder gespeichert sein mussten. Drei Meter … zwei Meter … seine Beute blickte noch immer zu Boden, das Gesicht maskiert von der mit Kunstpelz eingefassten Kapuze. Unvermittelt drehte sich Tomar um, und seine eindrucksvolle Gestalt ragte zwischen dem Burschen und der Eingangstür des Hauses auf.

»Reda Khamili?«, fragte er mit tiefer Stimme.

Der Junge blieb wie angewurzelt stehen und schob eine Hand unter die Kapuze, um sich die Kopfhörer abzunehmen, aus denen die Takte eines nervtötenden Rapsongs drangen. Langsam hob er den Kopf und blickte Tomar an, und das schwindende Licht des winterlichen Spätnachmittags erhellte sein Gesicht. Plötzlich spürte Tomar, wie blitzartige Kopfschmerzen seine Schulterblätter umklammerten und sich hinter seinen Trommelfellen festzusetzen schienen. Anstelle des jungen Mannes sah er die verzerrten Züge einer Leiche mit grauer Haut und mit Augen, die von weißfleckiger Sonnenbräune umgeben waren. Ausgehend von der Nasenwurzel zog sich ein tiefer Schnitt über die gesamte Stirn, verschwand unter der Kapuze und formte eine Furche aus totem Fleisch, aus der an einigen Stellen der Knochen hervorblitzte.

Das Ding bewegte die fleischigen blauroten Lippen, um Worte hervorzubringen, die Tomar nicht hören konnte. Etwas war um ihn herum passiert. Die Welt hatte ihre Farben verloren und schien nur noch aus verschiedenen

Grautönen zu bestehen. Die Straße, der Bürgersteig, die Wohntürme, der Himmel, alles wirkte glanzlos und verwaschen. Tomar spürte, dass sein Hinterkopf wie betäubt war, und er kam sich vor wie in Watte gehüllt, während die Geräusche der Straße verstummten und stiller, beruhigender Benommenheit Platz machten. Eine eigenartige Wärme breitete sich in seinem Oberkörper aus, konzentrierte sich an einem pulsierenden Punkt zwischen den Augen, und er glaubte, gleich in tiefen Schlaf sinken zu müssen. Dann machte Assans Leichnam eine Kehrtwendung, und Tomar sah ihn merkwürdig langsam in die entgegengesetzte Richtung davongehen, obwohl seine Körperhaltung die eines Menschen in vollem Lauf war. Es dauerte einige Sekunden, bis Tomar begriff, dass sich die ganze Welt ringsum in Zeitlupe drehte. War er dabei, den Verstand zu verlieren? Würde er einen Schwächeanfall bekommen und auf dem Asphalt zusammenbrechen? Auf dem Bürgersteig gegenüber hatte Francky die Wagentür geöffnet. Er rannte auf Khamili zu und schrie ihn an, doch Tomar konnte seine Worte nicht verstehen. Erneut blitzte Kopfschmerz auf, und eine misstönende Symphonie aus Geräuschen quälte seine Trommelfelle, während die Farbe wieder in sein Sichtfeld einsickerte. Das wattige Gefühl wich einer heftigen Migräne, und trotz des wenigen Lichts, das durch die Wolkendecke drang, senkte er den Blick.

Auf der anderen Straßenseite hatte Francky Reda abgefangen und ließ sich wortreich beschimpfen, während er ihn zum Wagen führte. Dino stand wenige Meter von Tomar entfernt und musterte ihn besorgt.

»Alles in Ordnung, Chef?«, fragte er zögernd. »Was ist los?«

Unfähig zu antworten, hob Tomar einen Arm. Die Welt hatte ihre Farbe und ihr normales Tempo wieder angenommen, dennoch wusste er, dass etwas in ihm zerbrochen war.

13

Nach dem Zwischenfall in der Rue Curial hatte Tomar beschlossen, nach Hause zu fahren und sich auf die Couch zu legen. Trotz einer Tablette war die Migräne auch am Abend nicht vergangen. Um den Schmerz zu lindern und Schlaf zu finden, legte er sich in der Dunkelheit hin, einen mit kaltem Wasser getränkten Waschlappen auf den Lidern. Zum ersten Mal seit Monaten verbrachte er eine Nacht ohne Albträume und war sogar überrascht, als der Wecker klingelte. Sein Handy zeigte mehrere verpasste Nachrichten von Rhonda sowie eine Terminerinnerung an: Benoît Mathis, 08:30 Uhr.

Tomar hatte seine wöchentliche Verabredung mit dem Psychologen total vergessen. Und er fragte sich, warum in aller Welt er dem Vorschlag des Ehemanns seiner Ex zugestimmt hatte, einmal in der Woche zusammen laufen zu gehen und bei der Gelegenheit Tomars Ängste zu ergründen. Mathis hatte ihm diese kleinen morgendlichen Ausflüge als Gelegenheit zu einer Vorzugsberatung verkauft, aber Tomar ahnte, was der wahre Grund für diese Treffen war. Dr. Mathis wollte vor allem dafür sorgen, dass er nicht aufs Neue den Störenfried in seiner Ehe spielte. Und das konnte er ihm nicht einmal verübeln, wenn er daran dachte, wie schwer es ihm, Tomar, im vorangegangenen Jahr gefallen war, seine Gefühlsausbrüche in den Griff zu bekommen. Dennoch hatte sich vieles geändert. Mittlerweile empfand Tomar nichts mehr für seine Ex. Er hätte durchaus alle Brücken hinter sich abbrechen können, aber aus Gründen, die er selbst nicht verstand, fühlte er sich nach den Unterredungen mit Mathis stets wohler als davor.

Tomar zog sich rasch an und telefonierte kurz mit Rhonda, um sie zu beruhigen. Dann rannte er über die Hintertreppe des Wohnhauses hinunter zu seinem Motorrad, das er am Abend zuvor auf dem Bürgersteig in der Rue Bernard-Lecache hatte stehen lassen. Nach wenigen Minuten fuhr er auf die Avenue de Paris, vorbei am Militärkrankenhaus Bégin, und parkte bald darauf vor den grauen Mauern des Schlosses von Vincennes. Mathis fuhr meistens mit dem Fahrrad von seiner Wohnung mitten in Paris hierher. Im Läuferoutfit mit fluoreszierenden Streifen und dem Fahrradhelm auf dem Kopf war er leicht zu erkennen. Winkend trabte Tomar auf ihn zu. Diese letzte Woche im Januar war noch recht kalt, und sie hatten es beide eilig, ihre Joggingrunde zu beginnen und sich wieder aufzuwärmen. Ihre übliche Strecke führte am Wassergraben des Schlosses entlang zum Blumenpark, wo sie auf einem langen Fußgängerweg in den Wald liefen, bis sie zum Lac des Minimes zurückgelangten. Eine Rundstrecke von insgesamt etwa zehn Kilometern, die Tomar mühelos absolvierte, die aber für Mathis eine echte Herausforderung darstellte. Bei ihren ersten Treffen hatten sie nach jedem Kilometer anhalten müssen, damit er wieder zu Atem kam. Inzwischen legten sie die Strecke fast ohne Unterbrechung zurück. Ein Beweis, dass sich der menschliche Körper mit Willen und Fleiß an jede Beanspruchung anzupassen vermag.

Während der Rückkehr ins Stadtzentrum sprachen sie dann über die Sorgen, die Tomar in seinem Alltag als Polizist zu schaffen machten. Mathis hatte ihm beigebracht, wie er seine Gefühle besser beherrschen konnte, vor allem die Wut, die bei bestimmten Anlässen in ihm aufstieg. Diesen kurzen Austausch über angemessenes Verhalten pflegten sie seit einem halben Jahr, ohne dass einer von ihnen den Grund für ihre Treffen benannt hätte. Aber an diesem Morgen war es anders. Tomar hatte bei einer vorläufigen Festnahme eine Halluzination gehabt, am helllichten Tag. Das musste etwas zu bedeuten haben, und Mathis würde Tomar sicherlich helfen, diese Krise zu verstehen.

»Ihre Sinneswahrnehmungen waren also beeinträchtigt?«, fragte Mathis, während er die Gläser seiner runden Brille putzte und sie dann wieder auf die Nasenspitze setzte.

»Na ja, vor allem kam es mir vor, als fiele ich … aber nicht wie bei einem richtigen Sturz. Alles lief in Zeitlupe ab. Zuerst konnte ich keine Farben mehr sehen, dann nichts mehr hören … und schließlich wurde mir schwindelig.«

»Und begonnen hat der Anfall mit der Vision einer Leiche. Wie in Ihren Albträumen.«

»Ja, aber es war nicht dieselbe Leiche.«

Tomar hatte ihm mehrfach von den Nächten erzählt, die er in Bobs Gesellschaft verbrachte, ohne ihm jedoch dessen wahre Identität zu enthüllen.

»Und sind Sie ins Krankenhaus gefahren?«

»Nein. Nach ein paar Minuten war alles wieder normal. Bis auf die Migräne.«

»Sie sollten bald zum Arzt gehen, Tomar. Ich bin kein Neurologe, aber diese Beschwerden und dazu die heftigen Kopfschmerzen …«

»Woran denken Sie? Ein Schlaganfall? Mein Herz ist ziemlich stark, Doc.«

»Mit Ihrer körperlichen Verfassung hat das nichts zu tun. Es gibt viele Funktionsstörungen, die solche Vorkommnisse auslösen können. Gibt es in Ihrer Familie neurologische Erkrankungen? Bei einem Elternteil vielleicht?«

Auf einmal verspürte Tomar den zuckenden Schmerz eines Krampfs in der Wade. Warum war ihm das nicht früher eingefallen? Sein Vater war eine Bestie gewesen und hatte ihnen die Hölle auf Erden bereitet, bis Tomar seinem Leben ein Ende gesetzt hatte. Er hatte einen schwarzen Felsblock auf seinem Lebensweg und in seinem Schicksal hinterlassen und ihn dazu verdammt, diese Last ständig auf den Schultern zu tragen. War es möglich, dass sein Vater sich in sein Fleisch eingegraben, seine Makel tief in seine DNA eingeschrieben hatte?

»Wissen Sie, Tomar, solche Ereignisse zeigen oftmals den Beginn einer neuen Phase an. Mit dem Schmerz schicken uns unser Körper und unser Geist Botschaften, damit wir endlich aufwachen.«

»Welche Botschaften?«

»Sie sollten sich ein bisschen schonen.«

Sie hatten den Weg bis zum Schloss von Vincennes zurückgelegt und waren nur noch wenige Hundert Meter von dem Erdwall entfernt, hinter dem Dr. Mathis sein Mountainbike abgeschlossen hatte.

»Ich gebe Ihnen die Kontaktdaten eines befreundeten Neurologen. Sie können ihm vertrauen«, sagte Mathis und suchte bereits in seiner Umhängetasche nach dem Schlüssel für das Bügelschloss.

»Danke«, sagte Tomar mit belegter Stimme.

Er fühlte sich leer, aber nicht energielos, sondern so, als hätte er keine Seele. Als hätten Mathis' Worte ihn an den Rand eines Abgrunds geführt, der unmittelbar vor seinen Füßen klaffte.

14

Nachdem er zu Hause vorbeigefahren war, um zu duschen und seine Sachen zu holen, hatte Tomar einen Umweg über die nördliche Vorstadt gemacht und war dann ins Zentrum der Hauptstadt zurückgekehrt. Die kühle Morgenluft war etwas milder geworden, und Nieselregen hatte den Stoff seiner Bomberjacke durchnässt, sodass er durchgefroren war bis auf die Knochen. Er hatte seine Triumph in einem Wohnviertel in Stains abgestellt, in einer kleinen Allee, an deren Ende ein Hochhaus lag, das denen in Curial Cambrai in nichts nachstand. Wenige Meter weiter stieß er auf eine trotz der Jahreszeit recht dicht belaubte Hecke mit einem Gittertor. Er nahm das Vorhängeschloss ab und ging durch das Tor in den mit hohem Gras bewachsenen und von einem Betonmäuerchen umgebenen Garten. Nach wie vor wucherten hier Brennnesseln und Brombeersträucher. Bald würden sie den Eingang zu diesem von der Welt vergessenen Pilgerort versperren. Vor ihm ragten der riesige Kirschbaum mit den kahlen Ästen und das Haus mit den grauen Mauern und dem roten Ziegeldach auf. Tomar hob den Kopf. Jeder Zentimeter Boden in diesem Garten erinnerte ihn an seine Albträume und an den Jungen, der durch das Labyrinth gerannt war, um der Bestie zu entkommen. Neben dem efeuüberzogenen knotigen Baumstamm war bei genauem Hinsehen der Griff eines Spatens zu erkennen. Er griff energisch danach und begann damit, die Erde um den Stamm des Kirschbaums herum aufzuwerfen, um ihn von den Brennnesseln zu befreien und den Boden zu ebnen, indem er dicke Schichten dürres Laub und verfaulte Kirschen wegschaufelte. Dieses Ritual hatte Tomar nach der letzten Ermittlung aufgenommen. Dieser Platz war weit mehr als nur die Welt seiner Albträume. Er war das Mausoleum, in dem der Leichnam seines Vaters ruhte, und Tomar hatte begriffen, dass es zwecklos war, ihn auf dieselbe Art unter Humus zu verbergen, wie er ihn in seinem Gedächtnis vergraben hatte. Seine Laufrunden mit Mathis hatten ihm gezeigt, dass die Vergangenheit sich nicht unter den Teppich kehren ließ und die Basis für eine bessere Zukunft im Verständnis des Gewesenen bestand. Also kam Tomar von Zeit zu Zeit hierher, um den Kirschbaum zu pflegen und seine Äste vom Efeu zu befreien, damit der Baum nicht darunter erstickte. Als er seine Aufgabe erfüllt hatte, legte er den Spaten ab und betrachtete das Viereck unberührter Erde am Fuß des Baums. Weniger als einen Meter unter der Oberfläche befanden sich die Überreste des Mannes, der seine Kindheit und sein Leben in eine Hölle verwandelt und ihn gezwungen hatte, die unverzeihliche Tat zu begehen. Tomar erinnerte sich an die mythologischen Erzählungen vom Minotaurus, Sohn der Bestie, dazu verdammt, in den Gängen des Labyrinths umherzuirren und sich von Menschenfleisch zu ernähren, aber auch an die Geschichte von Ödipus, dem Vatermörder, von den Göttern verflucht und dazu verurteilt, sein unseliges Schicksal zu erfüllen. Tomar hatte sich zu lange mit diesem Fluch abgefunden. Er hatte getötet, um sich zu verteidigen, er hatte getötet, um seine Mutter und seinen kleinen Bruder zu beschützen. Er war verantwortlich, aber die

Last dieses Vatermords war zu schwer geworden, als dass er sie weiterhin auf den Schultern zu tragen vermochte. Seine Sportsucht, seine Karriere bei der Polizei, seine komplizierten Verhältnisse mit Frauen und die schlaflosen Nächte – indem er diesem Mann das Leben genommen hatte, hatte er ihm sein eigenes geopfert. Mittlerweile war es an der Zeit, dass er sich selbst verzieh, damit er weitermachen und sich eine Zukunft aufbauen konnte, die ihn nicht immer aufs Neue in diesen verlassenen Garten führte. Als er einen scharfen Schmerz spürte, verzog er das Gesicht. Der Wadenkrampf hatte sich in einen Muskelkater verwandelt. Erneut fielen ihm die Worte von Dr. Mathis ein. Sein Vater war ein Raubtier gewesen, das seine Autorität mit den Fäusten ausgeübt hatte. Von Geburt an, noch bevor er ihn lieben konnte, hatte Tomar ihn fürchten gelernt, und inzwischen war ihm klar, dass er überhaupt nichts über ihn wusste. War sein Vater möglicherweise krank gewesen? Bei der Vorstellung hätte er sich am liebsten übergeben, denn sie verwandelte den Henker in ein Opfer. Aber wenn es nun so war? Und wenn auch er, Tomar, diese Krankheit in sich trug?

Ohne es zu merken, hatte er sich gebückt und mit den Händen in der Erde zu scharren begonnen. Er betrachtete seine schmutzigen Fingernägel und erinnerte sich an seinen Albtraum und den Schädel mit den leeren Augenhöhlen, den er ausgegraben hatte. Bob hatte sich nicht getäuscht, warum auch? Schließlich war er ein Geschöpf seines eigenen Unbewussten. Die Umstände würden sich ändern, das wusste Tomar seit einiger Zeit, und er hoffte, dass diese Veränderungen ihn zum Licht führen würden.

15

»Der Typ ist nicht gerade Francis Ford Coppola …«

Franckys raue Stimme durchbrach die andächtige Stille, die im Büro herrschte, weil sich alle aufmerksam ein Video auf Dinos Bildschirm ansahen. Die Eingangshalle eines geschäftsmäßig wirkenden Gebäudes war zu sehen, und ein Mann von beeindruckender Körperfülle lehnte mit dem Rücken an einer Wand. Das Bild war klar, aber nicht zentriert, und vor allem wurde es immer wieder von albernen Abschnitten unterbrochen, in denen Reda Khamili, der Kleinkriminelle von Cambrai, die Linse auf sich selbst richtete und einen Rap improvisierte, wobei er jedes Mal kräftig an einem riesigen Joint zog. Zwischendurch richtete er das Objektiv wieder auf den Mann, sodass sein Gesicht zu erkennen war, als er sich Reda näherte und ihm ein volltönendes »Halt's Maul!« entgegenschleuderte. Der Typ war stiernackig, hatte grobe Gesichtszüge und an den Schläfen ausrasiertes braunes Haar. Redas nerviger gereimter Singsang verstummte sofort. Er hielt sich das Objektiv vor den Mund und flüsterte ein stilvolles »Deine Mutter ist eine Hure« in sein Handy. Darauf folgten Geräusche wie von einem Kampf, und das Bild wackelte wild. Die Betrachter hätten glauben können, dass Reda von dem Dealer zusammengeschlagen wurde, aber als auf dem Bildschirm endlich wieder etwas zu erkennen war, begriffen sie, dass er tatsächlich abgehauen war, um irgendwo Schutz zu suchen.

Jetzt befand er sich etwa zwanzig Meter vom Eingang des Gebäudes entfernt. Der Dealer lag reglos auf dem Boden. Ein Mann in militärischem Kampfanzug und schwarzem Hoodie hatte sich über ihn gebeugt und schlug ihm ins Gesicht. »Ah, dieses verdammte Arschloch!«, sagte Reda und zoomte so ungeschickt auf den Mann am Boden, dass das Bild sich in eine sinnlos zuckende Flut aus Farben und Formen auflöste. Plötzlich drückte Dino auf die Leertaste seiner Tastatur und hielt das Video an.

»Also, da ist es«, sagte er und deutete auf den Bildschirm. Der epileptisch anmutende Strom von Bildmaterial war zu einer Szene erstarrt, die auf den ersten Blick schwer zu verstehen war. Es handelte sich um keine Einstellung auf die Schlägerei, sondern um ein Spiegelbild, eingefangen von dem Spiegel, der sich horizontal über die Wand der Eingangshalle erstreckte. Die über dem Dealer aufragende Silhouette war klar zu erkennen. Die Gestalt trug schwarze Handschuhe, die Fingerglieder waren durch dunkle Schalen geschützt. Tomar musste an die Halbhandschuhe denken, die die Such- und Eingreifbrigade bei ihren Einsätzen trug und die speziell dafür entworfen waren, Scheiben und Kieferknochen zu zerstören. Aus der Kapuze ragte ein komplett vermummtes Gesicht heraus.

»Ein verdammter Ninja«, sagte Francky. Der Bursche war locker über hundert Kilo schwer.

»Renko Dibra, ein Albaner, unseren Kollegen von der Drogenfahndung wohlbekannt. Den haben sie ein paar Stunden später in dem Keller gefunden, und die DNA von dem Typen, den wir suchen, war überall auf ihm verteilt«, erklärte Dino.

»Und wie lange hat er gebraucht, um ihn plattzumachen? Zehn Sekunden? Der Typ ist ja der reinste Mike Tyson!«

Dino ließ das Video weiterlaufen. Es endete damit, dass Reda in ein Treppenhaus stürmte und die Stufen hinaufrannte, um sich in irgendeiner Etage zu verstecken.

Tomar starrte auf den Bildschirm, auf dem ein Screenshot ihres Phantoms zu sehen war.

»Der Skala nach zu urteilen, dürfte er nicht größer als eins siebzig sein, und er war unbewaffnet.«

Tomar wusste, dass Gewicht und Statur keine Bedeutung hatten. Ein gut trainierter Kämpfer konnte beides durch Schnelligkeit und Präzision ausgleichen und sich auf diese Weise auch wuchtige Gegner vom Leib halten. Aber nicht jeder besaß den Schneid, eine solche Auseinandersetzung zu riskieren, geschweige denn, derart mühelos als Sieger daraus hervorzugehen.

»Sie haben den kleinen Reda ausgequetscht, offenbar hat Renko ihm hin und wieder seinen Shit geliefert. Er weiß nichts, er war nur zufällig da. Ich habe mich bei der Drogenfahndung erkundigt, sie haben nichts über ihn, und mit den Albanern steht er nicht in Verbindung«, erklärte Dino und startete einen Ausdruck des Screenshots.

»Und wer hat dieses Video gesehen?«, fragte Tomar.

»Du meinst, abgesehen von der ganzen Stadt?«, scherzte Francky. »Ich habe jedenfalls die Autopsie des Albaners überprüft … das ähnelt alles sehr den Verletzungen, die an Assan festgestellt wurden, und die DNA stimmt tatsächlich zu hundert Prozent überein.«

Dino hatte sich über seinen Schreibtisch gebeugt und drei Ausdrucke aus dem Drucker geholt, die er seinen Kollegen reichte. Rhonda nahm ihr Exemplar und betrachtete die schwarze Silhouette.

»Ist euch aufgefallen, dass es dieselbe Vorgehensweise ist? Er knockt sein Opfer aus, bevor er es in den Keller zerrt, um es dort zu foltern«, sagte sie mit geistesabwesender Miene.

»Warum glaubst du das?«, fragte Francky.

»Weil Bouvier von einem Schädeltrauma gesprochen hat, das der Foltersitzung vorangegangen ist. Als hätte es eine Schlägerei gegeben.«

»Die Opfer wären ihm schließlich nicht freiwillig in den Keller gefolgt.«

»Ja, aber er hätte sie mit einer Waffe bedrohen oder sie auf weniger frontale Art ausschalten können, oder?«

Tomar betrachtete sie und musste innerlich lächeln. Rhonda hatte oft recht unkonventionelle Sichtweisen und sehr eigenwillige Meinungen. Bei ihrer Einstellung hatte er sofort gespürt, wie wertvoll sie für die Gruppe sein würde. Ermittlungsarbeit ähnelt der Fotografie. Alle haben dasselbe Motiv und das gleiche Material, aber entsprechend der Sichtweise jedes Einzelnen kommt es zu sehr unterschiedlichen Ergebnissen.

»Woran denkst du?«, fragte er.

»Es scheint, als gefiele ihm das … ihnen eins auf die Fresse zu hauen«, antwortete Rhonda zögernd.

»Dann muss ihm jemand geholfen haben, denn dieser Renko Dibra hat Freunde«, fiel Dino ihr ins Wort. »Nach meinen Informationen war er Kämpfer bei einem Clan, und dieser Clan steht unter dem Befehl eines gewissen Yuri Baric.«

Dino hielt ihnen eine Karteikarte mit dem Passbild

eines Mannes hin. Er hatte ein hageres Gesicht, einen spitz zulaufenden schwarzen Bart und einen rasierten Schädel.

»Gut, dann lenken wir die Ermittlungen in diese Richtung. Dino, du kümmerst dich darum, von der Drogenfahndung möglichst viele Infos über die Albaner zu bekommen.«

Nach dem kurzen Videoclip des Angriffs wusste Tomar, dass eine unsichtbare Uhr zu ticken begonnen hatte. Dieser Yuri sah nicht aus wie jemand, der es begrüßte, dass man seine Männer aus dem Weg räumte, indem man sie folterte. Wenn sie nicht von einer Lawine von Leichen überrollt werden wollten, mussten sie ihr Phantom bald ausfindig machen.

16

Nach vierundzwanzig Stunden in Polizeigewahrsam hatte Reda die Räumlichkeiten der 36 verlassen. Sie hatten ihn mit Fragen über Renko bedrängt, aber er kannte den Typen gar nicht. Der Typ war nur irgendein Idiot, der ihm Gras verkaufte. Fünfzig Euro pro Beutel, da lohnte sich der Weg in die Vorstadt. »Wer den Pfennig nicht ehrt, ist des Talers nicht wert«, wie sein Alter immer gesagt hatte. Dieser Tag bei den Cracks von der Mordkommission war für ihn wie ein Besuch in Disneyland gewesen. Kaum jemand aus seiner Siedlung bekam solche Experten jemals zu Gesicht. Dieses Privileg war der Kaste der Bandenbosse vorbehalten, zu der er aber nicht gehörte. Reda war einfach nur ein junger Bursche, dem es an Orientierung fehlte und der seine Tage zwischen der Suche nach Gelegenheitsjobs, Sessions an der PlayStation 4 und heftig gepafften Joints verbrachte. Darum war er geradezu stolz, dass er diese Erfahrung hinter sich gebracht hatte, ohne den Mund aufzumachen. Die Bullen hatten kein einziges Wort aus ihm herausgeholt, er kam sich vor wie Al Pacino in Scarface: »Du stirbst, du abgefuckte Sau!« Mit forschen Schritten lief er über die Pont Saint-Michel, um sich in den Vorortzug zu drängen und zurück in seine Siedlung zu fahren. Sein Handy und die Kopfhörer hatten sie ihm zwar wiedergegeben, aber die Bullen hatten sein Video gelöscht, das ihnen als Beweisstück dienen sollte. Große

Klasse für die Masse! Eigentlich. Aber das hatte sich ja nun erledigt.

Zwei japanische Touristinnen in Faltenrock und Wollstrumpfhose kreuzten seinen Weg, und er dachte, dass er sich einen flotten Dreier gönnen würde, um das zu feiern. Redas Sexleben beschränkte sich seit der Pubertät auf eine feste, nie unterbrochene Beziehung mit YouPorn, aber das hinderte ihn nicht am Träumen. »Wenn du Geld hast, dann hast du die Macht. Und wenn du Macht hast, dann kriegst du auch die Frauen!« Da hatte Al absolut recht… Nun ja, das Problem war nur, dass Reda weder Geld noch Macht besaß, was ihn aber nicht daran hinderte, den beiden Japsenweibern auf die Schenkel zu glotzen.

Auf der Straße knirschten Reifen, und er sah, dass ein schwarzer Qashqai mit getönten Scheiben direkt neben ihm zum Stehen kam. Die hintere Wagentür öffnete sich, und ein hünenhafter Mann mit Verbrechervisage stieg aus. Der Typ trug einen gefütterten weißen Parka, der ihm zu klein war und aussah, als würde er gleich platzen. Er hatte rasierte Schläfen und einen Wirbel gebleichter Haare auf dem Kopf. Reda dachte, dass der Typ dem Endgegner in Farcry 4 ähnelte, ein großer Drogendealer, den er mit dem Pad seines Joysticks mittels Flammenwerfer verbrannt hatte. Dann begriff er, dass der Mann auf ihn zusteuerte, und der Rest seiner Erektion, die der imaginäre asiatische Gangbang ausgelöst hatte, schrumpfte schlagartig. Er zögerte einige Sekunden lang, dann sprintete er los. Seine Beine zitterten dermaßen, dass er nur wenige Meter weit kam, bevor der gebleichte Koloss ihn einholte.

»Reda Khamili?«, fragte der Riese mit Terminatorstimme, und Reda gefror das Blut in den Adern.

»Nein, der bin ich nicht«, flüsterte er und zog den Kopf ein.

»Wie heißt du?«

»Ich bin Tony Montana.«

Reda wusste nicht, warum er das gesagt hatte. Der Rambo sah nicht gerade aus wie einer, der gern Witze riss.

»Willst du mich verarschen, du Vollidiot?«

Genau. Er verstand keinen Spaß.

Reda blieb kaum genug Zeit, um leise zu stöhnen, da packten ihn die Pranken des Riesen schon am Arm und zerrten ihn zum Wagen. Er versuchte, sich am Metallgeländer der Fahrbahn festzuhalten, aber der Typ erhöhte den Druck, und ein heftiger Schmerz in der Schulter zwang ihn loszulassen.

»Du Hurensohn, lass mich los!«, brüllte er verzweifelt.

Die beiden jungen Japanerinnen drehten sich gleichzeitig um und musterten ihn aus furchtsamen Rehaugen. Er wurde entführt, hier, im Zentrum von Paris, direkt vor der Hochburg der Bullen, und kein Schwein interessierte sich dafür!

Der Koloss legte ihm eine Hand in den Nacken und drückte zu wie ein Schraubstock, sodass Reda mit gesenktem Kopf in den Qashqai steigen musste. Schon saß er im Fond, an einen anderen Riesen desselben Kalibers gepresst, der ihn grinsend musterte. In diesem Moment spürte er den Schmerz in seinem Arm und merkte, dass er ihn nicht mehr bewegen konnte.

»Verdammt, du hast mir die Schulter ausgekugelt, du Arschloch!«, brüllte er den Mann an, der die Tür schloss und sich wieder auf seinen Platz setzte.

»Bist du Reda?«, fragte eine tiefe Stimme vom Beifahrersitz aus.

Reda hob den Kopf und erblickte ein hageres, von einem dichten schwarzen Bart bedecktes Gesicht. Er dachte, dass er diesen Mann schon einmal auf einem Foto gesehen hatte. Es war bei einem der Flics in der 36 auf eine Akte getackert gewesen.

»Ja! Was wollen Sie von mir?«

In seiner Schulter pulsierte der Schmerz und entfachte ein Feuerwerk von Adrenalin, das ihm den Mut verlieh, dem Blick des Mannes trotz aller Angst standzuhalten.

»Das wirst du bald erfahren«, antwortete der Bärtige. Er beugte sich vor und nahm einen Gegenstand aus dem Handschuhfach.

Reda konnte gerade noch die glänzenden Projektile eines Tasers erkennen, bevor sie in seinen Hals eindrangen und ihre Ladung von neunhunderttausend Volt abfeuerten. Weißes Licht explodierte vor seinen Augen. »Verabschiedet euch von dem Bösewicht«, sagte die Stimme von Tony Montana in seinem Kopf, dann verlor er das Bewusstsein.

17

Zuerst ein leichtes Prickeln auf der Haut wie von der Spitze einer Nadel. Dann ein Jucken, das sich nach und nach in eine Verbrennung verwandelte. Reda wollte sich wieder aufrichten, um die schmerzende Schulter zu massieren, war aber unfähig, den unverletzten Arm zu bewegen. All seine Anstrengungen endeten mit noch stärkeren Schmerzen und einem metallischen Klirren am Handgelenk.

Er versuchte, die Augen zu öffnen, doch seine Lider waren so schwer, dass er seinen Sehnerv überanstrengen musste, um der Dunkelheit zu entkommen. Er befand sich in einer Art düsterem Badezimmer. Grünliche alte Kacheln bedeckten Wände und Decke und gaben ihm das Gefühl, in einem Kasten eingesperrt zu sein. Offenbar wurde er von einer Kette, die mit einer Manschette an seinem linken Arm verbunden war, zu einer aufrechten Haltung gezwungen. Sein Blick war auf den Boden gerichtet. Dort hatte jemand eine transparente Plane ausgelegt, auf der sich eine scharlachrote Lache gebildet hatte. Blut, viel Blut lief an seinem Körper hinunter und breitete sich auf dem Fußboden aus. Woher konnte das viele Blut stammen? Mühsam hob Reda den Kopf; es fühlte sich an, als lastete eine Tonne Gewicht auf seinen Halswirbeln. An der Wand gegenüber hing ein kleines Spülbecken, und darin lag eine lange Machete, deren Klinge mit geronnenem Blut besudelt war. In der wattigen Verschwommenheit seines Gehirns dachte

Reda an eine Szene aus Dead Island. Bei dem Computerspiel hatte er eine solche Waffe einmal benutzt, um sich den Weg zwischen einer Horde Zombies hindurchzubahnen. Er hob den Kopf noch ein wenig weiter und blickte in den Spiegel, der über dem Spülbecken angebracht war. Die beruhigenden Bilder aus seinen Computerspielen verblassten angesichts der grauenhaften Realität. Er war mit einer Kette an die Decke gefesselt. Er war nackt, eine Seite seines Körpers war vollständig von Blut bedeckt. Und an der Stelle, an der sein rechter Arm hätte sein müssen, war nichts mehr. Reda schloss die Lider, um dieses albtraumhafte Bild der Verstümmelung zu verscheuchen, überprüfte aber gleich darauf unter größter Anstrengung, ob er tatsächlich halluzinierte. Diese Arschlöcher haben mir irgendein abgefahrenes Zeug gedrückt, dachte er, als er die Augen wieder öffnete und sofort mit heftigen Kopfschmerzen dafür bezahlte. Aber die Horrorvision war immer noch da. Sie hatten ihn aufgehängt wie ein Stück Fleisch und ihm den Arm unterhalb der Schulter abgetrennt. Der Stummel ragte ins Leere, aus den Arterien strömte unaufhörlich Blut, das seine Haut wärmte, während es ihm seitlich am Körper hinunterfloss. Irgendwo in seinem Schädel explodierte etwas, und die Kopfschmerzen verwandelten sich in eine solche Höllenqual, dass er sich am liebsten erbrochen hätte. Reda wollte schreien, aber seine Lippen bewegten sich nicht, er brachte nur ein schrilles Seufzen heraus. In diesem Moment öffnete sich die Tür des Badezimmers, und der Bärtige erschien. Über seinem schwarzen Hemd trug er eine blutbefleckte Metzgerschürze. Eine Schutzbrille, wie sie die Maler in seinem Wohnblock benutzten, saß auf seinem Kopf.

»Du bist also wach«, sagte er ruhig. »Du hast viel Blut verloren. Ist ganz normal, dass du stoned bist.«

Der Mann lächelte breit, dann bückte er sich und öffnete eine schwarze Stofftasche, die unter dem Spülbecken lag. Mit übermenschlicher Anstrengung versuchte Reda, den Inhalt der Tasche zu erkennen – mehrere große weiße Plastikkanister mit farbigen Etiketten.

Der Bärtige setzte sich die Schutzbrille auf die Nase und zog rosafarbene Mapa-Handschuhe an, bevor er einen der Kanister aufdrehte und den Inhalt in einen Behälter goss, der sich hinter Redas Rücken befand.

Erneut wollte er schreien, brachte aber nur ein langes, verschleimtes Gurgeln heraus.

»Sprechen ist gar nicht so einfach, was? Ist normal, wir haben dich mit Heroin vollgepumpt, gegen die Schmerzen. Na ja, du hast uns sowieso schon alles gesagt, was du weißt.«

Der Mann griff nach zwei weiteren Kanistern, die er beide ebenfalls leerte, dann lehnte er sich Reda gegenüber an das Spülbecken.

»Über eins musste ich echt lachen. Hast du die Serie *Breaking Bad* gesehen? Nein? Okay. Also, da gibt's diese Folge, wo Jesse eine Leiche in Flusssäure auflösen will, weißt du, was ich meine?«

Reda spürte, wie ihm immer kälter wurde, während sein Blut weiterhin auf den Boden floss. Der Bärtige griff nach einem Kanister und hielt ihn Reda dicht vor die Augen. Er glaubte, eine leuchtend gelbe Raute zu sehen, in deren Mitte ein Schädel gezeichnet war.

»Flusssäure, genau. Davon habe ich gerade hundert Liter in die Badewanne hinter dir gegossen, genau wie Jesse in der Serie. Nur dass diese dämlichen Drehbuchautoren geglaubt haben, dass sich die Säure durch die Badewanne und den Fußboden frisst. Du weißt schon, die Szene, als die Typen eine Etage tiefer landen und glotzen wie Arschgesichter.« Der Typ klang total begeistert.

In Redas Geist verwirrten sich die Ereignisse in dem Maß, wie sein Verstand der Realität entfloh und ihn in friedliche Benommenheit hüllte.

»Was die Säure betrifft, haben die Burschen recht. Ich werde dich innerhalb von vierundzwanzig Stunden in Seife verwandeln, aber der Rest ist Quatsch. Es ist nicht präzise, genau wie dein beschissenes Video, alles unscharf und verschwommen.« Während er sich zum Spülbecken umdrehte und den Griff der Machete umfasste, veränderte sich allmählich seine Stimme. »Ach, übrigens, ich habe mich noch gar nicht vorgestellt. Mein Name ist Yuri.«

Der Mann hob das lange Messer und ließ es einen Meter über Redas Kopf durch die Luft sausen. Er spürte ein Brennen am Handgelenk, als die stählerne Klinge seine Hand abtrennte, dann brach er zusammen und prallte auf den Rand der Wanne. »Viel Spaß beim Baden!«, glaubte er noch zu hören, bevor sein Körper und sein Geist in Auflösung begriffen waren.

18

Zum ersten Mal seit Beginn des Winters gönnte sich Tomar einen ruhigen Abend mit Rhonda. Sie hatte ihn ins Kino UGC in Les Halles geschleppt, um sich *La La Land* mit ihm anzusehen, das Filmmusical, von dem in letzter Zeit alle sprachen. Der Film hatte ihnen erlaubt, an diesem eisig kalten Abend Ende Januar eine Dosis kalifornischer Sonne zu genießen. Tomar hatte sich von der Geschichte dieses Liebespaars, das in Hollywood verzweifelt um Anerkennung ringt, überraschen lassen und die hässlichen Seiten seines Polizistendaseins für einige Stunden vergessen. Nach mehreren Sushispießen zum Abendessen waren sie wieder auf seine Triumph gestiegen und zu Rhonda nach Hause gefahren, um sich in ihrer kleinen Wohnung an der Place Clichy aufzuwärmen. Sie lebte in einer Zweizimmerwohnung im dritten Stock eines Gebäudes im Haussmann'schen Stil mit einem Wohnzimmer, dessen Dekoration vor allem aus einem riesigen Fernsehbildschirm auf dem Fußboden und ein paar DVD-Stapeln bestand – Rhonda war ein Fan von blutrünstigen Horrorfilmen. Zwei große Fenster, unter denen die bunten Neonlichter der Geschäfte auf dem Platz zu sehen waren, eine amerikanische Küche mit einer Arbeitsfläche aus hellem Holz, ein winziges Zimmer, das gerade für ein Doppelbett reichte, und ein Bad mit Mosaikfliesen in lebhaften Rottönen. Eine Schuhschachtel von fünfundvierzig

Quadratmetern, gemietet zu einem sehr hohen Preis. Dort konnte sie die Zeit verbringen, die sie nicht ihrer Karriere als Lieutenant der Nationalpolizei widmete. Sie teilte das Los aller Pariser, deren Gehalt zu niedrig war, um sich eine Wohnung zu kaufen. Angesichts der extrem hohen Preise in der Hauptstadt betraf das etwa achtzig Prozent der Bevölkerung. Wie Francky zu sagen pflegte, übten sie ihren Beruf ja nicht aus, um reich zu werden, und das traf sich gut, denn diese Gefahr bestand absolut nicht. Auf der Suche nach einer Flasche Rotwein durchforstete Rhonda einen Wandschrank. Sie unterhielten sich und tranken dabei etliche Gläser. Rhonda hatte ihm ihre Befürchtungen wegen der Prüfung durch Belko und wegen der Andeutungen mitgeteilt, die er bei ihrer Unterredung gemacht hatte. Tomar versuchte sie zu beruhigen. Solche Typen logen immer, um anderen eine Falle zu stellen und auf diesem Weg die Wahrheit zu erfahren. Wahrscheinlich hatte er nichts Konkretes gegen Tomar in der Hand, und ihr Schweigen war die beste Verteidigung. Dennoch, an der Art, wie Rhonda ihn ansah, erkannte Tomar, dass etwas nicht stimmte. Spannung lag in der Luft und wurde immer stärker, sodass er sich fühlte wie kurz vor einem Gewitter.

»Alles in Ordnung?«, fragte er, ohne eine Miene zu verziehen, und reichte ihr noch ein Glas Wein.

Rhonda bedachte ihn mit einem finsteren Blick, bevor sie antwortete. »Ehrlich gesagt, bin ich es ein bisschen leid.«

»Was denn?«

»Mir wird gerade klar, dass ich mich wegen dieser Geschichte seit einem Jahr ständig fürchte, und wenn das so weitergeht, werden meine Nächte bald genauso mies sein wie deine.«

Nie zuvor hatte er diesen harten Blick bei ihr gesehen.

»Ich bereue nicht, dass ich dieses Messer weggenommen habe, das will ich damit nicht sagen, aber wir müssen mit diesem Scheiß jetzt wirklich aufhören, Tomar.«

Wir müssen aufhören… Sie war taktvoll genug, ihm nicht den Schwarzen Peter zuzuschieben, aber Tomar wusste sehr wohl, dass es genau darum ging. Seit Beginn ihrer Beziehung hatte sie ihm viel gegeben, aber nur wenig zurückbekommen. So konnte es nicht weitergehen.

»Wir steigen aus diesem Scheißspiel aus, einverstanden.« Er leierte die Worte herunter wie ein Glaubensbekenntnis, weil er nicht wusste, was er sonst sagen sollte.

»Ich meine damit nicht nur Belko. Auch sonst… Immer dreht sich alles um deine Probleme. Aber ich bin auch noch da, ich habe auch Angst, und es wäre schön, wenn du das hin und wieder mal berücksichtigen könntest.«

Tomar spürte, wie sich sein Magen verkrampfte. Der Wein brannte ihm in der Kehle. So hatte Rhonda noch nie mit ihm gesprochen, und ihm wurde bewusst, dass sie recht hatte. Neben Jeffs Rückkehr und dem Verwirrspiel mit Müller verfolgten ihn seine Ermittlungen bis in seine Albträume hinein, und für Rhondas Bedürfnisse hatte er sich nie genug Zeit genommen. Trotzdem liebte er sie und wollte sie nicht verlieren, dessen war er sich ganz sicher.

»Es tut mir leid«, sagte er und machte Anstalten, sie in die Arme zu nehmen.

»Es muss dir nicht leidtun. Ich liebe dich, ich habe keine Lust, dich zu verlieren, aber ich muss selbst auch noch vorkommen. Und es wäre gut, wenn wir hin und wieder reden, auch wenn das nicht gerade deine Stärke ist.«

Sie schwiegen eine Weile, dann umarmten und küssten

sie sich. Als wollte es das heraufziehende Gewitter vertreiben, erwachte auf einmal das Verlangen in ihnen.

Tomar schob eine Hand unter ihr Hemd und liebkoste ihre Brust. Rhonda stand auf, zog ihn hinter sich her in die Küche und löschte das Licht. Langsam zog er sie aus, wobei er oben begann, bevor er ihr die Jeans über die Hüften streifte und den Slip dabei gleich mitnahm. Sie tat dasselbe bei ihm, dann presste sie ihren Körper an ihn.

Tomars Hände glitten zu ihren Pobacken. Er packte sie und zog sie auseinander, wagte sich langsam weiter vor in ihre intimsten Regionen, bis er mit einem Finger in sie eindrang. Rhonda zog sich lustvoll um ihn zusammen und drängte sich an ihn. Nach wenigen Minuten ließ Tomar sich zwischen ihren Beinen nieder. Sie sah ihn vor sich knien und spürte, wie der Orgasmus in ihr aufstieg. Sie legte ihm eine Hand auf die Schulter, um ihm zu signalisieren, dass er wieder aufstehen solle. Sie küssten sich, dann drehte sie sich um, legte den Oberkörper auf die Arbeitsfläche und reckte ihm die Pobacken entgegen. Sanft drang er in sie ein, genoss die intensive Hitze, die ihr Körper ausstrahlte. Rhonda bog den Rücken so weit wie möglich durch, und er beschleunigte den Rhythmus, während er mit beiden Händen ihre Hüften umfasste. Gedämpftes Licht fiel von der Straße zum Fenster herein. Tomar nahm die Rundungen seiner Geliebten wahr, die sich ihm vollkommen hingab. Sie flüsterten sich heiße Worte zu, und er bewegte sich heftiger. Nach einigen Minuten spannte sich Rhondas ganzer Körper an, und er ließ los, um gleichzeitig mit ihr zum Höhepunkt zu kommen. Wortlos lagen sie da, eng aneinanderschmiegt, und genossen den Augenblick des Glücks.

19

Leichter Kaffeeduft lag in der Luft, als Antonin Belko einen weißen Porzellanbecher sorgfältig in dem kleinen Waschbecken im Vorraum zu den Toiletten auf der fünften Etage abwusch. Seit seinem Eintritt in die Polizei, seit er endlos lange Tage in den altmodischen Räumen der Kriminalpolizei in Lyon verbracht hatte, war er süchtig nach Kaffee. Seine schmalen Finger schabten in der Tasse herum, um verkrustete Ablagerungen zu lösen, zweifellos eine Folge allzu häufigen Aufwärmens in der Mikrowelle der Cafeteria. Antonin Belko hasste mangelnde Hygiene. Er duschte zweimal täglich, nach jeder Mahlzeit schrubbte er sich die Fingernägel, putzte sich die Zähne und achtete sorgfältig darauf, jede Oberfläche zu reinigen, mit der er in Kontakt kam. Seine Pedanterie hatte ihm den Spitznamen Monsieur Propre eingebracht, als er bei der Kripo in Lyon geschuftet hatte, und er passte noch besser zu ihm, seit er in die Reihen der Generalinspektion der Police Nationale eingetreten war, Erbin der in der Dritten Republik gegründeten Generalinspektion der Streitkräfte, und schließlich in die Innenrevision, die gefürchtete Riege derer, die ihre Kollegen weichkochten wie einen anständigen Eintopf mit Rindfleisch und Karotten und darum seit den Achtzigerjahren auch *boeuf-carottes* genannt wurden. Antonin erinnerte sich lebhaft an die Rede, die bei seinem Eintritt gehalten wurde: »Sie sind hier, um Fakten zu ermitteln, Ordnungswidrigkeiten aufzuklären und Beweise zu beschaffen, und nicht, um die Polizisten zu beurteilen.«

Alles Blödsinn. Nach sechs Jahren, in denen er sich um alle möglichen Beschwerden gekümmert hatte – vom schlichten Strafzettel, der jemandem ins Gesicht geschleudert wird, bis zu Diebstählen, Gewaltanwendung oder Drogenhandel –, nach sechs Jahren wusste er, dass es bei der Polizei wie in jedem anderen Berufsstand auch einen gewissen Prozentsatz an schwarzen Schafen gab, Leute, die es nicht verdienten, die Uniform zu tragen. Solche Flics betrachtete er nicht als Kollegen, und er war bereit, sie mit allen Mitteln aus der Truppe zu entfernen. Nötigenfalls nahm er ihnen sogar den Dienstausweis ab, um sie zu zermürben. Eine kleine Kruste verbrannten Kaffees löste sich von dem Becher und schob sich unter seinen Fingernagel. Er stellte die Tasse beiseite und wusch sich die Hände ausgiebig mit Seife, bevor er sie mit lauwarmem Wasser abspülte. Es war fast Mitternacht, aber noch immer hielten sich zahlreiche Polizisten auf den Fluren des Gebäudes am Quai des Orfèvres 36 auf.

Auf dem Rückweg begegnete er einem Mann in einem zerknitterten dunklen Anzug, der den Blick zu Boden gesenkt hielt. Dann kam er an einem Büro vorbei, in dem zwei Beamte eine Frau mit fahlem Teint befragten, zweifellos ein Fall von Polizeigewahrsam. Antonin liebte seinen Beruf, er räumte ihm in seinem Leben so viel Platz wie möglich ein. An einem Privatleben war er nie interessiert gewesen. Seine Familie und einige wenige Freunde lebten in Lyon, und nur selten nahmen sie die Mühe auf sich und besuchten ihn. Antonin war ein Einzelgänger, glücklich inmitten seiner Akten. Die Anhörungen hingegen waren etwas anderes – eine Art Schachpartie oder ein *wargame,* eine spielerische Tätigkeit, die er seit frühester Jugend liebte. Das Ziel bestand darin, den anderen zu einem Fehler zu verleiten, ihn an Orte zu führen, die er lieber meiden sollte, und sich in die kleinste Öffnung zu drängen, um dem Gegner hart zuzusetzen, selbst wenn er bereits am Boden lag. Dabei zögerte er nicht, auch unfaire Methoden anzuwenden, darunter den besonders effektiven Kniff, Kollegen gegeneinander aufzuhetzen. Nachdem er eine Treppe hochgestiegen war, bog Antonin in den langen Flur der Mansarde ein, in dem die Schreibtische der Verwaltungsleute verteilt waren. Er setzte sich hinter den Tisch, der für ihn reserviert war, und beschloss, sich ein weiteres Mal in die Akte Müller zu vertiefen. Ein dicker roter Ordner mit dem Stempel »Gruppe Alvarez« enthielt sämtliche Elemente, die zu dieser nicht abgeschlossenen, knapp ein Jahr zurückliegenden Ermittlung zusammengetragen worden waren. Zu sehen war das Foto einer Leiche mit geschwollenem Gesicht, deren Kiefer seitlich herabhing. Robert Müller, mehrfach rückfälliger Vergewaltiger, ein alter Bekannter der Polizei. Im August 2015 war er auf frischer Tat ertappt und von Commandant Tomar Khan vor Gericht gebracht worden. Ein halbes Jahr später war er wegen eines Verfahrensfehlers wieder auf freien Fuß gesetzt worden und von der Bildfläche verschwunden. Bis man ihn schließlich im Wald von Montmorency fand, totgeschlagen und mitten im Winter nackt zurückgelassen. Es gab auch Fotos des berüchtigten Messers, das in der Nähe entdeckt worden, seitdem aber spurlos verschwunden war. Auf dem gravierten Holzgriff waren Abdrücke gefunden worden, zu denen es im automatisierten Fingerabdruckidentifizierungssystem keine Entsprechung gab. Keine Zeugen, keine DNA, Müller hatte kaum Freunde gehabt, und die Ermittlungen in seinem Umfeld waren ergebnislos geblieben. Alvarez und seine Männer hatten gute Arbeit geleistet, aber wie viele andere Fälle wartete auch diese Akte darauf, dass ein neues Element auftauchte und die Ermittler weiterbrachte. Eigenartig nur, dass das Messer mit dem gravierten Griff verschwunden war, und beim Wühlen im Papierkram hatte Belko noch etwas Seltsames festgestellt. Die Fingerabdrücke von der Waffe befanden sich nicht am vorgesehenen Platz, das heißt, sie waren nicht auf die Fotos geheftet. Er hatte sein Erstaunen Bullac, der Verwaltungskraft der Gruppe Alvarez, gegenüber geäußert, und der schien ebenso überrascht wie Belko selbst. Er war sich sicher, die Fingerabdrücke wie üblich hinterlegt zu haben. Antonin stellte die Integrität des Mannes nicht infrage, glaubte aber ebenso wenig an einen Zufall. Und dann waren da die Gerüchte über Commandant Tomar Khan. Sicher, die Auflistung seiner Dienstzeiten war beeindruckend, und sie verdankten ihm die Aufklärung etlicher Fälle, aber es war auch von grenzwertigen Methoden die Rede und vor allem von einem Mann mit schwieriger Vergangenheit, der gezwungen war, seinen Hang zur Gewalt durch exzessiven Sport im Zaum zu halten. Belko hasste sportliche Menschen, denn er war immer schon eine regelrechte Bohnenstange gewesen und betrachtete Athleten wie seltsame, gefährliche Tiere, die sich von ihrem Überschuss an Muskeln und Testosteron mitreißen ließen. In Gegenwart solcher Menschen fühlte er sich kleiner, und das gefiel ihm nicht. Glücklicherweise gab ihm sein Status als Mitglied der Innenrevision der Police Nationale einen gewissen Vorsprung. Tomar war der Prototyp des Polizisten mit zu viel Mumm, dem er nur zu gern in die Eier getreten hätte.

Er richtete den Blick seiner grünen Augen auf ein amtliches Formular und füllte es mit seiner eleganten Handschrift aus. Er war überzeugt, dass er die fehlenden Abdrücke und deren Urheber wiederfinden würde. Er wusste auch schon, wie er das anstellen musste.

20

Zuerst nur schwaches weißes Licht, das in dem dunklen Abgrund hinter seinen geschlossenen Augen schwebte. Dann ein Gefühl von Feuchtigkeit und Kälte, das ihm an den Beinen hochkroch.

Schließlich der Geruch von Humus und nassem Gras. Tomar wusste, wo er war. Dieser Abend der Entspannung und Liebe hatte es nicht geschafft, die Tür zu seinen Albträumen zuzuschlagen. Zögernd öffnete er die Augen und erkannte den dicken Vorhang aus Zweigen, der einen Teil des Nachthimmels bedeckte. Er lag ausgestreckt auf einem Teppich aus trockenem Laub, seine Kleidung war mit eiskaltem Wasser durchtränkt. Er kannte diesen Wald gut. Seine Eichen umstanden seit Monaten die Bühne seines Traumlebens, aber an diesem Abend gab es etwas Ungewöhnliches, das ihm Unbehagen verursachte. Etwas, das er noch nicht genau definieren konnte. Er krümmte sich und stützte sich auf die Hände, um sich aufzurichten. Ein Schauer überlief seinen Körper, während ein kalter Lufthauch die Zweige an den Bäumen in Bewegung setzte. Vor ihm erhob sich ein Hügel, dessen flacher Abhang ihm die Sicht auf den Horizont versperrte. Er beschloss, ihn zu besteigen. Vielleicht konnte er von dort oben das gesamte Panorama seines Albtraums überblicken. Manchmal dachte er, dass seine Träume einem Vergnügungspark ähnelten. Alles wirkte sehr echt, aber wenn er in einen Seitenweg einbog, endete der Weg vor einer verschlossenen Tür, die zur Rückseite der Bühne führte. Diese Tür aufzustoßen bedeutete, hinter die Kulissen zu treten, den Lack von der Realität abzukratzen und zu begreifen, dass er durch ein Universum aus Pappmaschee gewandert war. Aber nur wenige Menschen besaßen den Schlüssel zu dieser Tür. Mit energischen Schritten stieg Tomar den Hügel wieder hinab, der ihm plötzlich viel steiler vorkam. Seine Waden schmerzten wie am Ende eines langen, ermüdenden Marschs. Das Leder seiner Stiefel war schwer von Wasser, und der Schlamm hatte an den Säumen seiner Jeans dicke Schichten gebildet. Alles wirkte so greifbar, so echt. Mathis hatte ihm erklärt, dass unser Unbewusstes in der Lage ist, die Illusion von Echtheit herzustellen, indem es allegorische oder symbolische Elemente erschafft, die sich mit unserem Bewusstsein verständigen. Tomar fragte sich, was sich hinter dieser feuchten, frostigen Fläche von Pflanzen verbergen mochte. Diese Wüste organischer Fäulnis, die nie von Sonnenlicht gewärmt wurde.

»Hat dir schon mal jemand gesagt, dass du dir zu viele Fragen stellst, Alter?«

Wie üblich erhob sich Bobs kehlige Stimme wie aus dem Nichts. Mechanisch drehte sich Tomar um, aber hinter ihm war er nicht. Der Leichnam befand sich vor ihm, wenige Meter hügelan. Wie ein apokalyptischer Yogi saß Bob im Schneidersitz auf einem Laubhaufen.

»Du hast ja recht«, sagte Bob. »Ich dachte mir, ich könnte mal Yoga ausprobieren. Das hilft, echt jetzt!« Er brach in schallendes Gelächter aus. »Aber ohne Scheiß – du wirkst ein bisschen angespannt. Kann das sein?«

Ohne stehen zu bleiben oder ihn eines Blicks zu würdigen, setzte Tomar seinen Weg fort.

»Echt bescheuert, dass du immer die beleidigte Leberwurst spielen musst.«

Bob drehte sich auf die Seite und streckte seinen verwesten Körper, als wollte er ihn lockern. Sein Unterkiefer schwang herum, und ein Strom schwärzlichen Geifers lief ihm über den Oberkörper.

»Hast du mir etwas vorzuwerfen, ist es das?«, fauchte er und bemühte sich, ebenfalls den Hügel zu besteigen.

Tomar beschleunigte den Schritt, um so viel Abstand wie möglich zwischen sich und das Monster zu bringen, obwohl er genau wusste, dass das nichts nutzte.

Bob machte wilde Verrenkungen, um ihn einzuholen, und verfiel in eine schnelle, lächerlich wirkende Gangart. Mit einem Fuß stieß er gegen einen Baumstumpf, und sein Knie knickte in einem unnatürlichen Winkel ab, ohne dass er es auch nur bemerkte.

»Ein bisschen laufen im Wald. Machst du das mit dem netten Doktor?«, rief er Tomar nach, wobei sein Kopf vor und zurück pendelte.

Tomar unterbrach seinen Vormarsch und drehte sich zu der wandelnden Leiche um.

»Seit wann interessierst du dich für ihn?«

»Seitdem er versucht, mich zum Verschwinden zu bringen. Glaubst du, ich habe euer Spielchen nicht bemerkt? Ein kleiner Waldlauf in aller Freundschaft … scheiß drauf, Mann!«

Tomar betrachtete Bob aufmerksam. Es war das erste Mal, dass er ihn so wütend erlebte.

»Du hältst mich wohl für einen Vollpfosten. Ich kenne dich, Tomar. Nie im Leben gehst du einfach so mit dem Typen laufen, der deine Ex-Frau bumst.«

Mechanisch versetzte Tomar ihm einen Haken in den aufgedunsenen Wanst. Er spürte das schlaffe Fleisch, die gebrochenen Knochen, den Eiter und die verwesten Innereien, die im Innern des Leichnams gärten. Bob beugte sich vor und erbrach einen Schwall Blut.

»Ah, Volltreffer, Kumpel! Also, was habt ihr vor? Zerbrecht ihr euch jede Woche zusammen den Kopf, wie ihr den guten alten Bob vertreiben könnt?«

»Ganz genau«, antwortete Tomar herausfordernd.

»Na dann, viel Glück! Glaubst du wirklich, du wirst mich so leicht los? Du bist ein verdammter Mörder, Kumpel! Du hast deinen Vater umgebracht, du hast mich umgebracht, und du wirst noch mehr Menschen umbringen. Du bist noch längst nicht geheilt. So wird das nichts.«

»Wovon redest du?«, fragte Tomar und blickte in die milchigen Augen seines Schreckgespenstes.

Bob beugte sich vor und legte die Hände auf die Knie, als ränge er nach Luft.

»Na endlich, jetzt hört er dem guten alten Bob zu. Allmählich begreift er.«

»*Was* soll ich begreifen, verdammt noch mal?«, schrie Tomar und ballte die Fäuste.

»Du kannst deiner Natur nicht entkommen, Kumpel. Du bist ein Raubtier, du auch. Du kannst dich einfach nicht zurückhalten.«

»Das sagst du, weil du Angst vor dem Verschwinden hast.«

»Nein. Ich sage das, weil ich es beweisen kann …«

Plötzlich verstummte er, und Tomar bemerkte, dass Bob sich veränderte. Die Umrisse seines Körpers lösten sich nach und nach auf.

»Sieh dir deine Hände an, Arschloch!«, sagte der Leichnam und deutete mit dem Rest seiner Nase nach unten.

Tomar hob die Hände und sah, dass sie voller Blut waren.

»Was glaubst du, wessen Blut ist das?«

Bob war nur noch eine dunkle, immer transparenter werdende Silhouette, durch die hindurch die Waldlandschaft sichtbar wurde. Tomar betrachtete die geronnene Flüssigkeit auf seinen Fingernägeln.

»Ich gehe, aber du … du bleibst hier«, waren Bobs letzte Worte, bevor er ins Nichts zurückkehrte.

Und nun begriff Tomar, was ihm anfangs so seltsam vorgekommen war. Er bückte sich, griff nach einer Handvoll Erde und rieb sich in aller Eile die Hände ab, um sie von dem Blut zu befreien. Er befand sich nicht in einem Traum. Er war tatsächlich irgendwo in einem Wald. Alles, was ihn umgab, existierte tatsächlich. Wie war er dort hingekommen und vor allem – von wem stammte das Blut?

21

Es dauerte über zwei Stunden, bis er den Wald verlassen und sein Motorrad wiedergefunden hatte, das er am Rand einer schmalen Landstraße abgestellt hatte. Seine Jacke hing über dem Lenker, darin steckten seine Wohnungsschlüssel, sein Handy und seine Papiere. Die Dienstwaffe lag im Top-Case, und die Schlüssel fand er auf dem Anlasser. Er hatte all seine Sachen mitten in der Nacht irgendwo in der Pampa zurückgelassen. Vier Uhr dreißig ... Trotzdem erinnerte sich Tomar deutlich an den Abend, den er mit Rhonda verbracht hatte. Das Kino, das Restaurant und ihre leidenschaftliche Umarmung im Bad. Gegen ein Uhr nachts waren sie zu Bett gegangen und rasch eingeschlafen. Tomar musste also kurze Zeit später aufgewacht sein und die Wohnung an der Place Clichy verlassen haben, um hierherzufahren. Und er hatte es in einem komatösen Zustand getan, ohne sich seiner Handlungen bewusst zu sein. Dabei konnte er sich nicht erinnern, je zuvor eine Episode von Schlafwandeln erlebt zu haben, und er fand es unglaublich, dass er in diesem Zustand fahren konnte.

Nach einigen Kilometern auf der Route Nationale zeigte ihm ein Schild, dass er sich in Montmorency befand, in dem Wald, in dem er Robert Müllers Schicksal besiegelt hatte. In weniger als einer halben Stunde erreichte er die Ringautobahn von Paris und kehrte in seine Wohnung in der Nähe der Porte de Vincennes zurück. Er ging sofort heiß duschen, um den Schmutz und die Kälte loszuwerden und die Muskeln zu lockern. Das Blut an seinen Händen war spurlos verschwunden, und er konnte nicht sagen, was er geträumt hatte und was tatsächlich passiert war. Bob hatte ihn eindeutig vor sich selbst gewarnt. Er konnte sich nicht entschließen, die Worte seines persönlichen schwarzen Mannes ernst zu nehmen, dennoch musste er zugeben, dass etwas Ungewöhnliches vor sich ging. Zuerst die Halluzinationen am helllichten Tag und jetzt dieser Anfall von Schlafwandeln. Er versuchte, sich an die Realität zu klammern, hatte jedoch das Gefühl, an einem rutschigen Abhang zu stehen, an dessen Ende ihn ein Abgrund erwartete, in den er auf keinen Fall hinabstürzen wollte. Ein Abgrund, auf dessen Boden der Leichnam seines Vaters lag, eines brutalen Mannes, einer kranken Bestie, von dessen Fleisch und Blut er war. Er ballte die Fäuste, bis sich seine Fingernägel in die Haut gruben. Und da erinnerte er sich an Bobs Worte: »Was glaubst du, wessen Blut ist das?« Sofort tauchte Rhondas Gesicht vor seinem geistigen Auge auf. Wenn er ihr etwas angetan hatte … Das Blut an den Händen, die nächtliche Reise, das Gefühl, jede Orientierung verloren zu haben, vollkommen unbewusst zu handeln … All das kam ihm so vertraut vor wie die Aussage eines Mörders gleich nach der Tat. Tomar erinnerte sich an diesen Burschen, einen Fleischergesellen von einundzwanzig Jahren, den er noch mit dem Hackmesser in der Hand verhaftet hatte. Er hatte gerade seiner Freundin den Kopf abgeschnitten. In aller Ruhe hatte er sie auf den niedrigen Couchtisch in ihrer Wohnung gelegt, bevor er die Wohnung verließ und mit frischem Blut besudelt durch die Straßen irrte. Tomar hörte noch sein zusammenhangloses Gestammel, die sinnlosen Worte. Der Bursche hatte mehrere Stunden gebraucht, um sich seiner Tat bewusst zu werden, und er würde sein Leben lang brauchen, um sie sich zu verzeihen.

Angst stieg in Tomar auf wie die Übelkeit, die sich vom Magen aus in den Eingeweiden ausbreitete. Er stellte das Wasser ab und ging ins Wohnzimmer, ohne sich abzutrocknen. In der Dunkelheit hockte er da, suchte in der Innentasche seiner Jacke nach seinem Handy und tippte hektisch Rhondas Nummer ein, während er ihren bleichen Körper vor sich sah, der in einer Blutlache auf dem Bett in ihrem Zimmer lag. Vielleicht hatte er sie auf dieselbe Art getötet wie seinen Vater, indem er ihr ein Messer in den Bauch gerammt hatte. Das Handy klingelte ins Leere, und ihre Mailbox sprang an. Tomar legte auf, ohne eine Nachricht zu hinterlassen, und wählte die Nummer ein weiteres Mal. Die Angst hatte sich in eine schwere Last auf seiner Brust verwandelt und drohte sie zum Bersten zu bringen, ihn am Atmen zu hindern. Rhonda, die Frau, die er liebte, die einzige Lichtquelle in seiner Finsternis. Wenn er sie verlor, würde er auch die Hoffnung verlieren, und Bob würde triumphieren. Es klingelte zweimal, dann hob sie ab. Ihre schleppende Stimme verriet ihm, dass er sie aus tiefem Schlaf gerissen hatte.

»Was ist los mit dir? Du warst plötzlich weg«, stieß sie beunruhigt hervor.

Seine Angst war verschwunden, und am liebsten hätte er ihr ins Ohr geschrien, wie er sich freute, sie zu hören, und wie glücklich er war, dass sie noch lebte.

»Ja… Ich gehe heute Morgen zum Boxen, ich wollte dich nicht wecken.«

»Alles klar. Aber warum rufst du mich dann an? Gibt es ein Problem?«

»Nein. Ich liebe dich«, hatte er gesagt, anstatt wie üblich seine Gefühle vor ihr zu verstecken.

Und dann hatten sie ohne ein weiteres Wort einfach aufgelegt. Tomar hatte das Gefühl, dass ihm irgendjemand noch eine Chance gegeben hatte. Es war seine Aufgabe, sie zu ergreifen, indem er seine wirklichen Empfindungen zeigte.

22

»Setz dich und trink in Ruhe deinen Kaffee!«, befahl Ara und wies ihrem Sohn den antiken Sessel aus grünem Samt zu, der neben dem Wohnzimmerfenster stand.

Dort ließ sie sich für gewöhnlich nieder, um genüsslich zu lesen und dabei das Sonnenlicht auszunutzen. Als er den Blick aus dem Fenster schweifen ließ, bemerkte Tomar die abbröckelnde Fassade eines modernen Wohnhauses, eingeklemmt zwischen zwei Gebäuden aus weißem Stein, ein bisschen weiter oben eine Reihe von Flachdächern, die mit abgestorbenen Pflanzen vollgestellt waren, und schließlich den fahlen Himmel des Wintermorgens. In der Stadt zu leben bedeutete, in einem Kasten inmitten anonymer Menschen zu wohnen, die ihrerseits zu einem Dasein mit wenig Raum für ein Privatleben verurteilt waren. Nach und nach gewöhnte sich jeder daran, den Blick zu senken, um sich nicht in das Leben anderer Menschen einzumischen. Zwischen den Falten der Gardinen waren häufig die Umrisse von Menschen zu sehen, die in ihre Beschäftigungen vertieft waren. Die Banalität, den Alltag, die Liebe und manchmal den Hass teilte jeder mit seinen Nachbarn, unbeweglichen und schweigenden Zeugen des Lebens anderer. Das stellte Tomar tagtäglich bei seinen Ermittlungen fest. Wie viele Dramen hätten vermieden werden können, indem jemand nächtliche Schreie oder einen rücksichtslosen Fahrstil meldete. Wie viele Verursacher verschwiegener, hinter der Fassade alltäglichen Gleichmaßes verborgener Leiden hätten verurteilt werden können? Assan war der Beweis. Unter den Bettgestellen der Hausbewohner war er stundenlang zu Tode gefoltert worden. Jemand musste die Schreie gehört haben, hatte sich aber nur auf die andere Seite gedreht und war bald wieder eingeschlafen. Gleichgültigkeit wurde zur Norm, der auf den Boden gerichtete Blick und Ohren, die taub waren für den Schmerz der anderen.

Tomar trank einen Schluck heißen Kaffee und sah sich im Zimmer um. Hala und Ziad, die beiden kleinen Flüchtlinge, die seine Mutter beherbergte, saßen an dem runden Wohnzimmertisch und beschäftigten sich, indem sie mit Buntstiften zeichneten. Abwechselnd blickten sie ihn an, wobei ein breites Lächeln ihr Gesicht erhellte. Tomar verspürte einen Anflug von Schuldgefühl. Er hatte dem Mädchen von der OFPRA, von dem Francky ihm erzählt hatte, mehrere Nachrichten hinterlassen. Nachrichten, die bislang unbeantwortet geblieben waren. Er hörte, wie Ara am Ende des Flurs ein paar Worte auf Arabisch mit Nouria wechselte, der Mutter der Kinder, dann gesellte sie sich mit einem Karton unter dem Arm zu ihm. Er stand auf, um ihr seinen Platz zu überlassen, aber sie hatte sich bereits einen Stuhl herangezogen und setzte sich ihm gegenüber. Sie stellte den Karton auf die Knie und nahm behutsam den Deckel ab. Tomar sah, dass der Karton einen Stapel Unterlagen enthielt. Steuererklärungen, Lohnzettel, Zahlungsbelege der Sozialversicherung, eine ganze Batterie an amtlichen Schreiben, Relikte einer Vergangenheit, die er so tief wie möglich in seinem Gedächtnis vergraben wollte.

»Was du da von mir verlangst, ist nicht leicht«, sagte

Ara und wühlte in den Unterlagen. »Warum interessiert dich das überhaupt, mein Sohn?«

Tomar zögerte einen Moment lang. Wenn er ihr von seiner Furcht vor einer Erbkrankheit erzählte, gab er damit zu, dass er ein Problem hatte, und riskierte, sie zu beunruhigen. Doch er hatte seine Mutter von jeher beschützt.

»Ich habe Migräneanfälle, Maman. Nichts Schlimmes, aber mein Arzt hat mich gefragt, ob vonseiten meiner Eltern …«

Argwöhnisch musterte sie ihn, bevor sie antwortete.

»Ich kann mich nicht erinnern, dass dein Vater Migräne gehabt hätte. Meinerseits hatte ich seinetwegen oft Migräne«, sagte sie, ohne zu lächeln.

»Ist er nie untersucht worden? Im Computertomografen oder so? Ich meine, haben die Ärzte nie versucht, ihn zu behandeln?«

»Meinst du wegen Migräne oder …?«

Sie wussten beide, wovon Tomar sprach. Sein Vater hatte sie jahrelang immer wieder geschlagen, bis es Ara endlich gelungen war, ihm mit Tomar und seinem kleinen Bruder zu entkommen. Der Richter hatte ein Näherungsverbot erlassen, und sie waren von einer Wohnung in die nächste gezogen, hatten sich versteckt, damit er ihrer nicht habhaft wurde. Bis zu dem unvermeidlichen Tag, an dem er Kreide gefressen und ihnen versichert hatte, er habe sich geändert. Was danach passiert war, daran konnte sich Tomar kaum noch erinnern … aber in seinen Träumen verfolgte es ihn seit fast dreißig Jahren. Ara stellte den Karton ab und bückte sich, um Tomar aus hellen Augen ins Gesicht zu sehen.

»Mein Sohn, du weißt, dass ich im Krieg Entsetzliches erlebt habe. Manche Blicke werde ich nie vergessen. Leiden, Angst, Tod … In den Augen eines Menschen lässt sich viel erahnen.«

Tomar spürte, wie ihn eine tiefe Traurigkeit überfiel. Irgendwo tief in seinem Innern gab es einen Abgrund voller vergrabener Gefühle. Liebe, Hass, Wut, Reue, Bitterkeit, alles vermischte sich in diesem Brunnen, dessen Einstieg er schon als Kind versiegelt hatte und dessen Wände allmählich rissig wurden.

»Als ich deinen Vater kennenlernte, sah ich nur seine schönen Augen und nichts von dem, was uns erwartete. Es tut mir leid«, sagte sie und umfasste seine Hände.

Tomar hätte gern etwas gesagt, doch sein Mund blieb verschlossen. Er schaffte es lediglich, ihr einen Kuss auf die Hand zu drücken.

»Dein Vater war krank, das steht fest, aber ich glaube nicht, dass Ärzte ihm hätten helfen können. Er war einfach, wie er war, das ist alles.«

Aus dem Flur drang Lärm herein. Nouria kam ins Zimmer und schimpfte lautstark mit ihren Kindern. Tomar wandte sich um und sah, wie der kleine Ziad das Handy, das Tomar hatte liegen lassen, vorsichtig an seinen Platz zurücklegte, auf den Tisch neben seinem Helm und den Motorradhandschuhen. Ara wechselte einige Worte mit ihrer Untermieterin, dann erklärte sie Tomar, es tue Nouria sehr leid, dass ihre Kinder sich das Handy ausgeliehen hatten, »ohne vorher um Erlaubnis zu bitten«. Nouria kam auf ihn zu und reichte ihm das Handy. Tomar beruhigte sie mit einem Lächeln, doch dann sah er ein Foto von Assans Autopsie auf dem Sperrbildschirm. Francky hatte es ihm per E-Mail geschickt. Darauf war ein blutbeschmierter Arm mit einem tätowierten Adler zu sehen.

»Nein, *mir* tut es leid«, sagte Tomar und steckte das Handy in die Tasche seiner Jeans.

»Keine Sorge«, antwortete Ara. »Es ist nicht ganz glücklich, aber dies ist nicht die erste Leiche, die die Kinder sehen mussten.«

23

In dem kleinen Büro in der fünften Etage hatte sich die gesamte Gruppe versammelt. Der angenehme Duft von heißem Kaffee erfüllte den Raum, und Francky hatte ein Veluxfenster geöffnet und war auf einen Aktenstapel gestiegen, um sich außer Reichweite der Rauchmelder eine Kippe anzustecken. Alle Blicke waren auf Laurent Bruchet gerichtet, einen Kollegen von der Sitte, der ihnen einen Vortrag über die albanische Mafia hielt. Dino hatte das Treffen anberaumt, um alle auf den neuesten Stand zu bringen und ihnen begreiflich zu machen, mit wem sie es hier zu tun hatten. Bruchet, ein klein gewachsener Flic mit Geheimratsecken und hagerem Gesicht, erklärte ihnen die erbarmungslose Organisation des Kraken vom Balkan. Manche Länder exportieren ihre Küche, ihre Kultur oder ihre Arbeitskräfte, doch Albanien hatte sich auf ein ganz anderes Gebiet spezialisiert – das organisierte Verbrechen. Innerhalb kurzer Zeit hatte sich dieser haltlose, von Armut und Korruption zerfressene Staat den schlechtesten Ruf aller europäischen Länder erarbeitet. Die Neunzigerjahre und der Krieg im Kosovo hatten den historisch gewachsenen Clans Flügel verliehen. Die Befreiungsarmee des Kosovo beherbergte in Wirklichkeit eine politisch-mafiöse Organisation, deren Paten Beziehungen zu immer neuen Verbrecherkönigen knüpften, bis sie schließlich deren Platz einnahmen. Prostitution im großen Stil, illegale Einwanderung, Drogen- und Kriegswaffenhandel, nichts ließen sie sich entgehen. Die Zerschlagung mehrerer albanischer Zuhälterringe hatte es der französischen Polizei ermöglicht, sich mit den Methoden dieser Mafia vertraut zu machen. Der Großteil der Geschäfte wurde auf internationaler Ebene getätigt. Somit war es gerechtfertigt, dass Interpol ein spezielles Programm zur Bekämpfung der Organisation entwickelte. Das Projekt Balkom versammelte Hunderte von Ermittlern in fast allen europäischen Ländern und zeichnete ein katastrophales Bild der Lage, die sich im Lauf der Jahre immer weiter verschlimmert hatte. Die Mienen der Polizisten verhärteten sich, als Bruchet beiläufig erwähnte, dass selbst die russische Unterwelt mit ihrer Art, kurzen Prozess zu machen, im Vergleich zu den barbarischen Methoden der Albaner wie eine Gruppe von Chorknaben wirkte. Ohne es zu wollen, dachte Tomar an dieses in Trümmern liegende, vom Krieg verwüstete Land und an die orientierungslosen Jugendlichen, für die Gewalt zur Normalität wurde, zu einer unerlässlichen Bedingung des Überlebens.

»Diese Typen glauben, sie leben noch im Mittelalter«, sagte Bruchet und warf den leeren Pappbecher in einen kleinen Mülleimer. Es herrschten etwa fünfzehn Clans, die alle einem unverletzlichen Ehrenkodex unterworfen waren – dem *Kanun.*

»So ähnlich wie die japanischen Yakuza?«, fragte Dino und sah aus wie ein Computerfreak vor einer neuen Folge seiner Lieblingsserie.

Tomar hatte den Verdacht, dass Dino sich nur zu gern in diese Mafiasache eingemischt hätte, denn eine solche Gelegenheit bot sich nur selten.

»Ihre Sitten sind längst nicht so verfeinert wie die der Japaner. Diese Typen kennen keine Grenzen, das ist das Problem. Wegen der internen Repressalien erwischen wir sie einfach nicht. Einer dieser Kerle redet, und seine ganze Familie wird übel zugerichtet. Sogar Dolmetscher, Anwälte oder Richter … sie bedrohen alle und schreiten auch regelmäßig zur Tat. Uns informiert praktisch niemand mehr.«

»Aber ihr seid ihnen offensichtlich trotzdem auf den Fersen«, erwiderte Tomar.

»Ja, sie verhalten sich nicht gerade diskret. Aber Abhöraktionen sind schwierig, weil sie eine codierte Sprache verwenden. Und ihre Schlupflöcher kannst du vergessen, weil sie Trupps zur Gegenüberwachung einsetzen. Tatsächlich verstecken diese Widerlinge sich nicht mal richtig. Sie betreiben ihre Geschäfte, als wären sie bei sich zu Hause, mitten auf der Straße. Darum verfolgen wir die Mädels und erwischen sie in flagranti. Aber das nutzt auch nicht viel.«

»Warum?«

»Bestenfalls werden sie nach Albanien ausgeliefert und dort sofort wieder freigelassen. Typen, die fünftausend Euro am Tag machen, indem sie ein Dutzend Mädels für sich anschaffen lassen.«

»Und die Mädchen?«, fragte Rhonda.

»Die Mädchen … tja, das ist schrecklich. Sie kommen aus Albanien, aus der Tschechischen Republik oder aus Bulgarien, aber die Zuhälter bedienen sich auch aus den Reihen illegaler Einwanderinnen. Die finden sich überall, in Deutschland, Belgien, Frankreich. Man spricht von Häusern, in denen sie zugeritten werden, das Handwerk lernen und schließlich verkauft werden.«

Angewidert wandte Rhonda den Blick ab.

»Ja, das ist nicht schön. Sie werden wie Sklavinnen behandelt, manche Clans gehen sogar so weit, ihnen ihre ekelhaften Wappen einzutätowieren.«

»Und Yuri Baric? Was ist das für einer?«, fragte Tomar.

»Yuri… Das ist einer von den ganz Wilden. Er steht an der Spitze eines kleinen Clans, der sich in der östlichen Vorstadt angesiedelt hat. Heroin, zur Abwechslung ein bisschen Gras, aber seine Spezialität ist Prostitution. Der Kerl, den wir neulich in einem Keller gefunden haben, hat für ihn gearbeitet… Vladis Vidko, ein Gewalttäter.«

»Den haben sie nach Strich und Faden verprügelt«, sagte Francky und füllte seine Bronchien mit einem satten Rauchstrom.

»Ja, ich habe das Video gesehen. Jedenfalls hat unser Typ genug Eier, um sich mit Yuri anzulegen. Die müssen ihm alle auf den Fersen sein. Wisst ihr, dass sie ihm bereits einen Namen gegeben haben? *Fantazmë*… Das ist albanisch und bedeutet Gespenst.«

Tomar wandte den Kopf, um den Screenshot zu betrachten, den er an die Pinnwand der Gruppe gepinnt hatte. Die schwarze Silhouette des Mannes beugte sich mit erhobener Faust über den albanischen Dealer, um erneut zuzuschlagen. Fantazmë… der Name passte ziemlich gut zu ihm.

24

Kristina blickte in den Himmel und begann still zu beten. »Bitte mach, dass sie mich nicht schlagen. Sie können mich vergewaltigen, so oft sie wollen, aber ich ertrage keine weiteren Schläge mehr.« Kristina erinnerte sich an jenen schicksalhaften Tag im Winter 2015. Sie war gerade siebzehn geworden und arbeitete in einer beliebten Bar in Chisinau, der Hauptstadt von Moldawien. Sie verdiente knapp dreißig Euro im Monat und teilte sich eine winzige Einzimmerwohnung mit zwei Mädchen aus Rumänien. Eine von ihnen hatte ihr Vloran vorgestellt, einen Albaner mit sanftem Gesicht. Er hatte ihr dreihundert Euro für die gleiche Art von Arbeit in seiner Bar im Kosovo versprochen. Anfangs war sie misstrauisch gewesen. Welche Art von Arbeit meinte er? Aber er hatte sie beruhigt, indem er ihr in leuchtenden Farben schilderte, dass sie irgendwann einen Reisepass und einen richtigen, gut bezahlten Job in Westeuropa bekommen könne – in Italien, der Schweiz, in Belgien oder auch, warum nicht, in Frankreich. Geblendet von der Aussicht auf Frieden, Geld und ein besseres Leben hatte Kristina ihm den Schwachsinn abgekauft und war ihm in seine Bar gefolgt, ohne weitere Fragen zu stellen. Gleich bei der Ankunft hatte Vloran sie an den Wirt verkauft, für dreitausendfünfhundert Euro, weil sie gut gebaut war und schöne blaue Augen hatte. Sie hatten sie verprügelt, und sie war von Freiern, dem Inhaber der Bar und einigen seiner Angestellten vergewaltigt worden. Sie sperrten sie in ein Zimmer, um ihr klarzumachen, dass sie von nun an eine Sklavin war. Unter ständiger Aufsicht einer älteren, matronenhaften Frau bediente sie tagsüber in der Bar. Nachts stellte der Wirt sie zehn bis fünfzehn Freiern zur Verfügung. Den Lohn, von dem Vloran gesprochen hatte, gab es nicht. Offiziell wurde er einbehalten, um ihr Essen und das schäbige, heruntergekommene Zimmer zu bezahlen, das ihr als Zelle diente. Wenn sie krank war, konnte sie sich nirgends behandeln lassen, denn Polizei und Staat gestanden ihr keinerlei Rechte zu. Sie war ein Phantom, dem Vergessen anheimgegeben. Und dann verkaufte der Wirt sie an einen anderen Albaner, der quer durch Europa via Italien nach Frankreich fahren wollte. Da Kristina sich gut geführt hatte, erlaubten sie ihr, auf dem Beifahrersitz des LKWs mitzufahren, während etwa zehn weitere Mädchen die Reise in der eiskalten Dunkelheit eines Containers antraten. Sie betrachtete die Straße und die sich verändernde Landschaft. Sie wechselte Blicke mit lachenden Kindern, die auf der Rückbank vorbeifahrender Autos saßen. Dann ging die Landschaft in eine Reihe öder kleiner Städte über, und ihr Blick blieb an einem Verkehrsschild mit der Aufschrift »Paris« hängen. Allem Unglück zum Trotz lief ihr eine Träne der Hoffnung über die Wange. Paris, die Hauptstadt der Aufklärung und des Landes der Menschenrechte. Irgendjemand würde ihr helfen, irgendwo …

Sie spürte eine leichte Erschütterung, als der Laster in einen Feldweg einbog und an einer ausgedehnten Baulücke entlangfuhr. Kristina sah, dass sich Berge von Abfällen auf dem endlos erscheinenden Gelände erhoben, und sie begriff, dass sie sich auf einer Mülldeponie befanden. Sie fuhren langsam, um den Spurrillen auszuweichen, und sie stellte sich vor, wie die Mädchen hinten im Container herumgeschubst wurden. Ungefähr zehn Minuten ging es so weiter, bevor sich hinter den Müllbergen der Umriss eines Gebäudes abzeichnete. Es handelte sich um eine stillgelegte, zum Teil verfallene Fabrik. Zwei riesige Schornsteine ragten in den Himmel wie Wachposten aus Stahlbeton. Es war unschwer zu erraten, dass es sich um eine ehemalige Müllverbrennungsanlage handelte, die nunmehr einem vernachlässigten Grab ähnelte. Der Lastwagen hielt vor dem Eingang des Gebäudes, und der Fahrer, ein grobschlächtiger Mann mit gebleichtem Haar, der während der Fahrt kein einziges Mal den Mund aufgemacht hatte, gab ihr mit einer Geste zu verstehen, dass sie aussteigen solle.

Drei weitere Kolosse warteten auf der Außentreppe auf sie, einer davon mit einer Maschinenpistole bewaffnet. Kristina verfiel nicht in Panik und ging genau an der Stelle auf die Knie, die man ihr angewiesen hatte. Die Türen des Lasters wurden geöffnet, und die Mädchen stiegen aus. Sie weinten. Manche waren noch sehr jung, kaum zwölf Jahre alt. Den wenigen Worten zufolge, die sie aufschnappen konnte, kamen sie alle aus Mitteleuropa. Eins der Mädchen versuchte zu fliehen und wurde sofort mit einem Knüppel geschlagen. Nach turbulenten Minuten standen alle um Kristina herum, verweint und mit leerem Blick. Da tauchte ein weiterer Mann auf. Er hatte einen tiefschwarzen Bart und ein hartes Gesicht, genau wie die Männer, denen sie schon bei ihrem alten Boss begegnet war. Er sprach mit starkem kosovarischem Akzent und behauptete, er heiße Yuri und werde sie nun über ihre

Stellung als Sklavinnen informieren. Kein großer Unterschied zu dem, was sie bereits kennengelernt hatte, abgesehen davon, dass sie in Kleintransportern arbeiten und täglich den Ort wechseln würden. Yuri versprach ihnen Lohn und Vergünstigungen, wenn sie sich korrekt verhielten. Er erklärte ihnen, dass sie das Gebäude hinter ihm betreten und lernen würden, wie sie ihre Kunden zu befriedigen hatten. Kristina verspürte ziehende Schmerzen im Unterleib, sie wusste genau, was sie erwartete. Die Schreie und Schluchzer der Mädchen wurden mit Schlägen erstickt, in den Unterleib, um die Ware nicht zu beschädigen. Und dann verkündete Yuri, dass sie das Abzeichen des Clans tragen und stolz darauf sein mussten. Zwei Männer entzündeten ein Feuer in einem Metallfass. Sie hielten einen langen Stahlstift hinein, dessen glühende Spitze aus einem Ypsilon in einem Kreis bestand. Das Symbol des Friedens, dachte Kristina und hob die Hand, um sich freiwillig zu melden. Yuri musterte sie ein paar Sekunden lang, dann nickte er zustimmend und beglückwünschte sie. Sie legte die wenigen Meter bis zum Feuer zurück und beugte sich vor, während ein Mann ihr den Pullover hochschob, um die Haut an ihrem Rücken zu entblößen. Irgendwo zwischen den Brandmalen und Striemen, die ihr ehemaliger Boss ihr zugefügt hatte, spürte Kristina den unbarmherzigen Biss des Stahls, der ihr Fleisch brandmarkte. Schreiend hob sie den Kopf und nahm wahr, wie die Sonne den Müllhaufen gegenüber der Fabrik erhellte. Hätte der Schmerz sie nicht zum Weinen gebracht, hätte sie vielleicht die vermummte Gestalt wahrgenommen, die auf dem Boden lag und ihr Martyrium beobachtete.

25

Zwei Fische mit neonblauen Schuppen musterten Tomar mit ihren Glupschaugen, während ihre Flossen im Wasser wogten. Ein Schrei der Begeisterung erklang, und ein kleines blondes Mädchen von etwa zehn Jahren drückte die Nase an die Scheibe des Aquariums. Sie klopfte an das Glas, und die Fische flüchteten sich unter ein Algenbüschel. Tomar hatte die Île de la Cité verlassen und die Praxis von Doktor Cherqui aufgesucht, die in einer gut betuchten Gegend des 16. Arrondissements lag. Er hatte lange gezögert, bevor er den Neurologen anrief, den Mathis ihm empfohlen hatte, aber sein nächtliches Erwachen mitten im Wald hatte ihn gezwungen, seinen Zustand endlich ernst zu nehmen. Die Empfehlung des Psychologen und der Hinweis auf sein verrücktes Erlebnis hatten ihm einen Notfalltermin eingebracht, die Sache mit dem Schlafwandeln hatte er nicht einmal erwähnen müssen. Tomar beobachtete die junge Mutter, die ihre Tochter vergeblich zu überreden versuchte, sich zu ihr auf das Sofa zu setzen. Er fragte sich, was die beiden wohl in das Wartezimmer des Spezialisten für neurologische Erkrankungen geführt hatte. Ihr trauriges Lächeln und die Ringe unter den Augen legten die Vermutung nahe, dass das vor Lebendigkeit übersprudelnde kleine blonde Mädchen die eigentliche Patientin war. Kinder hatten die unglaubliche Fähigkeit, jeden Härtetest zu bestehen, wie schmerzhaft er auch sein mochte, weil ihre Lebensfreude und ihr Spieldrang unbeeinträchtigt blieben. Tomar erinnerte sich an die Bilder aus Aleppo, die wenige Monate zuvor durch sämtliche Medien gegangen waren. Darauf waren Kinder zu sehen, die eine Gefechtspause nutzten, um in einem Granattrichter mitten in einem Trümmerfeld zu baden. Das Parkett knarrte, die Tür des Wartezimmers öffnete sich, und die schmale Gestalt eines Mannes in grauem Anzug erschien.

»Monsieur Khan«, sagte er und lächelte.

Tomar stand auf, griff nach dem Motorradhelm zu seinen Füßen und näherte sich dem Arzt, der ihm zum Gruß die Hand reichte. Er betrachtete das sanfte Gesicht mit den Geheimratsecken und dem sonnengebräunten Teint und fand, dass der Mann einem buddhistischen Mönch ähnelte. Er folgte Doktor Cherqui in sein Büro am Ende eines langen Flurs, der von Türen mit der Aufschrift »Achtung, radioaktive Strahlung!« gesäumt war. Tomar sah sich in dem großen Zimmer um. Die Fenster gingen auf einen Park hinaus, und dorthin kamen bei schönem Wetter die Kinder des Viertels zum Spielen. Cherqui nahm hinter einem Schreibtisch aus dunklem Holz Platz, der mit gerahmten Fotografien zugestellt war. Tomar bemerkte, dass der Arzt darauf mit zwei offenbar gleich alten Jungen posierte. Ein Judoturnier, eine Wanderung durch eine Berglandschaft, ein sonniger Strand – Cherqui lebte offenbar getrennt oder war verwitwet und kümmerte sich allein um seine Zwillinge. An der Wand hinter ihm hingen in einem langen, von hinten beleuchteten Gestell mehrere bläuliche Abbildungen von Gehirnen. Die Bilder umrahmten den Kopf des Neurologen mit einer fahlen Aura. Tomar nahm in einem abgenutzten Ledersessel Platz und zögerte eine Weile, bevor er das Wort ergriff, während Cherqui ihn durchdringend, aber wohlwollend aus hellen Augen musterte.

»Sie sind also mit Benoît Mathis bekannt?«, fragte er und verschränkte die Finger beider Hände miteinander.

»Ja«, antwortete Tomar leicht nervös.

»Ich habe mir erlaubt, ihn anzurufen, nachdem Sie einen Termin vereinbart hatten. Er hat mir einige interessante Einzelheiten erzählt.«

Tomar hatte keine Ahnung, was der Arzt ihm damit sagen wollte. Er hatte immer geglaubt, dass seine *Unterhaltungen* mit Mathis vertraulich blieben, obwohl es im Grunde keine richtigen Beratungsgespräche waren.

»Sie beide sind miteinander befreundet, nicht wahr?«, fuhr Cherqui fort.

»Ja«, antwortete Tomar so prompt, dass es ihn selbst überraschte.

»Er hat mir auch gesagt, dass Sie Commandant bei der Polizei am Quai des Orfèvres 36 sind … ein schwerer Beruf«, fuhr der Neurologe fort. »Also, ich sage es Ihnen ohne Umschweife – was Sie da neulich erlebt haben, diese Halluzinationen, visuell, auditiv und olfaktorisch, dazu noch der Schwindel … das ähnelt sehr einem zerebralen Krampfanfall, einer Epilepsie.«

Tomar spürte, wie sich in seinem Magen etwas verkrampfte. Er hatte den Eindruck, vor einem Rechtsmediziner zu sitzen, der ihm die Verletzungen eines Körpers aufzählte. Mit dem kleinen Unterschied, dass der Körper diesmal sein eigener war.

»Sagen Sie, Monsieur Khan, bei diesem Anfall, hatten Sie da den Eindruck, sich in einem Traumzustand zu befinden, etwas Bizarres, Unerklärliches, sehr Merkwürdiges zu erleben?«

»Besser kann man es nicht ausdrücken.«

»Und es hat nicht länger als ein paar Minuten gedauert?«

»Höchstens zwei oder drei Minuten.«

»Gut. Dann beginnen wir mit einem Elektroenzephalogramm, um zu überprüfen, ob es sich um eine TIA handelt«, sagte er und sprach dann weiter. »Eine transitorische ischämische Attacke, das ist eine Art von Schlaganfall, die sehr unangenehme Symptome haben kann.«

Der Knoten in Tomars Magen zog sich fester zusammen.

»Danach machen Sie ein Echoenzephalogramm, und mit der Computertomografie warten wir bis nach der Diagnose. Ich bin aber zuversichtlich, dass es sich nur um einen partiellen epileptischen Anfall handelt.«

Tomar hatte keine Ahnung, was das bedeutete, aber er schaffte es einfach nicht, den Mund zu öffnen.

»Ist Ihnen so etwas zum ersten Mal passiert? Benoît hat mir von Ihren Träumen erzählt, aber haben Sie so etwas zuvor schon einmal im Wachzustand erlebt?«

Sofort fühlte er sich in das Parkhaus in der Nähe der Champs-Élysées versetzt, wo er Bob Auge in Auge gegenübergestanden, dann aber das Bewusstsein verloren hatte. Das war fast ein Jahr zuvor passiert, gleich nach dem erfolgreichen Abschluss der Ermittlungen in dem Mordfall an der Leiterin eines Kindergartens. Und natürlich gab es da noch den Vorfall im Wald.

»Ja«, sagte er mit erstickter Stimme.

»Ich nehme an, Sie haben noch nie mit jemandem

darüber gesprochen, stimmt's?«, fragte Cherqui und blickte ihm unverwandt in die Augen. »Bei den ersten Anfällen ist es fast immer so. Man hat das Gefühl, verrückt zu werden, zu fantasieren.«

»Ja, ungefähr so war es.«

»Ah, gut. Dann lässt sich nicht ausschließen, dass Ihre Epilepsie, wenn es sich denn um eine handelt, generalisiert ist.«

Generalisiert ... das klang ein bisschen so, als wäre sein Ende bereits besiegelt.

»Was bedeutet das?«, fragte Tomar und ballte die Fäuste.

»Sehen Sie, Epilepsie ist so etwas wie ein Kurzschluss, verursacht durch übermäßige Aktivität der Gehirnzellen. Es kann sich um einen kleinen Stromausfall handeln, das nennt man dann eine partielle Epilepsie ... Oder es ist eine gleichzeitige Störung beider Gehirnhälften, die eine allgemeine Unterbrechung hervorruft und von Dauer sein kann.«

»Wollen Sie damit sagen, dass das wieder von vorn losgehen kann?«

»Das hängt ab von der Ursache und der Schwere der Epilepsie sowie von den Faktoren, die sie auslösen. In Ihrem Beruf sind Sie Stress ausgesetzt, Erschöpfung und Aufregung. Das alles sind auslösende Faktoren.«

Sein Beruf. Hätte Cherqui auch nur die geringste Vorstellung von Tomars Kindheit gehabt, er hätte sich gewundert, dass sein Gehirn noch nicht durchgebrannt war.

»Sind das gleichzeitig auch die Ursachen der Krankheit?«, fragte Tomar.

»Ja. Der Computertomograf wird uns ein genaueres Bild zeigen, aber Sie müssen wissen, dass die Ursachen der Epilepsie komplex und sehr unterschiedlich sind. Entweder ist es das, was man eine symptomatische Epilepsie nennt, das heißt eine Verletzung des Gehirns durch eine Infektion, einen Tumor oder Gefäßprobleme. Oder es handelt sich um eine idiopathische Epilepsie. Die Ursachen sind nicht bekannt, und man geht allgemein davon aus, dass die Krankheit erblich ist.«

Tomar fühlte sich wie betäubt, als er die Worte des Neurologen in sich aufnahm. *Erblich.* Ein Spezialist hatte das Wort ausgesprochen und damit seine geheimen Befürchtungen untermauert. Die Bestie war tot, aber sie hatte ihre Saat gelegt. Eine Saat, die nun in Tomars Gehirn aufging. Cherqui hatte offenbar bemerkt, dass Tomar sich nicht wohlfühlte, denn sein Tonfall wurde sanfter. »Wissen Sie, wenn Sie nur gelegentlich einen Anfall hatten, sind Sie nicht zwangsläufig Epileptiker. Und die Anfälle müssen sich nicht unbedingt Ihr Leben lang wiederholen. Allein in Frankreich sind mehr als eine halbe Million Menschen davon betroffen, und die Forschung macht große Fortschritte. Wir haben Behandlungsmethoden mit hervorragenden Ergebnissen. Es gibt sogar wirksame Operationen.«

Operationen. Also würde man ihm den Schädel öffnen und in seinem Gehirn herumwühlen, um die Wurzel herauszuziehen, die irgendwo inmitten seiner Synapsen verfaulte.

»Ich schlage vor, wir lassen die Untersuchungen durchführen, und ich rufe Sie an, sobald ich die Ergebnisse auswerten konnte. Und dann sehen wir weiter.«

Tomar nickte nur, unfähig, ein Wort zu sagen. Er hatte den Eindruck, dass ihm eine Tonne Gusseisen die Schultern zerquetschte. Doktor Cherqui erhob sich und umrundete seinen Schreibtisch, um ihn zum Eingang zu begleiten, wo eine Arzthelferin seine persönlichen Daten aufnahm. Zum Abschied schüttelte der Arzt ihm energisch die Hand.

»Machen Sie sich keine Sorgen, Monsieur Khan, ich lasse Sie nicht im Stich«, sagte er mit warmherziger Stimme.

Und Tomar dachte bei sich, dass ihm das Schlimmste noch bevorstand.

26

Die weiße Zeltkuppel des Auffanglagers Centre Humanitaire Paris-Nord erhob sich wie eine seltsame Drüsenschwellung über dem Asphalt. Die alte Brache der SNCF unten an der Ringautobahn, zu erreichen über den Boulevard Ney 70, beherbergte die Speerspitze der Pariser Gastfreundlichkeit. Das Lager mit vierhundert Plätzen sollte Tausende von Flüchtlingen aufnehmen, die aus den Notlagern gejagt worden waren. Das wichtigste, in der Nähe der Metrostation Stalingrad, war einige Monate zuvor gewaltsam aufgelöst worden. Rhonda und Francky gingen an einer Reihe von Gestalten vorbei, die eine lange und chaotische, aber resigniert wirkende Schlange bildeten. Die müden, unter Kapuzen versteckten Köpfe senkten sich sofort, als sie vorbeigingen. Dennoch begegnete Rhonda dem finsteren Blick eines Mannes, der eine Rettungsdecke über den Schultern seiner roten Daunenjacke trug. Welche Prüfungen hatte er bestehen müssen, bevor er hier gelandet war, nachdem er darum gebettelt hatte, einige Tage unter menschenwürdigen Umständen verbringen zu dürfen? Am Empfang zeigten die beiden den Ehrenamtlichen der humanitären Hilfsorganisation, die damit beauftragt war, den Zutritt zum Zentrum zu regeln, ihre Dienstausweise. Francky holte zwei Blätter aus seiner Tasche und reichte Rhonda eins davon.

»Ich stelle ein paar Fragen, damit wir Zeit gewinnen«, sagte er und drehte sich zur Schlange der Flüchtlinge um.

Rhonda wusste, dass ihm unbehaglich zumute war. Francky war zweifellos der engagierteste, politisch am weitesten links stehende Flic der 36, und dieses Elend mitten in einem Land, dem es offiziell wirtschaftlich gut ging, brachte ihn zur Verzweiflung. Vor allem unter der Regierung eines Präsidenten, auf den er seine ganze Hoffnung gesetzt hatte, mit der Aufrichtigkeit, die so typisch für ihn war.

Ein ungefähr dreißigjähriger Mann, auf dem Rücken ein Schild mit der Aufschrift »Emmaüs Solidarité«, näherte sich Rhonda und bedeutete ihr mit einer Geste, ihm ins Innere der Blase zu folgen. Dort erblickte sie eine Reihe behelfsmäßiger Büros in einem Container, verteilt auf zwei Stockwerke. Von innen wirkte die Kuppel größer und farbiger, mit der orange-weißen Leinwand sah der Raum so aus, als würde er von einem Sonnenuntergang beleuchtet.

»Man kommt sich vor wie in einem Zirkuszelt, stimmt's?«, fragte der Freiwillige und bat sie in eins der Büros. »Ich muss zugeben, dass es hier oft auch zugeht wie im Zirkus.«

Rhonda deutete ein Lächeln an, während sie die vielen Flüchtlinge beobachtete, die im Grünflächenbereich der Blase zwischen Tischen und Stühlen zur freien Verfügung herumspazierten. Überall diskutierten junge Helfer, zu erkennen an einer gelben oder blauen Armbinde, mit Männern vom anderen Ende der Welt. Plötzlich fiel ihr auf, dass die Blicke leuchtender wirkten, sie hörte sogar Gelächter.

»Beeindruckend, nicht wahr? Eins kann ich Ihnen versichern – langweilig wird es hier nie. Es gibt immer etwas zu tun.«

»Kann ich mir vorstellen«, antwortete Rhonda und reichte dem Ehrenamtlichen das Blatt Papier, das Francky ihr gegeben hatte. »Ich wüsste gern, ob Sie diesen Mann kennen.«

Der Helfer entfaltete das Stück Papier und betrachtete aufmerksam die Gestalt des Kapuze tragenden Phantoms aus dem Video, das den Arm zum Zuschlagen erhoben hatte.

»Das kann ich Ihnen wirklich nicht sagen. Sein Gesicht ist nicht zu erkennen, und seitdem das Zentrum im November eröffnet wurde, habe ich hier fast viertausend Menschen gesehen.«

»Sehen Sie sich die Handschuhe an, das Modell ist ziemlich ungewöhnlich.«

Erneut runzelte der Mann die Stirn und konzentrierte sich auf das Bild, aber schließlich gab er es ihr mit bedauernder Miene zurück.

»Das sagt mir überhaupt nichts. Sind Sie sicher, dass es sich um einen Flüchtling handelt?«

Statt einer Antwort hielt Rhonda ihm eine Kopie von Assans Asylantrag unter die Nase.

»Und der hier? Sagt der Ihnen was?«

»Assan Barazi… wir haben eine Datenbank mit allen Personen, die das Zentrum durchlaufen. Wenn Sie wollen, kann ich das überprüfen. Das ist ein Syrer, davon haben wir seit Januar ziemlich viele gehabt.«

»Nehmen Sie nur Männer auf?«

»Nur Männer, ja. In Ivry gibt es eine Betreuungseinrichtung für Frauen, die ist gerade erst eröffnet worden. Wissen Sie, viele kampieren auf dem Vorplatz, denn wir haben nur vierhundert Betten. Die meisten müssen auch heute wieder unter freiem Himmel übernachten.«

»Gibt es weitere Orte, wo ich nach ihm suchen kann?«

»Ganz ehrlich? Mit diesem Foto und bei den wenigen Einrichtungen, die es gibt, lohnt sich das nicht. Es sei denn, Sie mischen sich unter die Streetworker und verlassen sich auf Ihr Glück.«

In einer Ecke des großen Saals hatte sich ein Mann von seinem Stuhl erhoben und schrie einen Ehrenamtlichen an, der ihn zu beruhigen versuchte. Nach einiger Zeit setzte er sich wieder hin und unterhielt sich in aller Ruhe weiter.

»Gibt es hier keinen Sicherheitsdienst?«, fragte Rhonda.

»Das ist so ziemlich das Letzte, was diese Leute brauchen. Bei allem Respekt, aber von der Polizei haben die genug. Sie sind erschöpft und verängstigt. Alles, was sie benötigen, sind Hilfe und ein offenes Ohr.«

Rhonda seufzte und kam sich auf einmal sehr dumm vor.

»Gar nicht so leicht, was Sie hier machen.«

»Wir sind nur besorgt, weil wir eigentlich drei oder vier Zentren dieser Größe bräuchten. Und außerdem – die Leute bleiben ein paar Tage hier. Und was kommt dann? Eigentlich sollen wir ihnen eine Unterkunft besorgen, wenn sie das Zentrum verlassen, aber nun ja … Das System hat einfach Sand im Getriebe, überall.«

»Ja … verstehe«, murmelte Rhonda ernüchtert.

Assans Asylantrag in Händen, stand der junge Mann wieder auf.

»Also, ich überprüfe das für Sie, wird nicht lange dauern. Finde ich Sie in der Eingangshalle?«

Rhonda nickte, stand auf und durchquerte die Kuppel. Am anderen Ende des Saals führte eine trichterförmige Tür nach draußen und in eine riesige Lagerhalle, in der man behelfsmäßige Zimmer eingerichtet hatte. Angesichts des

Aufruhrs, in dem sich diese Kapuze tragenden Männer befanden, glaubte Rhonda nicht, dass sie eine Chance hatten, ihr Phantom zu finden. Die Mühe war umsonst.

»Da kann einem schwindelig werden, stimmt's?« Franckys Stimme riss sie aus ihren Grübeleien. »Ich habe mit einem dieser Verbandstypen gesprochen. Keine Angaben.«

»Ist hier genauso.«

»Haben sie dir das mit den Dublin-Fällen erklärt?«, fragte Francky auf dem Weg nach draußen.

»Wie meinst du das?«

»Neunzig Prozent der Männer, die dieses Zentrum durchlaufen, werden irgendeinem bescheuerten europäischen Verfahren unterzogen, das in Dublin vereinbart wurde. Vereinfacht ausgedrückt, hängt der Asylantrag davon ab, in welchem Land sie zum ersten Mal einen Fuß auf festen Boden gesetzt haben. Kannst du dir vorstellen, was das für ein Chaos gibt? Sie sind einfach nicht bereit, die Leute willkommen zu heißen.«

»Sie *willkommen zu heißen*?« Angesichts der Handvoll Freiwilliger, die hier die unendliche, von einem Kontinent zum anderen gespülte Flut von Elend einzudämmen versuchte, könnte man ebenso gut ein Holzbein verbinden, dachte Rhonda.

»Lieutenant?«

Als sie die Stimme des Mannes hörte, mit dem sie sich zuvor unterhalten hatte, drehte sie sich um. Sie befanden sich bereits am Ausgang der Kuppel.

»Ihr Assan Barazi war tatsächlich hier, und zwar genau am 20. Dezember. An Heiligabend hat er uns wieder verlassen.«

»Und danach?«

Der Helfer verzog das Gesicht, um ihnen zu verstehen zu geben, dass er es nicht wusste.

»Danke und viel Glück«, sagte Rhonda und gab ihm die Hand.

Nun war sie es, die auf dem Weg über den Vorplatz zum Auto beschämt den Blick senkte.

27

Nach seinem Termin beim Neurologen fuhr Tomar über die Uferstraße zurück ins Zentrum von Paris und betrat das Café *La Pointe Saint-Eustache.* Hier traf er sich für gewöhnlich mit seinem Mentor. Nach diesem Tiefschlag hätte er ein Gespräch mit ihm gut gebrauchen können, aber Berthier war nicht in der Stadt, denn er hatte sich endlich entschlossen, seine Familie in Südfrankreich zu besuchen. Vermutlich ließ er sich gerade im Alten Hafen von Marseille die Sonne auf den Pelz scheinen.

Ich lasse Sie nicht im Stich. Doktor Cherquis Worte waren beruhigend, aber der Arzt wusste nicht, was er sich da vorgenommen hatte. Tomar hatte seit der Teenagerzeit und dem berühmten Tag, an dem er seinem Vater ein Messer in den Bauch gerammt hatte, verdammt viel Mist gebaut. Sein Unbehagen und die Albträume waren nur die Spitze eines Eisbergs, und das Fundament dieses Bergs verbarg sich in einem Abgrund, den er lieber nicht erforschen wollte. *Chirurgische Lösungen* – beim Gedanken an Bouviers Autopsien und seine aufgesägten Schädel hätte er sich am liebsten übergeben. So stand es also um ihn? Musste man ihm den Kopf öffnen, um die Wurzel des Übels zu entfernen? Vielleicht war er am Ende frei, aber verloren. *Ohne die anderen existieren wir nicht.* Die Worte des Rechtsmediziners schossen ihm durch den Kopf wie ein Bumerang. Konnte er ohne die Bindung an seinen

Vater leben? Wollte er sich überhaupt von ihm lösen? Tomar spürte, wie die Ängste ihm die Kehle zuschnürten, und er beschloss, das Café zu verlassen und sich wieder an die Arbeit zu machen. Die Vergebung seiner Sünden durch Arbeit – aus diesem geistigen Lehm hatte er die Wände des Labyrinths errichtet und sich darin eingeschlossen, um der Gewalt zu entgehen, seiner eigenen Gewalt. Außerdem würden sich die Jungs aus seiner Gruppe bestimmt fragen, wo er schon wieder gewesen war. Wegen seiner Bewusstseinslücken und nun zusätzlich mit dem Damoklesschwert einer lähmenden Krankheit über dem Kopf war er kurz davor, diesen Job zu verlieren, in dem er stets alles gegeben hatte.

Er parkte sein Motorrad im Bezirk Les Halles, überquerte die Pont Neuf zu Fuß und ging zum Eingang der 36. Die Flut morbider Gedanken löste sich in der frischen Luft dieses Tages Anfang Februar nach und nach auf. Weiter unten war das übliche Schauspiel von Frachtkähnen und Touristenschiffen zu sehen, die auf den dunklen Wassern der Seine aneinander vorbeifuhren, und der Anblick beruhigte ihn noch ein wenig mehr. Er wollte gerade die Pforte passieren und den diensthabenden Schutzmann grüßen, da bemerkte er, dass ihn vom gegenüberliegenden Bürgersteig eine schwarz eingemummelte kleine Gestalt beobachtete. Ara. Was wollte seine Mutter hier?

»Maman … Alles in Ordnung?«, fragte er, während er rasch auf sie zuging.

Sie nahm seine Hände und drückte ihm einen warmen Kuss auf die Wange.

»Ja, mein Sohn, ich muss dir nur etwas sagen.«

»Du hättest mich anrufen können.«

»Gehen tut mir gut. Und dir offensichtlich auch.«

Tomar hatte plötzlich den Eindruck, dass sie über seine Ängste Bescheid wusste. Wie war das möglich? Wie ließ sich dieses einzigartige Band zwischen einer Mutter und ihrem Kind erklären?

»Was ist los?«

»Ich habe mit Nouria gesprochen, der Mama der kleinen Flüchtlingskinder, und …«

»Ja, tut mir leid. Ich habe mich noch nicht bei dir gemeldet, aber ich habe eine Frau bei der OFPRA angerufen. Ich kümmere mich um die Papiere«, antwortete er, ohne ihr Zeit zu lassen, den Satz zu Ende zu bringen.

»Nein, Tomar, darum geht es nicht. Weißt du noch? Neulich haben die Kinder mit deinem Handy gespielt. Da waren Fotos drauf… von einer Leiche … du hast gesagt, das war einer deiner Fälle.«

»Ja, ich erinnere mich.«

»Genau. Und Nouria hat eine Tätowierung gesehen … einen schwarzen Adler mit einem arabischen Wort.«

Sie meinte den Adler auf Assans Arm. Francky hatte ihn aus allen Perspektiven fotografiert und Recherchen im Netz angestellt, allerdings ohne nennenswerte Ergebnisse.

»Das ist ein Abzeichen.«

»Ein Abzeichen? Was für ein Abzeichen denn?«

»Von den Muchabarat, Baschar Al-Assads Geheimpolizei. Das waren die Leute, die zu Beginn der Proteste das Feuer auf die Demonstranten eröffnet haben. Die haben Tausende Unschuldiger eingesperrt, gefoltert und umgebracht, in Aleppo und überall sonst in Syrien.«

»Ist sie sich da sicher?«

»Nourias Vater war Soldat in der regulären Armee. Er

wurde gleich zu Beginn des Bürgerkriegs getötet. Er war es, der ihr von den Muchabarat erzählt hat, um sie zu warnen.«

Tomar wusste noch nicht, wie er diese Information einordnen sollte. Assan Barazi war in einem Keller in Paris zu Tode gefoltert worden. Dass er ein Henker gewesen sein sollte, der Frauen und Kinder für den Ruhm eines Tyrannen getötet hatte, änderte natürlich die Ausgangssituation. Aber was folgte daraus?

»Ich dachte, das könnte dir bei deinen Ermittlungen helfen«, sagte Ara zögernd.

»Natürlich, Maman, das ist hilfreich, da hast du völlig recht.«

Ara wirkte unentschlossen, und Tomar spürte, dass seine Mutter noch aus einem anderen Grund gekommen war. Er kannte sie gut, sie und ihr Temperament einer Kriegerin. Wenn ihr unbehaglich zumute war, bedeutete das, dass es um etwas besonders Wichtiges ging.

»Tomar, es gibt da etwas, über das ich nie mit dir gesprochen habe. Aber durch deine Fragen nach deinem Vater und unsere letzten Gespräche habe ich begriffen, dass das ein Fehler war«, sagte sie mit ungewöhnlich brüchiger Stimme.

Tomar antwortete nicht, sondern wartete nur mit angehaltenem Atem ab.

»Es tut mir leid, mein Sohn … ich habe es nicht geschafft, dich zu verteidigen … gegen ihn. Ich hoffe, du kannst mir eines Tages verzeihen.«

Ohne noch ein Wort zu sagen, kam Ara einen Schritt auf ihn zu. Tomar nahm sie in die Arme. Er spürte ihren schmalen Körper, sah die Tränen auf ihren Wangen. Schweigend standen sie da und teilten ihren Schmerz miteinander.

28

»Mann, das ist echt heftig!«, rief Dino, der auf seinen Computerbildschirm blickte.

Darauf waren vier Polizisten bei einer vorläufigen Festnahme zu sehen. Irgendwo in der Vorstadt Aulnay-sous-Bois drückten sie vor einer Betonmauer einen Mann zu Boden.

»Na ja«, meinte Francky und entfernte sich vom Bildschirm, um seinen Platz unter dem Veluxfenster einzunehmen. »Viel ist ja nicht zu sehen.«

»Der Typ hat immerhin Strafanzeige erstattet ... Und es gibt medizinische Befunde. Mit einem Gummiknüppel vergewaltigt, verdammt, das ist ja widerlich!« Dino blickte zu Rhonda hinüber, die an ihrem Schreibtisch saß und aufmerksam ein Protokoll las. »Willst du's dir mal ansehen?«

»Analverkehr mit einem Gummiknüppel? Nein danke, lieber nicht.«

»Ist das die BST, die Spezialeinheit für die Vorstädte?«, fragte Francky und zündete sich eine Zigarette an.

»Ja.«

»Die Jungs sind extra für den Einsatz vor Ort ausgebildet. Solchen Schwachsinn machen die bestimmt nicht freiwillig. Und schon gar nicht bei laufender Kamera. Man muss nicht alles glauben, was diese Idioten vom Fernsehen einem erzählen.«

Dino hielt das Video an und griff nach seinem Darth-

Vader-Becher mit dampfendem Kaffee, bevor er weitersprach.

»Bei dem ganzen Stress und dem Druck … Jeder kann mal versagen, oder?«

»Und sich zu so was hinreißen lassen? Nein, mit Sicherheit nicht«, erwiderte Francky schroff.

Ende der Diskussion. Francky murmelte etwas in seinen Bart und zog heftig an seiner Kippe. Die Tür zum Büro der Gruppe öffnete sich. Tomar kam herein, ein Stück Papier in der Hand.

»Hallo, Chef!«, sagte Dino lächelnd.

Rhonda blickte von ihrem Papierkram auf und wechselte rasch einen Blick mit ihrem Geliebten, während der den Schreibtisch umrundete, um ein Foto an die Pinnwand der Gruppe zu heften. Darauf war Assan Barazis Arm zu sehen, eine Nahaufnahme des Adlertattoos.

»Ganz schön morbide, unser neues Poster«, scherzte Dino.

»Die Muchabarat, sagt euch das was?«, fragte Tomar und drehte sich zu seinen Leuten um. »Das ist die syrische Geheimpolizei. Unser Opfer gehörte offensichtlich einem Elitekorps im Dienst des syrischen Präsidenten an.«

»Des syrischen *Diktators*«, korrigierte ihn Dino.

»Und wie bist du an diese Info gekommen?«, fragte Francky.

»Da habe ich meine Quellen. Und das ist eindeutig kein Tattoo, das man sich stechen lässt, um am Strand damit anzugeben.«

Darauf folgte ein kurzes Schweigen. Endlich ergriff Rhonda das Wort. »Heißt das, dass unser Opfer ein Henker war?«

»Gut möglich, ja.«

»Ein Racheakt? Etwas, das mit seiner Vergangenheit in Syrien zu tun hat?«, fragte sie mit funkelnden Augen.

»Vielleicht. Kann auch reiner Zufall sein, aber ihr wisst ja, was ich von Zufällen halte«, antwortete Tomar.

»Moment mal!«, unterbrach Francky ihn. »Ein Flüchtling, der seinen Peiniger wiedererkennt und ihn kaltmacht, gut nachzuvollziehen … Aber wo ist die Verbindung zu den Albanern?«

»Auf den ersten Blick gibt es keine, und genau das ist das Problem«, räumte Tomar ein und setzte sich in seinen klapprigen Sessel. »Aber das verändert die Ausgangslage. Unser Phantom hat als Motiv vielleicht nicht Geld oder kriminelle Interessen, sondern es handelt sich möglicherweise um etwas Persönlicheres. Wir müssen Assans Vergangenheit durchleuchten.«

»Ach ja, und wie sollen wir das anstellen? Der Typ hat ganz Europa durchquert, nur um hier zu krepieren«, warf Francky ein, während er seine Zigarette an der Kante des Veluxfensters ausdrückte.

»Tja, ich rufe Interpol an, und wir arbeiten mit ihnen zusammen«, antwortete Dino mit fröhlicher Miene.

Tomar konnte sich vorstellen, in welche Aufregung diese Art von Ermittlungen Dino versetzte. Er hatte Spaß an verworrenen Situationen mit filigranen Verästelungen und liebte eigenmächtige Aktionen.

»Könnt ihr euch vorstellen, wie aufwendig das wird?«, gab Francky zu bedenken, der seine eigenen Vorstellungen von einem angenehmen Job hatte.

»Im Augenblick ist das die heißeste Spur zu unserem Phantom. Also machen wir uns an die Arbeit und bohren nach. Irgendwann werden wir etwas finden«, schloss Tomar.

Er wechselte einen verschwörerischen Blick mit Rhonda. Ich bin stolz auf dich, las er in ihren Augen. Es bedeutete ihm viel, dass diese Frau, die seine Leidenschaft für Ermittlungen und seinen Hunger nach Wahrheit und Gerechtigkeit teilte, ihn liebte. So tief der Abgrund in seinem Kopf auch sein mochte, Tomar hatte wenigstens dieses eine flammende Licht, an dem er sich wärmen konnte.

In der Hosentasche vibrierte sein Handy, das Display zeigte eine unbekannte Nummer an.

»Khan, ich höre.«

»Guten Tag, Commandant, hier ist Lieutenant Belko.«

Belkos näselnde Stimme wirkte wie eine eiskalte Dusche auf ihn.

»Kann ich Sie sehen, Commandant? Würde es Ihnen etwas ausmachen, auf eine Tasse Kaffee zu mir in den sechsten Stock zu kommen?«

Blieb Tomar etwas anderes übrig? Die Begegnung war unvermeidlich, und er hatte keinerlei Interesse, die Unterredung noch länger hinauszuzögern.

»Überhaupt nicht.«

»Bis gleich«, antwortete Belko und legte auf.

Tomar war bereit, der Schlange die Giftzähne zu ziehen. Er hatte schon viel schlimmere Dämonen besiegt.

29

Die Arme über dem kurzärmeligen Hemd gekreuzt, vor ihm mehrere Aktenstapel und dazwischen zwei Tassen dampfend heißer Kaffee, so erwartete ihn Belko. Mit einer Geste bedeutete er Tomar, sich zu setzen, forderte ihn auf, sich eine Tasse zu nehmen, und griff nach seiner eigenen. Einen Moment lang zögerte Tomar. Er zog in Erwägung, das Angebot abzulehnen, um den ersten Treffer zu landen, überlegte es sich dann aber anders und trank ein paar Schlucke Kaffee, wobei er das kalte, berechnende Wesen taxierte, das ihm gegenübersaß. Antonin Belko war seit vierzehn Tagen vor Ort. Hätte er den geringsten Beweis gegen Tomar gehabt, hätte er ihn längst offiziell vorgeladen. Er musste sich also damit begnügen, herumzuschnüffeln und zu hoffen, dass jemand einen Fehler beging. Tomars Gegner war schwächer als er, verfügte aber über eine saubere Technik. Vor allem durfte er ihn nicht unterschätzen und in seiner Wachsamkeit nachlassen. Andernfalls würde er sofort bestraft werden. Diesen Fehler wollte Tomar nicht begehen.

Einige Sekunden lang musterten sich die beiden Männer schweigend, dann eröffnete Belko das Feuer.

»Sie sind ein ziemlich wortkarger Mensch, Commandant.«

»Ist das eine Frage?«, erwiderte Tomar in ruhigem Ton.

»Nein, eine Feststellung.«

Belko griff nach einer dicken Akte, auf der mit schwarzem Filzstift »Tomar Khan« geschrieben stand.

»Ich habe mich in diese Kurzfassung Ihrer Karriere im Schoß der Police Nationale vertieft. Beeindruckend, wirklich.«

Schmeichelei als erste Annäherung. Der Klassiker. Tomar schwieg noch immer, wartete, dass Belko seine Feindseligkeit offen zeigte.

»Darin wird auch Ihr vormaliger sportlicher Werdegang erwähnt. Eine beeindruckende Siegesliste als Amateurboxer, dann ein paar Profikämpfe. Warum haben Sie mit dem Boxen aufgehört?«

»Um bei der Polizei anzufangen.«

»Das weiß ich, aber was war der Anlass für diese Entscheidung?«

Tomar durchschaute das Spiel. Belko wollte Verwirrung stiften und beobachtete ihn, um seine Schwachstelle zu finden, den Aufhänger, an dem er sich später festbeißen konnte.

»Ich war ein schlechter Boxer«, antwortete Tomar, ohne mit der Wimper zu zucken.

»Sie versetzen mich in Erstaunen. Meinen Recherchen zufolge haben Sie nur einen einzigen Kampf verloren.«

»Manchmal reicht das, um zu begreifen, dass man aufhören muss.«

»Trotzdem. Im Allgemeinen sagen Sportler, dass die Niederlage zum Spiel gehört, nicht wahr? Man lernt eine Menge aus seinen Niederlagen, denke ich. So ähnlich wie aus den Fehlern, die man im Leben begeht.«

Die Lanzenspitze, die Belko ihm so gern ins Herz stoßen wollte, blitzte endlich unter der dicken Schicht seines Geschwafels hervor.

»Das Boxen hat mich Demut gelehrt … und Härte bei der Arbeit. Ich dachte mir, das sind die perfekten Eigenschaften für einen Polizisten.«

Tomar war der ersten Serie von Schlägen mühelos ausgewichen. Er blieb aufmerksam und machte sich auf den nächsten Angriff gefasst.

»Und Sie hatten recht. Ich habe gelesen, dass Sie vor der Mordkommission die Brigade für Jugendschutz durchlaufen haben. War das freiwillig?«

»Ja.«

»Warum interessiert sich ein Boxer für die Probleme von Kindern, statt sich bei einer Brigade mit handfesteren Aufgaben zu bewerben, wie so viele andere ehemalige Sportler?«

»Soll das hier eine Gewissensprüfung werden? Ich dachte, Sie wollten mich nur auf einen Kaffee einladen.«

Tomar wusste, dass er sich auf einen Kampf eingelassen hatte, bei dem er nicht jeden Schlag kontern durfte. Aber er musste seinen Gegner spüren lassen, dass er da war, auf der Lauer lag und zu reagieren wusste. Andernfalls machte er sich zu einem leblosen Boxsack, auf den Belko endlos einprügeln konnte.

»Meine Fragen mögen ein bisschen persönlich wirken, aber sie helfen mir sehr, zu verstehen, wer Sie sind, Commandant«, sagte Belko mit dem Lächeln eines Raubtiers. »Selbstverständlich steht es Ihnen frei, nicht zu antworten.«

»Ich wollte zur Brigade für Jugendschutz, weil mein Vater ein brutaler Mensch war, der unter einem Näherungsverbot stand.«

Damit erzählte Tomar dem Inspektor nichts Neues. Alle Einzelheiten standen in seiner Akte.

»Das ist natürlich ein sehr guter Grund. Ich denke, dass das Thema Gewalt im Mittelpunkt Ihres Lebens steht.«

»Das stimmt. Ich bin Commandant einer Gruppe, die Gewaltverbrechen aufklärt. Ich habe täglich mit Kriminalfällen zu tun.«

»Ich meine Ihre *eigene* Gewalttätigkeit.«

Endlich lag die Strategie der Schlange klar zutage. Seine Kindheit, das Boxen, die Polizei, der Tod von Robert Müller … alles hing zusammen und deutete mit dem Finger auf Tomar. Er musste wohl oder übel zugeben, dass dieser Belko einen guten Riecher hatte.

»Ich weiß nicht, wovon Sie sprechen. Wissen Sie, in dieser Abteilung begibt man sich nur selten vor Ort, um Türen aufzubrechen. Das überlassen wir lieber unseren Kollegen von der Such- und Eingreifbrigade.«

»Sie wollen mir doch nicht erzählen, dass Sie nicht hin und wieder Gefallen an einer handfesten vorläufigen Festnahme finden.«

Tomar taxierte Belko einige Sekunden lang. Endlich beschloss er, zurückzuschießen.

»Beim Boxen habe ich gelernt, was der Unterschied zwischen Gewalt und Einsatz ist. Und ich versichere Ihnen, wenn ich das Bedürfnis habe, mich auszutoben, dann ziehe ich mir die Handschuhe an und steige in den Ring.«

Belko seufzte gelangweilt und griff nach einem Foto, das bislang unter einem weißen Blatt versteckt gewesen war. Darauf war das Messer mit dem gravierten Griff zu sehen.

»Kennen Sie diese Waffe?«

»Ja. Die hat Alvarez im Wald von Montmorency gefunden. Der Fall Bob Müller. Ich sollte ihn erst übernehmen, war aber an einer anderen Sache dran.«

»Bob Müller?«

Tomar ärgerte sich über sich selbst. Bob war der Name seines nächtlichen Schreckgespenstes, die Koseform tauchte in keiner einzigen Akte auf. Jetzt hatte er tatsächlich einen Fehler gemacht.

»Robert Müller. Ich hatte vorher schon mal mit ihm zu tun. Manchmal geben wir den Leuten Spitznamen.«

»Ja, ich weiß, Sie waren es, der ihn ins Gefängnis brachte, bevor der Richter ihn wieder auf freien Fuß gesetzt hat. Das stelle ich mir ziemlich frustrierend vor.«

»In diesem Beruf wird man jeden Tag frustriert. Die Ereignisse entwickeln sich nur selten so, wie man sich das wünscht.«

»Und das Symbol, das in den Messergriff graviert ist… Sagt Ihnen das etwas?«

Der Kampf ging in die letzte Phase, Belko setzte zu seinem gefährlichsten Spielzug an. Bei jeder Bewegung riskierte Tomar, schachmatt gesetzt zu werden.

»Sie meinen, ob es mir etwas sagt, weil ich kurdische Wurzeln habe?«

»Ja, genau das meine ich«, antwortete Belko.

»Natürlich, die Sonne steht im Mittelpunkt der kurdischen Fahne. Aber das hier ist etwas anderes, der Stern in dem Kreis ist das Zeichen der PKK, der Arbeiterpartei Kurdistans.«

Tomar würde nicht verraten, dass seine Mutter ihm das Messer geschenkt hatte. Jahrelang hatte sie für die PKK engagiert gegen die türkische Regierung gekämpft, ehe sie sich anderen, bewaffneten Widerstandsgruppen angeschlossen hatte.

»Ja, das habe ich bei meinen Recherchen bereits herausgefunden. Das Messer könnte also einem Kurden gehören«, meinte Belko.

Jetzt war der Inspektor dabei, einen Fehler zu begehen. Aus übertriebenem Selbstvertrauen heraus hatte er in seiner Wachsamkeit sträflich nachgelassen. Tomar würde sich die Gelegenheit nicht entgehen lassen, ihn dafür zu ohrfeigen.

»Oder jedem anderen, der mal in Clignancourt auf dem Flohmarkt war. Solche gekennzeichneten Gegenstände bekommt man in jedem Militariashop.«

Belko brauchte ein paar Sekunden, um den Schlag zu verdauen. Tomar und er wussten beide, dass er nichts gegen ihn in der Hand hatte, keinen Beweis außer seiner Intuition. Einem Gegner von Tomars Format war er nicht gewachsen.

»Es war sehr interessant, sich mit Ihnen zu unterhalten«, sagte Tomar und erhob sich aus seinem Sessel, um dem Inspektor zu signalisieren, dass das Gespräch beendet war.

Tomar verabschiedete sich und verließ das Zimmer. Sie wechselten einen letzten Blick, und Tomar hatte das Gefühl, dass etwas nicht stimmte. Belko hatte nicht die Augen eines Verlierers, im Gegenteil, er wirkte zufrieden mit seinem Kampf und schien es eilig zu haben, in die Umkleidekabine zu gelangen, um ihn zu feiern.

Die Bürotür schloss sich hinter Tomar, und von dem kleinen Ritual, das nun folgte, bekam er nichts mit. Lieutenant Belko zog sich Plastikhandschuhe an und ließ Tomars Tasse in einen transparenten Beutel gleiten, den er sorgfältig verschloss. Es gibt Kämpfe, die verliert man, ohne es zu wissen.

30

Rhonda hielt das Lenkrad fest umklammert und konzentrierte sich, um den Anschluss an die lange Reihe von Zivilstreifenwagen nicht zu verlieren, die über die Pariser Ringautobahn rasten. Die Nachricht war nur wenige Minuten zuvor hereingekommen. Bruchet hatte sie davon in Kenntnis gesetzt, dass die Sitte eine stillgelegte alte Fabrik stürmen würde, in der Yuri und seine Bande vollständig versammelt waren. Der Informant – ein anonymer Anrufer – hatte ihnen weder über die Art des Geschäfts noch über die Stärke der Gruppe etwas sagen können. Demzufolge wurden sie von einem kompletten Team der Such- und Eingreifbrigade begleitet, falls die Sache eskalieren sollte. Es war eine einmalige Gelegenheit, den ganzen Clan auf einen Streich in den Knast zu schicken und sich monatelange telefonische Abhöraktionen und endlose Observierungen zu ersparen. Alle trugen schusssichere Westen, und Tomar hatte ihnen einen Kurzvortrag gehalten – hinter dem gepanzerten Fahrzeug bleiben und abwarten, bis die Muskelprotze die Gegend gesäubert hatten, bevor sie selbst einzugreifen versuchten. Die Albaner waren nicht gerade für ihr Zartgefühl bekannt, und sie würden sich mit Sicherheit nicht kampflos ergeben. Nach dem Sturm konnte die Gruppe das Gelände nach Spuren durchkämmen, die mit dem Phantom oder Assans unheimlicher Vergangenheit in Verbindung standen.

Sie fuhren knappe zehn Minuten, bis sie die Porte de

la Chapelle erreichten, und rasten von dort auf die Autobahn A1. Der schwarze gepanzerte Mannschaftswagen mit der Aufschrift Polizei, der zur Such- und Eingreiftruppe gehörte, bahnte ihnen wirksam den Weg, denn kein einziges Fahrzeug wagte den Konvoi zu behindern. Nach wenigen Kilometern bogen sie auf die Route Nationale ab und drangen in den Landstrich nördlich von Paris vor. Das Führungsfahrzeug hielt am Anfang eines Waldwegs an, der durch einen mit einem Vorhängeschloss gesicherten Drahtzaun abgesperrt war. Alle hielten den Atem an. Ein Polizist im schwarzen Kampfanzug stieg aus und zerschnitt die Kette mit einer Kneifzange, dann bezog er an der Seite Stellung, um auf seine Kollegen zu warten.

»Ist das eine Mülldeponie?«, fragte Dino und versuchte, die Inschrift auf einem verrosteten Schild in der Nähe des Eingangs zu entziffern.

»Ja, aber außer Betrieb«, bestätigte Tomar.

Sein Walkie-Talkie rauschte, und Bruchets Stimme teilte ihnen mit, dass die Männer der Such- und Eingreiftruppe als Späher vorangehen würden. Sie konnten sich aussuchen, ob sie lieber an Ort und Stelle bleiben oder ihnen mit großem Abstand folgen wollten.

Tomar warf einen Blick auf seine Leute und öffnete die Beifahrertür, um auszusteigen, bevor sich der Rest der Gruppe neben dem Wagen versammeln würde.

»Wenn ihr mitgehen wollt, rufe ich euch jetzt noch einmal die Vorschriften ins Gedächtnis«, erklärte er und überprüfte den Sitz seines Holsters.

»Wir spielen schon nicht Wildwest, Chef, das ist schließlich dein Job«, entgegnete Francky und setzte ein breites Grinsen auf.

»Sehr gut. Und bei der geringsten Gefahr zieht ihr euch hinter den Schutzschild der Jungs von der Eingreiftruppe zurück.«

»Ja, Maman«, feixte Rhonda, die sich gerade die Weste über ihre Jacke gezogen hatte.

Tomar taxierte seine Leute. Sie waren für den Einsatz vor Ort nicht ausgebildet, aber alle waren erfahrene Flics, und er wusste, dass sie sich nicht unnötig in Gefahr bringen würden.

»Macht es euch was aus, wenn ich hier auf euch warte?«, fragte Dino mit erstickter Stimme.

Furcht gehörte zu ihrem Beruf, und Dinos bleichem Gesicht nach zu urteilen machte er sich in diesem Moment vor Angst fast in die Hose.

»Keine Sorge. Du bleibst hier, und ich gebe dir ein Zeichen, wenn alles erledigt ist«, antwortete Tomar.

»Es tut mir leid… es ist nur… irgendwie ist dieser Scheiß nicht mein Ding.«

»Lass den Motor lieber laufen, man kann nie wissen. Wenn die Typen abhauen wollen, trittst du ihnen in den Arsch«, sagte Francky.

Dino schien den Scherz nicht zu verstehen, und er steuerte bereits auf die Fahrertür zu, um im Innern des Wagens zu verschwinden.

»Hoffentlich versaut er uns nicht den Sitz.«

»Manchmal bist du echt ein Ekel«, sagte Rhonda verärgert.

»Meine Güte! Darf man sich denn nicht mal ein bisschen amüsieren?«, fragte Francky mit gespielter Empörung.

Aus einer Maschinenpistole ratterten mehrere Schüsse, gefolgt von einer kurzen Explosion.

»Haben die Jungs von der Eingreiftruppe schon angefangen?«, fragte Rhonda.

Der Weg verlief im Zickzack zwischen kleinen Müllbergen hindurch, die ihnen die Sicht versperrten.

Die Such- und Eingreiftruppe hatte sich in zwei Gruppen aufgeteilt und war hinter die Horizontlinie vorgedrungen, während Bruchets Jungs wie erstarrt auf dem Weg standen, ungefähr hundert Meter hinter dem Tor.

Erneut drang Knistern und Rauschen aus dem Funkgerät, und Bruchets eisige Stimme befahl: »In Deckung!«

»Was ist los?«, fragte Tomar ins Mikro des Funkgeräts.

»Keine Ahnung, aber die Eingreiftruppe sagt, dass die Albaner bereits von anderer Seite angegriffen werden.«

31

Zwei von wildem Efeu überwucherte riesige Schlote rahmten eine alte Fabrik ein, deren Dach teilweise eingestürzt war und den Boden einer ganzen Etage mit sich gerissen hatte. Tomar, Francky und Rhonda hatten fünfhundert Meter auf dem Feldweg zurückgelegt, um zu Bruchet und den Männern von der Eingreiftruppe zu gelangen, die hinter einer niedrigen Mauer in Deckung lagen. Schweigend beobachteten sie das Betongerippe, das wie erstarrt in dieser postapokalyptischen Kulisse unter dem eintönig grauen Himmel stand. Mehrere Schreie waren zu hören. »Das waren Frauen!«, rief Francky. Dann knatterten wieder die Salven aus einer Maschinenpistole.

»Kalaschnikows«, stellte ein Kollege von der Eingreiftruppe fest.

Tomar schlich an der Mauer entlang bis zu Commandant Perez, einem Eisschrank mit ergrauenden Schläfen und kantigem Kiefer, der den Sturmangriff koordinierte. Die beiden Männer kannten sich, sie hatten in derselben Sporthalle trainiert und in Tomars Club ein paar Runden gegeneinander gekämpft. Perez war ein solider Polizist, das hatte er mehrfach bewiesen, und er gehörte zu jenen, die im November 2015 das Blutbad im *Bataclan* entdeckt hatten. Er hatte ihm von der Totenstille erzählt, die nur von Handy-Klingeltönen unterbrochen worden war. Vom unerträglichen Geruch des Bluts unter seinen Schuhsohlen und der Brutalität des Sturmangriffs, bei dem er den letzten beiden Terroristen und ihren zwanzig Geiseln gegenübergestanden hatte.

»Die Lage hat sich beruhigt«, sagte Perez und beobachtete die Fabrik durch das Fernglas, bevor er es Tomar gab. »Ich glaube, die Angreifer sind nicht sehr zahlreich.«

Tomar stellte die Schärfe ein und tastete langsam die Fassade des Gebäudes ab. Er sah etwa zehn Fenster mit zerbrochenen Scheiben, während sich die rechte Seite, dort, wo das Dach eingestürzt war, in einem riesigen Schutthaufen verlor. Er glaubte zu sehen, wie eine Gestalt ins Innere lief und hinter einer Wand verschwand.

Eine machtvolle Stimme brüllte etwas auf Albanisch oder Russisch, während das Gewehrfeuer wieder zunahm. Erneut ertönten die Schreie von Frauen, und Tomar sah ein Mädchen in Unterwäsche aus dem Haupteingang kommen und auf sie zulaufen. Ein platinblonder Mann in Militäruniform tauchte hinter ihr auf, zielte und schoss zweimal kurz hintereinander. Der Aufprall der Kugeln katapultierte das Mädchen nach vorn, bis sie weniger als zwanzig Meter vor der niedrigen Mauer zu Boden stürzte.

»Verdammt!«, zischte Perez und gab einem seiner Männer ein Zeichen.

Der Mann von der Eingreiftruppe stand auf und legte sein Sturmgewehr an. Eine Sekunde hinter dem Visier reichte aus, und er hatte sein Ziel fixiert. Nach einem kurzen Knall brach Blondies Gestalt lautlos in sich zusammen.

»Wir gehen jetzt rein.«

Die Männer der Eingreiftruppe kamen gleichzeitig aus der Deckung und näherten sich dem Gebäude im Sturmschritt, nach wie vor in zwei Gruppen aufgeteilt.

Tomar drehte den Kopf zur Seite und erblickte Rhonda, die zu erkennen versuchte, was vor sich ging. Durch das Fernglas folgte er den Kolonnen, die von zwei verschiedenen Stellen aus zugreifen würden. In diesem Moment tauchte am Rand seines Blickfelds eine untersetzte Gestalt mit schwarzer Kapuze aus dem Schutthaufen auf und schlich sich wie eine Katze aus der Fabrik.

»Das Phantom!«, brüllte Tomar wie ein aufgeregter kleiner Junge und versuchte, den Mann ins Visier zu nehmen.

Der Schatten tauchte ein weiteres Mal auf. Offensichtlich hatte er die Männer der Eingreiftruppe bemerkt und bewegte sich nur langsam, um nicht gesehen zu werden.

Tomar senkte das Fernglas und legte rasch die zehn Meter zurück, die ihn von Rhonda trennten.

»Duck dich, verdammt noch mal!«, fauchte sie und warf ihm einen vernichtenden Blick zu.

»Es ist da!«

»Was ist da?«

»Das Phantom, es ist im Gebäude … Das Phantom hat sie angegriffen!«

Tomar war so aufgeregt, dass er sich kaum noch beherrschen konnte.

Er richtete sich auf und suchte abermals die Umgebung ab. Die beiden Truppenteile waren gerade in die Fabrik eingedrungen, und die Männer, die hinter der niedrigen Mauer zurückgeblieben waren, hielten den Atem an. Ihnen war bewusst, dass sehr bald ein Sturm losbrechen würde.

»Ich muss hingehen, sonst haut er ab«, knurrte Tomar.

»Du bist verrückt! Sie sind dabei, das Gebäude zu stürmen. Du hast selbst gesagt, dass …«

In diesem Augenblick brach eine Flut von Schüssen über

die Fabrik herein, begleitet von unverständlichem Gebrüll. Wut, Schmerz, Entsetzen … die Raserei der schweren Waffen war dabei, die Menschen im Innern des in Trümmern liegenden Mausoleums zu zermalmen.

Tomar warf sich herum und sprang über die niedrige Mauer, um sich auf die Jagd nach seiner Beute zu begeben.

32

Die Entfernung zwischen ihm und der Stelle, an der er das Phantom zuletzt gesehen hatte, betrug ungefähr fünfzig Meter. Zu seiner Linken befand sich der Eingang des Gebäudes, davor lag die Leiche des Mannes, den der Scharfschütze der Eingreiftruppe niedergestreckt hatte. Ein bisschen weiter weg kauerte das junge Mädchen, das vergeblich zu entkommen versucht hatte. Tomar sah, dass sie sich kaum merklich bewegte und mit den Fingernägeln über den Boden kratzte. Er näherte sich ihr und entdeckte das Gesicht einer Jugendlichen, deren grüne Augen ihn anzuflehen schienen, dass er sie verschonen möge. Blut strömte aus einem tiefen Loch an ihrer rechten Seite, dort, wo die Kugel eingedrungen war. Angesichts von Lage und Aussehen der Wunde kam er zu dem Schluss, dass sie auf keinen Fall überleben würde, wenn sie nicht schnell behandelt wurde. Tomar richtete sich auf und gab dem Arzt der Eingreiftruppe, der noch hinter der kleinen Mauer parkte, ein Zeichen. Wenige Sekunden später rückte ein Mann im Kampfanzug in Tomars Richtung vor. Ohne ein Wort drückte er eine Hand auf die Wunde und faltete ein Spritzenetui auseinander, um die Notfallversorgung einzuleiten. Das Mädchen blickte Tomar aus hellen Augen dankbar ins Gesicht. Sie bewegte die Lippen, brachte aber keinen Ton heraus.

»Alles wird gut«, sagte Tomar, während der Arzt ihr Morphium in die Hüfte spritzte.

Tomar drehte sich zu dem Schutthaufen um, konnte aber nichts sehen. Im Innern der Fabrik hatte das Chaos sich gelegt und einer noch bedrückenderen Stille Platz gemacht. Dieses Mädchen hatte er gerettet, aber das Phantom war ihm entkommen. Tomar spürte, wie sich seine Schulterblätter vor Frust verkrampften. Am liebsten hätte er geschrien oder auf einen Boxsack eingeschlagen, um den inneren Druck loszuwerden, aber er blieb reglos stehen und suchte jeden Steinhaufen mit dem Blick ab, unfähig, seine Niederlage hinzunehmen. In diesem Augenblick tauchte die schwarze Gestalt am Ende des Gebäudes wieder auf und rannte in Richtung Müllhalde davon. Tomars Muskeln spannten sich an, und er rannte los, ohne auf die Schießerei zu achten, die wieder losgegangen war, und zwar schlimmer als zuvor. Er behielt sein Ziel im Auge, während er mit aller Kraft den Abstand zwischen sich und dem Phantom zu verringern versuchte. Mit dem linken Fuß stieß er gegen einen Betonblock, der sich aus der Wand gelöst hatte, und ein heftiger Schmerz fuhr ihm in die Wade, doch er kümmerte sich nicht darum. In diesem Augenblick zählte nichts anderes, als die geisterhafte Gestalt zu fassen, die ihn und seine Kollegen seit Tagen verhöhnte. Er sprang über einen kleinen Trümmerhaufen hinweg und erreichte die Stelle, wo er das Phantom zuletzt gesehen hatte. Nun war es nur noch etwa hundert Meter entfernt und flüchtete mit hohem Tempo in Richtung Waldweg. Wenn es ihm gelang, den Wald zu erreichen, war die Sache gelaufen. Tomar schwitzte heftig, der Griff seiner Waffe prallte ihm schmerzhaft gegen die Hüfte, als er erneut den Schritt beschleunigte, um sein Ziel zu erreichen. Vor ihm erhob sich eine Anhäufung von Gerümpel und Abfällen, die im Freien verfaulten. Er sprang über ein aufgeschlitztes Sofa hinweg und stieß mit dem Knie an einen rostigen Kühlschrank, dem er nicht ausweichen konnte. Der Schmerz zwang ihn, den Schritt zu verlangsamen, aber er hatte aufgeholt und war nur noch etwa zwanzig Meter von seiner Beute entfernt. Er hob den Kopf und entdeckte einen langen Gitterzaun, der mindestens drei Meter hoch war und einen Teil der Deponie einfriedete. Wenn das Phantom darüberzuklettern versuchte, blieb Tomar auf jeden Fall genug Zeit, um es einzuholen und vielleicht den Kampf zu eröffnen. Das Phantom schien denselben Schluss gezogen zu haben, denn es wurde langsamer, als es sich dem Zaun näherte, und ging für einige Sekunden in die Hocke, um wieder zu Atem zu kommen. Tomar drang bis zu ihm vor, holte seine Pistole aus dem Holster und richtete sie auf Bauchhöhe gegen die vermummte Gestalt. Der Mann konnte höchstens einen Meter siebzig groß sein, trug eine schwarze Militäruniform, eine Kapuzenjacke, ebenfalls schwarz, und sein Gesicht wurde von einer Maske verhüllt. Tomar verließ das verwüstete Deponiegelände und betrat den von kurzem Gras bedeckten Streifen Erde, der am Zaun entlanglief.

»Auf die Knie!«, brüllte er, als er noch drei Meter von seinem Ziel entfernt war.

Mit dem Rücken zu ihm stand der Mann reglos da.

»Auf die Knie, habe ich gesagt!«, wiederholte Tomar und ging weiter auf ihn zu.

Das Phantom hob die Hände, und Tomar erkannte die mit Kevlarplatten verstärkten Handschuhe, dieselben wie in dem Video. Das Arschloch rührte sich nicht vom Fleck, wollte ihm nicht gehorchen. Also musste er den Kerl gewaltsam zu Boden zwingen. Als der Abstand weniger als einen Meter betrug, vollführte der Mann mit atemberaubender Geschwindigkeit eine Kehrtwendung. Mit erhobenen Armen fuhr er über Tomars Hand hinweg, die die Waffe hielt, und blockierte ihn unter der Achsel, sodass sich die beiden Männer für den Bruchteil einer Sekunde so dicht gegenüberstanden, dass ihre Stirnen sich fast berührten. Tomar hatte sich hereinlegen lassen wie ein blutiger Anfänger. Er kannte diese Art von Technik, sie stammte aus dem traditionellen Jiu-Jitsu. Alle Militärakademien unterrichteten sie, und er hatte es offensichtlich mit einem Experten zu tun. Der Mann übte heftigen Druck auf Tomars Ellbogen aus, sodass er gezwungen war, die Waffe loszulassen. Glücklicherweise war er der Bewegung reflexhaft gefolgt und hatte so einen Bruch vermeiden können, und jetzt stieß er den Angreifer mit aller Kraft von sich. Das Phantom stand nun vor ihm, die Hände in tiefer Verteidigungshaltung, bereit, sich auf ihn zu stürzen. Beim Wegstoßen hatte Tomar kaum Gewicht gespürt. Er hatte es mit einem Panther zu tun, einem geschickten, flinken Tier, das sich nicht auf seine Kraft verlassen musste, um zu gewinnen. Tomar näherte sich vorsichtig, bis er in Reichweite war, und setzte zu einer linken Geraden an, die sein Gegner seitlich abfälschte. Ein scharfer Schmerz fuhr ihm in die Rippen. Aus den Augenwinkeln nahm er wahr, wie das Phantom ein Bein hinter den Körper zurückführte. Er hatte gerade den schnellsten Roundhouse-Kick kassiert, den er je gesehen hatte, und das mit beängstigender Präzision. Dem Schmerz nach zu urteilen, hatte er mehrere angebrochene Rippen. Tomar ballte die Fäuste und versuchte ein anderes Manöver. Sein Gegner war viel schneller als er, er brauchte sich keine Hoffnungen zu machen, ihn in dieser Hinsicht zu schlagen.

Tomar ging wieder auf Abstand, dann schwang er erneut die linke Faust, aber diesmal trat er einen Schritt zurück und ließ sofort die rechte folgen. Er spürte, wie die Kampfstiefel seinen Körper an derselben Stelle wie zuvor streiften, aber mit dem Schritt nach hinten hatte er sich außer Reichweite gebracht. Seine Faust stieß gegen die Rippen des Mannes, dessen Körper sich nun unter dem Aufprall krümmte. Er glaubte, einen leisen Schmerzensschrei zu hören, aber sein Sieg war nur von kurzer Dauer, denn die Gestalt warf sich herum und versetzte ihm einen Schlag mit dem Faustrücken, was einen dumpfen Knall hinter seinem Ohr hervorrief. Glücklicherweise hatte Tomar instinktiv den Kopf eingezogen, und der Schlag hatte den oberen, unempfindlicheren Teil seines Schädels getroffen. Er spürte ein brennendes Pulsieren in den Trommelfellen und eine beunruhigende Steifheit in den Halswirbeln. Das Phantom war ein furchterregendes Raubtier, das zuschlug, um zu töten, und den kleinsten Fehler auszunutzen verstand. Trotz seines Gewichts und seiner Größe beeindruckte Tomar es offensichtlich nicht. Er machte zwei Schritte rückwärts, um wieder Mut zu fassen, und baute sich vor dem Gegner auf, ohne jedoch zum Angriff überzugehen. Weil es Arme und Beine so schnell bewegen konnte, war das Phantom ein Experte im Konter, das hatte es ihm bereits zweimal bewiesen, und Tomar hatte keine Lust auf ein weiteres Mal. Die beiden Gegner umkreisten sich, zertraten das vom Frost verbrannte Gras. Tomars Funkgerät knisterte. Diesen Augenblick nutzte der Mann, um anzugreifen, indem er einen Fußtritt in Tomars Gesicht zu landen versuchte. Tomar wich zur Seite aus und ging sofort zum Gegenangriff über. Erneut traf er den Körper seines Gegners mit einer machtvollen Geraden. Das Phantom brauchte einen Moment, um den Schlag zu verarbeiten, und Tomar packte die Gelegenheit beim Schopf. Er versuchte, den Kampf durch Erhöhung des Drucks zu gewinnen. Dazu machte er einen Schritt nach vorn und brachte sich in Position, doch der Mann beugte nur die Knie und fegte durch eine plötzliche Rotation aus der Hüfte Tomars hinteres Bein weg, sodass er das Gleichgewicht verlor und heftig auf dem Boden aufprallte. Sein Gegner hatte die Oberhand gewonnen. Mit aller Kraft stieß er Tomar die Fersen in den Bauch. Durch den Sturz noch destabilisiert, hatte der dem Aufprall nichts entgegenzusetzen und krümmte sich, atemlos vor Schmerz. Seine Sicht trübte sich, und instinktiv schützte er sein Gesicht mit den Händen, um sich gegen eine mögliche Abfolge von Schlägen zu schützen. Aber das Phantom lief rasch in Richtung des Drahtzauns davon. Tomar sah sich um, seine Pistole lag in einigen Metern Entfernung. Er wälzte sich herum, so gut es trotz der Schmerzen im Unterleib und an den Schläfen eben ging. Als er den Griff seiner Pistole erreicht hatte, war das Phantom bereits oben auf dem Zaun und ließ sich vornüberfallen. Mühsam richtete Tomar sich auf und zielte auf den Mann. Er hätte schießen können, und angesichts des geringen Abstands und des allgemeinen Zustands seines Gegners schätzte er die Chance zu treffen auf etwa siebzig Prozent. Doch er senkte den Lauf der Waffe und sah zu, wie das Phantom mit kurzen, schnellen Schritten im Wald verschwand. Sein Gegner hatte ihn ebenfalls verschont, als er seiner Willkür ausgeliefert war, sie waren also quitt. Aber früher oder später würden sie sich wieder begegnen, und dann würde Tomar nicht noch einmal den Fehler begehen, ihn zu unterschätzen.

33

Die Gruppe Khan saß im ersten Stock zusammen, im einzigen Konferenzraum der 36. Auch Bruchet war anwesend, außerdem Perez und gut die Hälfte der Männer der Such- und Eingreiftruppe, die bei dem Einsatz vor Ort gewesen waren. Die angespannten Mienen verrieten Enttäuschung und Erschöpfung. Sicher, es war ihnen gelungen, einen großen Teil des Clans unschädlich zu machen, aber Yuri und seine Leibgarde waren ihnen entkommen. Und vor allem hatten sie in dieser stillgelegten Fabrik ein regelrechtes Dressurhaus entdeckt. Heruntergekommene Zimmer, der Boden mit Matratzen bedeckt, auf denen die Mädchen dem Gutdünken von Handlangern ausgeliefert waren, dafür engagiert und bezahlt, sie zu vergewaltigen. Foltergeräte wie aus dem Mittelalter, um die Frauen und Mädchen zu brandmarken wie Tiere und ihnen die Lust an der Rebellion auszutreiben. Festplatten voller erbärmlicher, schmutziger Bilder, aufgenommen vor Ort und unter der Hand weiterverkauft an Perverse auf dem ganzen Planeten. Die reinste Hölle. Also ja, die Gesichter der Flics waren verschlossen und schmerzerfüllt, und sie wussten alle, dass sie diesen Abstieg niemals vergessen würden. Trotz des harten Kampfs hatte die Gruppe nur zwei Leichtverletzte zu beklagen, während sie ein halbes Dutzend Krimineller für immer zum Schweigen gebracht hatten. Es war ihnen gelungen, vier Mädchen zu befreien, von denen zwei aus Osteuropa zu kommen schienen und zwei aus dem Mittleren Osten. Die junge Frau mit den grünen Augen war in besorgniserregendem Zustand ins Krankenhaus eingeliefert worden und würde ihre Beine möglicherweise nie wieder benutzen können. Tomar stand neben einem Tisch, sein Gesicht war geschwollen, die Gliedmaßen noch steif vom Kampf. Einige Minuten zuvor hatte er das Wort ergriffen und Fragen zu seiner Verfolgungsjagd und dem anschließenden Kampf beantwortet. Niemand hatte ihn gefragt, warum er keinen Gebrauch von der Waffe gemacht hatte, obwohl er in der Lage gewesen wäre, die Zielperson zu treffen. Die Polizisten verstanden einander manchmal auch ohne Worte. Nach Prüfung des anonymen Anrufs waren sie inzwischen überzeugt, dass es sich bei dem geheimnisvollen Informanten um das Phantom handelte, das sie manipuliert hatte, damit sie die Fabrik erstürmten. Aber warum?

Francky hatte da seine eigene Theorie. Er glaubte, dass Fantazmë selbst ein kleiner Gangsterboss war, der die Polizei benutzte, um Yuris Clan zu zerschlagen und seinen Platz einzunehmen. Während des Sturmangriffs war das Phantom vor Ort gewesen, um den Schaden zu begutachten, gegen seinen Willen aber in die Sache hineingezogen worden. Das klang schlüssig. Aber was hatten Assan und sein Tattoo von der Geheimpolizei damit zu tun? Nichts, meinte Francky, der in Assan einen Kollateralschaden sah, vielleicht einen Mittelsmann von Yuris Clan, der von der Bildfläche verschwinden sollte. Schließlich musste Yuri sich die Mädchen irgendwo besorgen, und ein Typ wie Assan hatte möglicherweise Kontakte zum Netz der Schlepper, da er durch ganz Europa gereist war. Tomar erkannte nichts Unlogisches in dieser Theorie, dennoch konnte er sich nicht vorstellen, dass der Mann, gegen den er gekämpft hatte, ein einfacher Krimineller auf der Suche nach einem neuen Revier war. Tomar hatte wehrlos am Boden gelegen, und der Gegner hatte ihn verschont. Einer wie Yuri hätte sich die Zeit genommen, genüsslich einen Bullen fertigzumachen, bevor er den Schauplatz verließ. Nein, diese Figur hatte etwas Edles an sich, etwas, das er noch nicht näher bestimmen konnte.

»Das klingt sehr interessant«, sagte Tomar und massierte sich die schmerzende Schläfe.

»Was denn?«, fragte Francky.

»Deine Geschichte mit dem Mittelsmann. Vielleicht gibt es zwischen Assan und Yuri tatsächlich eine Verbindung, auf die wir nicht gekommen sind. Bravo, Francky!«

»Machst du mir neuerdings Komplimente? Ich warne dich. Wenn du mich küssen willst, lautet meine Antwort Nein.«

Sie wurden von Perez' tiefer Stimme unterbrochen, der mit der Manöverkritik am Angriff der Truppe begann. Es würde Tage dauern, das Protokoll zu schreiben, denn dabei war jedes Detail von Bedeutung, vor allem so kurz vor der Präsidentschaftswahl. In dieser Zeit würde man mit Fingern auf den geringsten Fehler der Polizei zeigen. Irgendein Kandidat würde ihn garantiert bemerken. Er sah, dass seine Kollegen so konzentriert waren wie Schüler beim Diktat, und Tomar dachte, dass er um nichts in der Welt den Beruf wechseln wollte.

In diesem Augenblick tauchte Belkos unangenehme Gestalt in seinem Blickfeld auf. Er lehnte neben der Tür und musterte Tomar mit einem Lächeln im Gesicht.

34

Riesige hellbraune Steinblöcke waren in regelmäßigen Abständen unter der Pont de La Chapelle verteilt. Tomar hätte sich am liebsten übergeben beim Anblick dieses Steinfriedhofs, dessen strategische Anordnung nur wenige Hundert Meter vom Auffanglager entfernt verhinderte, dass sich die Abgewiesenen dauerhaft niederließen. Wie hatte es so weit kommen können? Menschlichen Wesen wurde hier sogar das Recht auf Schutz gegen Wind und Regen verweigert. Diese Steine, die eigentlich zum Renovieren von Pariser Gebäuden gebraucht wurden, waren ihrer ursprünglichen Funktion beraubt und in kalte Wächter menschlichen Elends verwandelt worden. Man wollte den Menschen nichts lassen, nicht einmal eine Brücke. Nicht einmal die Wärme von Körpern, die sich aneinanderdrängten, um gegen das Schicksal zu kämpfen. Absolut nichts.

Tomar dachte an die Kinder, die in seinem Zimmer wohnten, und schämte sich, dass er die Aktion seiner Mutter nicht von Anfang an unterstützt hatte. Auch er hatte sich vom kalten Hauch der Gleichgültigkeit einhüllen lassen. Auch er zog es vor, verschwommene Schatten zu sehen, wo sich die Realität menschlichen Leidens zeigte. Gespenster, die man zu vergessen versuchte, ohne ihre Existenz leugnen zu können. Er hatte Franckys Freundin mehrmals angerufen, aber ohne Erfolg. Wenn diese

Familie kein politisches Asyl bekam, würde sie wieder auf die Straße und dann wahrscheinlich in ihr Land zurückgehen müssen, wo sie der sichere Tod erwartete. So war das, und niemand würde sich gegen dieses verhängnisvolle Schicksal auflehnen. Tomar spürte einen metallischen Geschmack im Mund. Er räusperte sich. Sein Kiefer schmerzte noch immer, ein großes Hämatom hatte sich an der Stelle gebildet, wo das Kevlar auf seinen Schädel getroffen war. Er spuckte auf den Boden und rechnete damit, einen blutigen Speichelfaden zu sehen, aber aus seinem Mund kam nichts, seine Kehle war so trocken wie am Tag nach einem Besäufnis.

Nach der Manöverkritik hatte er Dino gebeten, ihm eine Karte mit den Flüchtlingslagern von Paris für den Zeitraum der vergangenen zwei Jahre zu erstellen. Neunundzwanzig Orte waren seit dem Frühjahr 2015 zerstört worden, nachdem die ersten wilden Lager in den Straßen der Stadt entstanden waren. Der Norden hatte sich rasch zu einem Sammelplatz für Neuankömmlinge entwickelt, egal, ob es sich um Afghanen, Syrer oder Afrikaner handelte, egal, ob sie über die Balkanroute oder das Mittelmeer gekommen waren. Tomar hatte sämtliche Standorte besucht, wo außerhalb der Gitter, die die Stadtverwaltung gegen jeden Versuch einer Neuansiedlung errichtet hatte, nichts von Bestand war. In Niemandsland verwandelte öffentliche Bereiche, verloren für die Flüchtlinge, verloren für die Pariser Bevölkerung, verloren für die Menschheit. Je mehr er sah, desto größer wurde seine Wut. Die Mädchen, die sie auf der Mülldeponie befreit hatten, waren Opfer von Menschenhandel. Manche hatten die Lager kennengelernt, die Kälte und Gleichgültigkeit irgendwo in Europa oder im Mittleren Osten, bevor sie in diesem Dressurhaus mit albanischer Soße übergossen worden waren.

Es gab Broschüren, herausgegeben von Interpol und anderen mit der Überwachung der Flüchtlingsströme betrauten Einrichtungen, in denen dieses monströse Geschäft genauestens beschrieben wurde. Aber das Wissen änderte nichts. In voller Kenntnis der Ursache überließ man die Frauen ihrem Martyrium. Tomar ballte die Fäuste, während ein Junge den Boulevard überquerte und sich zu einer Gruppe von Männern am Eingang des Lagers gesellte. Sie hatten Assans Bild überall herumgezeigt, vergebens. Konnte er diesen Leuten vorwerfen, dass sie ihm misstrauten? Sie, die von der französischen Polizei nichts anderes kannten als den brutalen Einsatz von Gummiknüppeln und den Geruch von Rauchgranaten? Das Handy vibrierte in der Innentasche seiner Jacke, und Franckys raue Stimme rauschte aus dem Mikro.

»Bist du immer noch unterwegs?«

»Bin gleich wieder da.«

»Solltest du auch, die Tussi von der Müllkippe ist aufgewacht«, brummte er.

Sie ist aufgewacht. Tomar sah das schmerzverzerrte Gesicht der Frau vor sich, ihre Augen, die ihn anflehten, ihr zu helfen. Sie war wohlauf, ein kleiner Sieg nur, aber immerhin ein Sieg.

»Hat sie etwas gesagt?«

»Rhonda ist bei ihr. Es ist eine Ukrainerin, sie heißt Kristina und spricht gut Englisch, aber der Arzt hat Rhonda kaum Zeit zum Nachhaken gelassen.«

Kristina ... Dass eins dieser Mädchen nun einen Namen hatte, beruhigte Tomar. Die Gespenster verwandelten sich in Menschen aus Fleisch und Blut, und die Gleichgültigkeit trat den Rückzug an.

»Wird sie durchkommen?«, fragte er zögernd. Zwei Kugeln aus einer Kalaschnikow im Rücken, da war es schon ein Wunder, dass sie überhaupt aus dem Koma erwacht war.

»Grundsätzlich ja, aber was mit ihren Beinen wird, konnten sie noch nicht sagen. Sie hat von einem gewissen Fantazmë gesprochen. Sie sagt, dass er es war, der sie gerettet hat. Und er hat auch versucht, die anderen Mädchen zu befreien. Die Albaner wollten ihn dafür umlegen.«

Ein flüchtiger Schmerz fuhr Tomar in die Schläfe. Er sah, wie sich das Phantom über ihn beugte, nachdem sein Körper auf dem Boden aufgeschlagen war.

»Hat sie sein Gesicht gesehen?«

»Nein, nur eine Maske. Aber da ist noch etwas anderes.«

Francky ließ ein paar Sekunden verstreichen, um die Spannung zu steigern, seine Spezialität. Vor seinem inneren Auge sah Tomar ihn mit einer Kippe in der Hand vor dem Veluxfenster stehen.

»Dino hat sich Yuris Akte mal genauer angesehen, da gibt es eine Reihe von Fotos, die die Sitte aus einem Versteck in der Nähe der Place de Stalingrad aufgenommen hat. Er redet mit ein paar Typen. Offensichtlich kauft er ihnen geschmuggelte Zigaretten ab. Und jetzt rate mal, wer dabei war?«

»Assan.«

»Bingo.«

Nieselregen setzte ein, und nachdem er aufgelegt hatte, steckte Tomar das Handy ein und suchte in seinen Taschen nach dem Motorradschlüssel. Auf der anderen Seite des

Boulevards erstreckte sich das Steinfeld im Schutz der Brücke. Ohne viel Hoffnung auf Erfolg versuchten einige Flüchtlinge, einen Steinblock zu verrücken. Er wog vermutlich an die fünfhundert Kilo. Tomar ließ das Motorrad an und beschloss, sich um Yuri und sein Netz von Schweinehunden zu kümmern. Das war seine Art, diese verdammten Steine in die Luft zu jagen. Nur ein Tropfen im Ozean menschlichen Elends, aber immerhin ein Anfang.

35

Yuri war schon lange nicht mehr so wütend gewesen. Nach seiner Kindheit in Tirana, dessen volkstümliche Viertel sich in einer Senke am Fuß des Bergs Dajti erstreckten, hatte er seinen Weg gemacht. Seinem Vater, einem einfachen Schuhmacher mit miserablem Lohn, hatte er schwören müssen, ein anständiges Leben zu führen, und er musste zugeben, dass er sich eine Zeit lang durchaus Mühe gegeben hatte. Aber das war vor dem Krieg gewesen. Er hatte im Kosovo gekämpft und eine Menge Serben umgelegt, bevor er beschloss, sein Glück in Mitteleuropa zu versuchen. Während manche seiner alten Kameraden sich auf Organhandel spezialisiert hatten, wobei sie sich an politischen Gefangenen bedienten, hatte er sich mit einem Türken zusammengetan und Heroin in europäische Hauptstädte eingeschleust. Ein paar Jahre lang hatte das gemeinsame Geschäft floriert, dann hatte Yuri sich von ihm befreit. Die Zeiten des *Kanun,* des alten Ehrenkodex, der die albanischen Clans regiert hatte und unter anderem verlangte, dass man stets Wort hielt, waren längst vorbei. Yuri hatte das türkische Schwein mit eigenen Händen erwürgt, auf diese Art sein Netz bereinigt und vollständige Loyalität erlangt. Um diesen Preis war es ihm endlich gelungen, eine eigene Bande zu gründen. Einmal im Monat versammelten sich alle albanischen Clans zu einem Komitee, dem *Bajrak,* und legten gemeinsam ihre Tätigkeitsfelder und die Grenzen ihrer jeweiligen Gebiete fest. Yuri hatte den Heroinhandel sausen lassen – zu viel Kontrolle durch die Bullen – und sich auf Menschenhandel und Prostitution verlegt. Schließlich wurde die Balkanroute, auf der die Türken ihren Stoff weiterverkauften, auch von den elenden Flüchtlingen benutzt. Er konnte sich unterwegs einfach am Bestand ängstlicher, ausgehungerter Weiber bedienen. Manchmal musste er nicht einmal Gewalt anwenden, sie willigten von selbst ein in dem Glauben, sie könnten später in ihre Heimat zurückkehren – was natürlich ausgeschlossen war.

Kurz und gut, trotz der Jahre der Kriminalität und des Verrats war Yuri lange nicht mehr so wütend gewesen. Dieses verdammte Gespenst hatte ihm sein Dressurhaus kaputt gemacht, nachdem er sich monatelang den Arsch aufgerissen hatte, um es aufzubauen. Ein paar von seinen Nutten waren tot, andere befanden sich in den Händen der Bullen und verfügten über jede Menge kompromittierender Informationen. Nichts, was sich die Franzosen unmittelbar zunutze machen konnten, aber mithilfe der Schmierfinken bei Interpol würden sie möglicherweise ein paar Schleuser aufspüren, deren Erfahrung und Ergebenheit für seinen Clan von großem Wert waren. Zudem hatte er sechs Männer und eine Menge Equipment verloren, das ihm die kosovarische Armee geliefert hatte. Aufeinandergeschichtet ergab das einen Berg Scheiße, dessen Geruch ihn seit über einer Woche nicht mehr ruhig schlafen ließ.

Yuri drückte den Griff seiner Glock 32 und verspürte große Lust, einfach draufloszuballern. Plötzlich öffnete sich die Tür des Kellers, und Agims gebleichter Haarschopf tauchte im Türrahmen auf. Er schob drei Männer mit angstverzerrten Gesichtern vor sich her. Mit einer

Geste gab der Riese ihnen zu verstehen, dass sie auf die Knie gehen sollten, und verpasste einem von ihnen einen kräftigen Tritt in die Kniekehle, um seiner Forderung Nachdruck zu verleihen. Yuri saß immer noch auf seinem Stuhl und vergnügte sich damit, das Magazin seiner Waffe, in dem fünfzehn Patronen Kaliber .357 lagen, immer wieder einrasten zu lassen. Eine Zeit lang betrachtete er die menschlichen Wracks, die auf diesem Bürgersteig in Paris kauerten. Sie sahen alle aus, als wünschten sie sich, vergessen zu werden. Sie blickten zu Boden, ohne einen Mucks von sich zu geben. Der, den Agim geschlagen hatte, hielt den Kopf gesenkt und war offenbar nicht in der Lage, sich aufzurichten. Yuri ließ für einige Sekunden Stille einkehren, dann erhob er sich und ging auf die Männer zu.

»Wisst ihr, warum ihr hier seid?«, fragte er. *»You know why you're here?«*

Er sah, wie sie die Köpfe zueinander drehten. Die Gefangenen wechselten Blicke, wagten aber nicht, seinem zu begegnen. Der mit der roten Daunenjacke fing an zu weinen.

»Angeblich wisst ihr etwas über ein Arschloch, nach dem ich gerade suche. Wir nennen ihn das Gespenst… aber vielleicht kennt ihr ja seinen richtigen Namen.«

Yuri übersetzte ins Englische, und Agim übernahm den arabischen Part, um sicherzugehen, dass die Botschaft richtig ankam. Die drei Männer wurden unruhig und wechselten leise einige Worte miteinander. Einer hob den Kopf und sagte etwas.

»Er behauptet, dass er nichts weiß. Er hat damit nichts zu tun, meint er.« Ohne jede Gefühlsregung übersetzte Agim die Worte.

»Verstehe.«

Yuri setzte dem Mann den Lauf seiner Pistole an die Stirn. Die Waffe gab einen ohrenbetäubenden Knall von sich, als die Kugel den Knochen durchdrang, einen Teil des Gesichts mitriss und sich in die Kellerwand bohrte. Für einige Sekunden erstarrte der Körper in einem unnatürlichen Winkel, dann glitt er an einem anderen Gefangenen hinab zu Boden. Die beiden Überlebenden fingen an zu schreien, und Agim musste ihnen mehrmals grob auf den Rücken schlagen, damit sie sich wieder beruhigten. Yuri stand aufrecht da, in der Hand die Waffe, von der er mit einem Jackenzipfel das Blut abwischte. Diese Munition war nicht für das Schießen auf kurze Distanz gemacht, und die Detonation musste die Männer, die mit dem Gesicht auf Höhe des Laufs auf dem Boden knieten, vorübergehend taub gemacht haben.

»Und ihr? Wisst ihr auch nichts?«, brüllte Yuri, ohne sich die Mühe zu machen, seine Frage zu übersetzen.

Die rote Daunenjacke hielt sich die Ohren zu und heulte auf, während die zweite Explosion seinen unglücklichen Kameraden gegen die Kellerwand schleuderte. Der hatte keinen so harten Schädel, denn sein Kopf explodierte wie eine Melone und bespritzte die Umgebung mit weicher Gehirnmasse. Agim runzelte die Stirn, während er sich etwas von der grauen Substanz vom Hosenbein wischte. Yuri schwenkte zur Seite und stellte sich vor den letzten Gefangenen, der ruckartig den Kopf hob. Als der Lauf der Glock seine Stirn berührte, fing der Mann auf Arabisch zu stammeln an.

»Was quatscht der da?«, fragte Yuri.

»Er sagt, dass er es weiß«, antwortete Agim.

Yuri drückte leicht auf den Abzug, er verspürte eine nahezu unbezwingliche Lust, ihm das Gehirn zu zerfetzen, einfach so, nur um die Sache rund zu machen. Und dann dachte er an seine Nutten und die Tausende von Euro, die er gerade verloren hatte.

»Gut. Hören wir uns an, was Monsieur zu sagen hat«, sagte er und steckte die Waffe weg.

36

In finstere Gedanken versunken, eilte Rhonda über den schmalen Bürgersteig am Quai des Orfèvres. Man sah ihr deutlich an, dass sie stinksauer war. Um es nicht entwirren zu müssen, hatte sie sich das Haar rasch zum Dutt hochgesteckt. Tiefe Schatten lagen unter ihren Augen, und auf ihrem Nacken schien ein tonnenschweres Gewicht zu lasten. Seit dem Einsatz auf der Mülldeponie bestanden ihre Nächte aus einem Chaos aus Geschrei, Explosionen und Schnellfeuersalven. Die Männer der Such- und Eingreifbrigade waren an solche Einsätze gewöhnt, sie hingegen war zum ersten Mal in einen Kampf geraten, wie er in einem Kriegsgebiet hätte stattfinden können. Den Tag zuvor hatte sie damit verbracht, in der Notaufnahme des Militärkrankenhauses Bégin die kleine Kristina zu befragen, und das Elend, von dem diese ihr berichtet hatte, lastete schwer auf ihrer Seele.

Sie tat, was sie konnte, um auf Distanz zu gehen und etliche zusätzliche Stahlplatten an ihren Bullenpanzer zu schweißen, aber letztlich bekam er doch immer wieder Risse, vor allem nachts, wenn ihre Wachsamkeit nachließ. Sie sagte sich, dass ihre Albträume im Grunde beruhigend waren, bewiesen sie doch, dass sie noch zu echtem Mitgefühl fähig war. Es war ein Berufsrisiko, irgendwann so abzustumpfen, dass man nichts mehr empfand. Aber das bedeutete, dass man den Job besser an den Nagel hängte.

Die trockene, beißende Januarkälte hatte nachgelassen. Inzwischen war die Luft so feucht wie in einem Kühlschrank, der vom Strom genommen worden war. Die Umrisse der Passanten – überwiegend Touristen auf dem Weg zur Kathedrale Notre-Dame und zum Quartier Latin – drängten sich unter Regenschirmen aneinander oder eilten an Mauern und Häuserwänden entlang, um dem Nieselregen zu entgehen. Rhonda hingegen liebte es, den Regen auf dem Gesicht zu spüren. Es erinnerte sie an ihre langen Spaziergänge am Strand von Hermanville, als sie noch bei ihren Eltern am Stadtrand von Caen gewohnt hatte. Das Wasser rann ihr über die kältegeröteten Wangen und spülte die angehäuften Bilder der Toten aus ihrem Polizistinnengehirn. Aber das Wohlgefühl war nur von kurzer Dauer, denn Antonin Belko wartete auf sie, reglos stand er auf der Treppe vor der 36. In seinem langen Regenmantel und mit einem überdimensionierten metallicblauen Regenschirm erinnerte er sie an einen Clown. Sie spürte, wie sich ihr Magen verkrampfte, sie hasste diesen Typen so sehr, dass ihr Inneres rebellierte. Das Gebäude war nur von dieser Seite aus zugänglich, und ihr blieb nichts anderes übrig, als an ihm vorbeizugehen. Für eine Sekunde zog sie in Erwägung, einfach kehrtzumachen und um das Gerichtsgebäude herum den Quai de l'Horloge anzusteuern. Da sie aber nicht mehr weit von Belko entfernt war, würde er das Manöver unweigerlich bemerken. Rhonda nahm ihren ganzen Mut zusammen und wappnete sich gegen seinen Schlangenblick.

»Guten Tag, Lieutenant Lamarck!«, näselte er.

Sie antwortete kurz angebunden mit »Guten Tag« und beschleunigte den Schritt, um sich unter dem Portalvorbau in Sicherheit zu bringen. Wie befürchtet, folgte er ihr auf dem Fuß und passierte ebenfalls die Sicherheitsschleuse.

»Sagen Sie, hätten Sie einen Augenblick Zeit für mich?«

Eine hinterhältige Frage vom Meister seines Fachs. Konnte sie darauf anders antworten als mit Ja?

»Ich habe heute sehr viel zu tun«, sagte sie in dem Versuch, ihm zu entkommen.

»Es dauert nicht lange«, erwiderte Belko und legte ihr eine Hand auf die Schulter.

In Rhondas Magen gluckerte es erneut, als seine klebrigen Finger den Stoff ihrer Jacke berührten. Nie zuvor hatte ein Mensch eine solche Wirkung auf sie gehabt. Der Typ widerte sie einfach nur an, und jede Zelle ihres Körpers wollte den Kontakt mit ihm vermeiden.

»Ich schlage vor, wir bringen uns erst mal in Sicherheit«, sagte er und bedeutete ihr mit einer Geste, ihm zu folgen.

Die Räume der Mordkommission befanden sich auf der anderen Seite des großen Hofs hinter dem Gerichtsgebäude, wo die Such- und Eingreiftruppe gelegentlich ihre schweren Fahrzeuge zwischenparkte. Der schwarze Mannschaftswagen, den sie bei dem Einsatz benutzt hatten, stand wie ein Wachposten mitten auf dem Platz. Lenoir, ein Kollege von der Eingreiftruppe, der sie seit einigen Wochen anzubaggern versuchte, hatte ihr erklärt, dass bald ein neues Modell geliefert werden sollte. Titus, ein Monster aus zwanzig Tonnen Panzerstahl und mit fünfhundert PS, der ballistischen, nuklearen, radiologischen, biologischen und chemischen Angriffen standzuhalten vermochte. Rhonda hatte so getan, als interessiere sie sich für die Technik des Motors. Sie hatte ihm eine Freude machen wollen, nachdem die Jungs ihr Leben riskiert hatten, um Kristina und die anderen Mädchen zu retten. Aber so gern sie Belko wenigstens im Geist entkommen wäre – er klebte nach wie vor an ihr. Und bald erreichten sie die Außentreppe des Hauptgebäudes, wo sie endlich vor dem Regen geschützt waren.

Sie traten durch eine Tür, und Belko blieb an der Seite stehen, schloss seinen Schirm und wühlte in seiner Umhängetasche aus abgewetztem Leder. Innerlich kochte Rhonda. Welche seltsamen Pläne hatte der Kerl denn noch mit ihr? Auf die Antwort musste sie nicht lange warten, denn gleich darauf überreichte er ihr drei zusammengeheftete Blätter Papier.

»Das sind die Ergebnisse einer DNA-Analyse«, sagte Rhonda, während sie die Tabelle überflog, in der sich eine Reihe von Prozentangaben befand.

»Ja, ich habe sie auf eigene Kosten von einem privaten Laboratorium vornehmen lassen.«

Rhonda las den Briefkopf – DNAProExpert – und die Adresse, irgendwo in Belgien. Sie suchte nach dem Objekt der Analyse, aber nirgendwo war ein Name genannt, dem die Ergebnisse zuzuordnen waren.

»Wollen Sie nicht wissen, wem diese DNA gehört?«, flüsterte Belko verschwörerisch.

»Das werden Sie mir sicher gleich sagen, stimmt's?«, antwortete sie und rechnete mit dem Schlimmsten.

»Dies ist das Profil Ihres Commandant … Tomar Khan.«

»Wie sind Sie an eine Gewebeprobe von ihm gekommen?«

»Berufsgeheimnis! Ein Zauberer erklärt seine Tricks nicht.«

Belko freute sich mächtig. Sie sah es an seinem Krokodilslächeln, aber auch an der Art, wie er den letzten Satz herausgebracht hatte. Der Widerling war auch noch stolz auf sich selbst.

Sie begnügte sich damit, ihm die Unterlage zurückzugeben und tiefste Verachtung in ihre Stimme zu legen. »Zauberkunststücke sind keine rechtlichen Verfahren.«

»Das weiß ich doch, Lieutenant ... Aber das hier bestätigt mir den einen oder anderen Verdacht, den ich schon länger hege. Zum Beispiel die Identität der Person, die ihre Fingerabdrücke auf dem Messer mit dem Stern hinterlassen hat«, fügte er in seinem üblichen Ton hinzu.

Du wirst aber keine Abdrücke mehr finden, Arschloch. Ich habe sie selbst aus der Datei gelöscht!, hätte sie ihm am liebsten ins Gesicht geschrien.

»Allerdings stehe ich vor einer kleinen Schwierigkeit. Irgendein *Bug*«, sagte er und malte mit den Fingern Anführungszeichen in die Luft, »hat sämtliche Daten zu dem Beweisstück gelöscht, offenbar in der Annahme, dass das Objekt selbst aus dem Bestand verschwunden ist.«

Na also, allmählich kapierst du's. Du hast nichts in der Hand. Ich habe dich verarscht, und hoffentlich ärgerst du dich schwarz darüber.

»Glücklicherweise bewahrt das Labor der Präfektur manchmal auch eine Printversion seiner Ergebnisse auf.«

Rhonda fühlte sich, als hätte ihr jemand ein Messer in den Rücken gerammt. Was wollte er ihr weismachen? Das Labor kümmerte sich um Tausende von Akten und bewahrte Analysen dieser Art niemals auf.

»O ja, sie hatten im fraglichen Zeitraum eine große EDV-Panne. Darum waren sie gezwungen, alles auf Papier festzuhalten und zu archivieren … Ich habe einen förmlichen Antrag gestellt, um eine Kopie der Ergebnisse zu bekommen.«

Tomar war erledigt. Mit dieser Kopie und der DNA-Analyse, die Belko gerade in Belgien hatte anfertigen lassen, hatte der Kerl alles, was er brauchte, um ihn zu beschuldigen. Dass er sich Tomars DNA auf illegale Weise besorgt hatte, würde kaum eine Rolle spielen, wenn es darum ging, ob die Ermittlungen zum Mord an Müller wieder aufgenommen werden sollten.

»Sie sind ja ganz blass«, sagte Belko lächelnd.

Rhonda war unfähig, etwas zu erwidern.

»Wissen Sie, Lieutenant, ich finde Sie wirklich brillant. Ich scherze nicht, ich meine es ernst. Darum empfehle ich Ihnen, Ihre Karriere nicht zu zerstören, indem Sie einen schmierigen kleinen Bullen decken. Wenn Sie mir bisher etwas verschwiegen haben, müssen Sie es mir sagen, und zwar jetzt.«

Dieser Typ war eine Hyäne. Er hatte Tomar und sie in die Falle gelockt, und jetzt, da sie im Todeskampf lagen, würde er den letzten Rest ihres Fleischs verschlingen und sie in abgenagtes Aas verwandeln.

Belko kam näher und berührte ihre Hand.

»Ich sage so etwas nicht oft, aber … Sie sind eine sehr hübsche Frau … Es wäre schade, wenn …«

Rhonda ließ ihm keine Zeit, den Satz zu beenden. Sie entzog ihm ihre Hand und versetzte ihm eine kräftige Ohrfeige. Jede Selbstsicherheit verschwand aus Belkos Blick. Auf einmal sah er aus wie ein kleiner Junge, der auf dem Schulhof gedemütigt wurde.

Rhonda drehte sich um, lief zur Haupttreppe und ließ

Belko mit einem roten Abdruck ihrer Hand im Gesicht einfach stehen. Sie hatte sich gerade einen gefährlichen Feind gemacht, aber verdammt noch mal! Ihn zu ohrfeigen war die reinste Wohltat gewesen.

37

»ACHTUNG! Betreten der Eisfläche verboten.« Solche Schilder waren am Ufer des Canal Saint-Martin nur selten zu sehen. Wegen der milderen Temperaturen war das Eis zwar inzwischen geschmolzen, aber die weißen Schilder der Pariser Stadtverwaltung standen noch, nur für den Fall, dass die Kälte noch einmal zurückkehren würde.

»Ich liebe dieses Geschäft«, sagte Ara zu Tomar und deutete auf die bunte Fassade eines Deko-Shops am Quai de Valmy.

Auch ihm gefiel das Viertel, in dem Ara wohnte. Es war ein guter Kompromiss zwischen der galoppierenden Gentrifizierung, die im Grunde in ganz Paris um sich griff, und der volkstümlichen Herkunft der Bewohner. Dort begegneten einem von Algeriern, Chinesen oder Leuten aus dem Aveyron geführte kleine Kneipen ebenso wie angesagte Läden à la *Bouddha Bar*. Das 10. Arrondissement war in seiner Gesamtheit ein Schmelztiegel, in dem alle einander respektierten und ohne große Reibereien miteinander verkehrten. Und genau diesen Ort hatten die bärtigen Fanatiker des Islamischen Staats gewählt, um an jenem berüchtigten Abend des 13. November zuzuschlagen. Das tragische Ereignis gehörte nun unauslöschlich zur Geschichte des Stadtteils. Die Wunde hatte sich zum Teil schon geschlossen, aber im Herzen der Bewohner würden die Narben noch lange überdauern.

»Hast du Neuigkeiten?«, fragte Ara, als sie den Eingang des Jardin Villemin erreicht hatten.

»Ich habe sie ungefähr fünfzigmal angerufen«, antwortete Tomar und betrachtete seine Füße.

»Dann hat sie deine Nachrichten also nicht erhalten?«

»Ich habe ihre private Handynummer, sie muss die Nachrichten bekommen haben. Aber es ist nicht so leicht für sie. Sie ist nur Dolmetscherin, sie kann keine Entscheidungen treffen.«

Ara hob den Kopf und blickte zum Eingang des Parks, setzte ihren Weg aber auf dem Bürgersteig fort.

»Willst du keine Runde im Grünen drehen?«, fragte Tomar.

»Wir gehen geradeaus weiter und dann am anderen Ufer zurück, das ist mir als Runde groß genug.«

Ihre Stimme klang ein wenig spröde, und Tomar hatte das Gefühl, dass sie enttäuscht war.

»Wie läuft's denn zu Hause mit deinen Gästen?«, fragte Tomar zögernd. Er fühlte sich, als liefe er über rohe Eier.

»Sehr gut … Weißt du, von mir aus können sie gern noch länger bleiben. Ich mache mir Sorgen um ihre Zukunft. Eine alleinstehende Frau mit zwei kleinen Söhnen … Kannst du dir das vorstellen, Tomar?«

Natürlich konnte er sich das vorstellen. Seine Kontaktperson bei der OFPRA meldete sich zwar nicht, aber das hatte ihn nicht daran gehindert, sich über den Fortgang des Verfahrens im Fall einer Ablehnung zu erkundigen. Nouria und ihre Söhne würden monatelang zwischen verschiedenen Aufnahmeeinrichtungen hin und her pendeln, und wenn sämtliche Rechtsmittel ausgeschöpft waren, würde man sie in eine Chartermaschine setzen.

»Ja, das kann ich mir vorstellen«, sagte er leise. »Aber sie wird mich zurückrufen, ganz sicher, und dann kommt bestimmt alles in Ordnung.«

Ara drehte sich zu ihm, ein hübsches Lächeln erhellte ihr Gesicht.

»Du hast recht, wir dürfen die Hoffnung nicht aufgeben. Weißt du, ohne Hoffnung wäre ich jetzt nicht hier ... und du übrigens auch nicht.«

Als sie die Rückseite der Feuerwehrkaserne unterhalb der Straße erreicht hatten, nahm sie seine Hand und drückte sie mit der gewohnten Kraft. Hundert Meter weiter gabelte sich die Straße, und sie würden rechts abbiegen, wo sie den Kanal überqueren und auf dem Quai de Jemmapes wieder zurückgehen konnten.

»Weißt du, wenn ich sie mir so ansehe mit ihren Söhnen, dann muss ich an uns denken.« Aras Stimme hatte sich verändert, und ihre Wangen röteten sich noch ein wenig mehr. »Als wir deinen Vater los waren, hatten wir immer noch kein leichtes Leben ... Glücklicherweise gab es dich, du hast mir geholfen. Goran war noch zu klein, ich kam nur schwer mit der Situation zurecht.«

Tomar schnürte es die Kehle zu, als er sah, dass seiner Mutter eine Träne über die Wange lief. Solange er denken konnte, hatte er sie nie weinen sehen, trotz aller Prüfungen, die sie hatte überstehen müssen. Er war immer überzeugt gewesen, dass ihre Vergangenheit als Kämpferin ihre Tränen ausgetrocknet hatte, aber da hatte er sich offensichtlich getäuscht. Er drückte ihre Hand ein wenig fester.

»Du hast uns so gut beschützt, wie es nur möglich war, Maman. Goran und ich, wir lieben dich sehr.«

Sie blieben stehen und umarmten sich für einige Sekunden, bevor sie schweigend weitergingen.

Tomars Handy vibrierte, und er stellte fest, dass ihm ein unbekannter Teilnehmer eine Nachricht hinterlassen hatte. Ara beschleunigte den Schritt, um die Rue Louis-Blanc zu erreichen, wo auf der Kreuzung unter der Hochbahn bereits dichter Verkehr herrschte. Tomar musste sich eine Hand ans Ohr legen, um Doktor Cherquis schwache Stimme zu hören, die ihm mitteilte, dass er die Bilder seines Gehirnscans erhalten habe und ihn so bald wie möglich sehen wolle.

38

Rhonda stand vor der Arbeitsfläche ihrer amerikanischen Küche. Unter dem Vorwand, sie sei verabredet, hatte sie die Räume der 36 gegen achtzehn Uhr verlassen und sich in die Metro gedrängt, um zur Place Clichy zu fahren. Im Büro war Tomar nicht aufgetaucht, und auf ihre Anrufe hatte er nicht reagiert. Ein Scheißtag lag hinter ihr, der mit Belkos Drohungen angefangen hatte und offenbar kein Ende nehmen wollte. Den ganzen Nachmittag über hatte sie gearbeitet, bis ihr der Kopf rauchte, und sie hatte nach einer Möglichkeit gesucht, sich und Tomar aus der Bredouille zu befreien. Doch sämtliche Hypothesen führten zu ein und derselben Schlussfolgerung – Belko hatte sie in der Hand, und sein anstößiges Angebot deutete darauf hin, dass er diese Situation so lange wie möglich auskosten würde. Francky hatte sie mehrmals gefragt, ob es ihr gut gehe, und sie wegen ihrer Leichenbittermiene geneckt. Daraus hatte Rhonda den Schluss gezogen, dass sie dringend das Büro verlassen musste, wollte sie vor den Augen ihrer Kollegen nicht zusammenbrechen. Sie zweifelte nicht an deren Loyalität, aber sie wollte sie nicht in die Sache hineinziehen. Schließlich war es ihre Entscheidung gewesen, Tomar zu decken. Eine Entscheidung, die sie aus Liebe getroffen hatte und die sie möglicherweise teuer zu stehen käme. Sie warf einen Blick auf ihr Handy. Nichts. Keine Nachricht, keine SMS, seit dem Morgen stellte er sich ohne jede Erklärung einfach tot. Im Lauf der Stunden hatte sich ihre Gereiztheit wegen seines Schweigens allmählich in Wut verwandelt. Dieser Typ scherte sich überhaupt nicht um die anderen, und noch weniger interessierten ihn die Konsequenzen seiner Handlungen. Er war ein einzelgängerisches Tier, dessen innere Widersprüche sie verführt hatten, aber deswegen würde sie noch lange nicht grundlos alles kaputt machen. Sie waren ein Team, verdammt noch mal! Nicht nur bei der Arbeit, sondern auch als Paar. Sie mussten miteinander reden, Probleme lösen, gemeinsam etwas aufbauen! Wie sollte sie zurechtkommen, wenn er starrköpfig auf seinen Alleingängen beharrte? Rhonda spürte einen Schmerz am Finger und stellte fest, dass sie sich gerade an dem Sparschäler geschnitten hatte, mit dem sie eine Karotte bearbeitete. Sie führte den Finger an den Mund und betrachtete den gusseisernen Kochtopf, in dem ein schönes Stück Lammfleisch auf kleiner Flamme schmorte.

Kochen war imstande, jedes Problem zu lösen – körperliche, aber auch geistig-seelische. Ihre Großmutter mütterlicherseits hatte es ihr beigebracht, und die wusste, wovon sie redete, denn sie hatte während der Besatzung Frankreichs durch die Deutschen ihren Ehemann und acht Kinder durchbringen müssen. Ihr handschriftliches Rezeptbuch hatte sie Rhondas Mutter vermacht, die es ihr schließlich anlässlich ihres Umzugs nach Paris feierlich übergeben hatte. Wegen ihrer unkonventionellen Arbeitszeiten und zugegebenermaßen auch wegen eines gewissen Mangels an Mut kam Rhonda nur selten zum Kochen, dennoch liebte sie es. Es war eine Art, zur Ruhe zu kommen, eine regelrechte Meditation, bei der sich ihr Atem mit jeder

Arbeitsphase weiter vertiefte. Die Zutaten auswählen, sie vorbereiten und miteinander kombinieren, kochen und braten, all das tat sie, ohne an irgendetwas zu denken. Und außerdem war es ein Liebesbeweis … Sie kochte nur selten für sich allein. Ein Geschenk, das man demjenigen machte, der das Gericht genoss, ein mit dem Geschmack besiegelter Pakt. Ja. Aber dieser Egoist namens Tomar rief einfach nicht zurück, und daran würden auch ihre verdammten Rezepte nichts ändern. Dabei hatte sie ihm deutlich zu verstehen gegeben, dass er mit diesem Schwachsinn aufhören musste. Warum versuchte sie, sich etwas mit einem Kerl aufzubauen, in dessen Leben überhaupt kein Platz für sie war? Tomar konnte nur eines mit ihr teilen – jede Menge Ärger. Rhonda spürte, dass ihre Wut noch zunahm, und sie schwor sich, sich nie wieder so verleiten zu lassen. Sie liebte ihn, ja, aber nicht so sehr, dass sie alles für ihn opfern würde. Wenn er nicht bald das Ruder herumriss, würde sie eine schmerzhafte, aber notwendige Entscheidung treffen. Er hatte das Ultimatum nicht verstanden? Dann würde sie sich in Zukunft deutlicher ausdrücken. Warum nicht schon an diesem Abend?

Sie hörte das Geräusch eines Schlüssels, der sich im Schloss drehte, und Tomars kräftige Gestalt tauchte im Eingang auf. Seine Bomberjacke war vom Regen durchnässt, das Wasser rann von seinem Motorradhelm aufs Parkett, aber er schien es nicht zu bemerken. Rhonda überlegte, ihn zum Teufel zu schicken, damit er begriff, in welchem Gemütszustand sie sich befand, aber dann begegneten sich ihre Blicke. In seinen Augen lag etwas Undefinierbares, und ihre Streitlust flaute sofort ab. Reglos und mit gebeugten Schultern stand er da. Er betrat das Wohnzimmer und zog sich die Jacke aus, bevor er sie umarmte und küsste. Seine Lippen waren kalt, und er strahlte eine verlegene Distanziertheit aus, bei der ihr unbehaglich zumute wurde.

»Was ist los?«, fragte sie mit gepresster Stimme.

Er schwieg noch einige Sekunden lang, und als er endlich zu reden begann, hatte Rhonda das Gefühl, dass der Raum dunkler wurde und ihre Ohren sich mit Watte füllten. Er erzählte ihr von seiner Unterredung mit Doktor Cherqui und von dem Anruf, den er während des Spaziergangs mit seiner Mutter erhalten hatte. Er erzählte ihr von seinem Notfalltermin in der Praxis im 16. Arrondissement und von den Aufnahmen, die vor dem Röntgenbildbetrachter gehangen hatten. Irgendwo mitten in seinem Gehirn gab es einen kleinen schwarzen Fleck. Einen Tumor, der sich langsam entwickelt hatte und nun an seiner Großhirnrinde zu fressen begann. Er erzählte ihr von der partiellen Epilepsie und von den ergänzenden Untersuchungen, denen er sich unterziehen musste, um zu überprüfen, ob der Tumor bösartig war. Mit zugeschnürter Kehle und verkrampftem Herzen hörte Rhonda ihm zu, unfähig, auch nur ein Wort herauszubringen. Nach einer Weile setzte sie sich aufs Sofa und streckte die Beine aus.

Sie betrachtete den großen Körper dieses Mannes und bekam plötzlich Lust, sich auf ihn zu stürzen, ihn zu umarmen und zu küssen. Morbide Bilder schossen ihr durch den Kopf, aber sie verjagte sie. Genau in diesem Augenblick war er am Leben und bei ihr, nichts anderes zählte. Aber Tomar hatte die Augen geschlossen und war bereits eingeschlafen.

39

Ein Chaos aus grauen und erdfarbenen Ruinen, ausgeblichen von der Sonne. In einer Ecke eine Reihe aufgerissener Gebäude, zerstörte Fassaden, die Überreste inzwischen verlassener Behausungen enthüllten. Die Straße zwischen den Steinleichen war eine einzige Anhäufung von Mauerziegeln, verbogenem Altmetall und verbrannten Gegenständen. Ein Gartenstuhl aus weißem Plastik war heil geblieben, ein kleines Wunder inmitten der Apokalypse, und auf diesem Stuhl saß ein Mann. Tomar öffnete die Augen und musste sie sofort wieder schließen, so grell war das Sonnenlicht. Der Geruch von Asche und verbranntem Holz drang ihm in die Lungen und löste einen heftigen Hustenanfall aus. So wartete er einige Sekunden, ehe er die Hände wieder vom Gesicht löste und das Schlachtfeld betrachtete. Ganz allein saß er auf seinem Stuhl, beeindruckt von der Vielschichtigkeit und Genauigkeit der Kulisse seines Albtraums. Nichts fehlte bei dieser Kriegsszene, genährt vom Fluss der Informationen zwischen seinen Synapsen. Die verlassene, verfallende Stadt erinnerte ihn an Aleppo, wie es in den Fernsehnachrichten und auf den Titelbildern der Illustrierten zu sehen war. Aber sie ähnelte auch Beirut, der Stadt, von der seine Mutter ihm so viel erzählt hatte. Die Stadt war das Gesicht des Kriegs und des Todes, das Gesicht von Unschuldigen, die durch die Bomben gestorben waren. Allmählich gewöhnte sich Tomar an die Helligkeit und spannte die Muskeln an, um sich vom Stuhl zu erheben. Er hatte sich auf einem kleinen Haufen Bauschutt niedergelassen. Der König auf dem Hügel der Katastrophe. Von seinem erhöhten Platz aus sah er die unermessliche Trostlosigkeit, die sich kilometerweit erstreckte. Auf einer Seite war die Kuppel einer Moschee eingerissen und in sich zusammengefallen wie eine zerbrochene Eierschale. Etwas weiter entfernt balancierte ein Autowrack auf dem Rand eines eingefallenen Gebäudes. Welche Macht mochte es dorthin geschleudert haben? Sicherlich nicht die Macht Gottes… Der hatte diesen Ort vor langer Zeit verlassen und war zu neuen Horizonten aufgebrochen, weit entfernt vom Herzen der Menschen.

Vorsichtig stieg Tomar von dem Berg aus Beton und verbogenem Metall hinab. Seine Schritte waren eine stimmlose, düstere Klage, die sein Gefühl von Isolation noch verstärkte. Zum ersten Mal hatte ihn seine Traumreise an einen solchen Ort geführt. War er nach dem Labyrinth seiner Kindheit und dem Wald seiner Schuld nun dazu verdammt, endlos über ein Trümmerfeld zu irren? Aber es ähnelt deinem Leben, sagte eine leise Stimme in seinem Kopf, die er sofort zum Schweigen brachte. Langsam ging er zwischen den klapprigen steinernen Wachposten hindurch, bis er den Fuß eines Schuttbergs erreichte, so hoch, dass er die Sonne verdeckte. Ist dir schon mal aufgefallen, dass du immer am Fuß eines Bergs stehst?, fuhr die Stimme fort, die inzwischen der von Bob ähnelte. Tomar drehte sich um, konnte ihn aber nirgends entdecken. Dazu verdammt, das Labyrinth zu durchstreifen, Hügel und Berge zu erklimmen… Hast du *darüber* schon mal mit deinem Seelenklempner geredet?

Vergeblich hielt er sich die Ohren zu. Fehlt nur noch der Felsbrocken, dann siehst du aus wie Sisyphos, stimmt's? Ich meine ja nur. Da er den Kommentaren seiner Schreckgestalt nicht entkommen konnte, schrie Tomar vor Verzweiflung laut los. Er hielt sich an einem alten Stahlträger fest und machte sich an den Aufstieg. Als er in die Hocke ging, um Halt zu finden und zum Gipfel vorzudringen, schürfte er sich Hände und Knie auf. Hinter ihm erstreckte sich die Stadt, so weit das Auge reichte, bis zu einer grauen Bergkette am Horizont. Es kam ihm vor, als dauerte der Aufstieg Stunden, und seine Hände verwandelten sich in blutige Wunden, verletzt durch Glasscherben und messerscharfe Stahlkanten. Die Wundmale Christi, höhnte die Stimme und lachte verächtlich. Hältst du dich jetzt für den Messias? Tomar hatte es aufgegeben, gegen Bob zu kämpfen. Da er ihn nicht zum Schweigen bringen konnte, versuchte er, ihn gedanklich auszublenden. Einige Meter über sich bemerkte er den Betonboden einer Wohnung, der wundersamerweise flach auf den Trümmern lag. Mit Unterarmen und Ellbogen zog er sich auf die Plattform, die über der Katastrophe das Gleichgewicht hielt. Von hier aus hatte er einen guten Ausblick auf die andere Seite der Stadt, die andere Seite seines Albtraums.

Der Berg fiel senkrecht ab wie eine künstliche Steilküste, stürzte ins … Nichts. Der Raum vor ihm war tiefschwarz. Nicht die Art von Schwarz, die man mit Pigmenten herstellen konnte. Ein organisches, lebendiges Schwarz, dachte er, während er das Ausmaß des Abgrunds zu erkennen versuchte. In diesem Jenseits gab es etwas Pulsierendes, das die Lust in ihm weckte, einfach zu springen. Seine Vergangenheit war ein Trümmerfeld, seine Gegenwart ein Berg mit scharfen Graten, aber seine Zukunft … Ja, tatsächlich, solche Abgründe waren faszinierend. Warum sich nicht einfach dem Vergessen anheimgeben, die Waffen strecken und sich vom Tod besiegen lassen? Mach bloß keinen Blödsinn!, warnte Bobs kehlige Stimme. Sonst haben wir den ganzen Weg umsonst zurückgelegt. Na und? Tomar hatte das Gefühl, in einem endlosen Krieg zu stecken, der am Tag seiner Geburt begonnen hatte. Ein Krieg gegen Kälte und Angst, ein Krieg gegen seinen Vater, ein Krieg gegen das Verbrechen … Er hatte ein Recht darauf, sich endlich auszuruhen. Schon einmal hatte er gespürt, dass er auf den Abgrund zuglitt, aber Rhonda und Doktor Mathis hatten ihn wieder ins Licht geführt. Und wozu? Inzwischen gab es den Tumor, ein Schandmal, das in den Schädel eines Vatermörders gesetzt worden war. Gesetzt von wem? Du hast noch nie an einen Gott geglaubt. Bob hatte recht … Tomar hing keinem Glauben an, aber er glaubte an Opfer … und an Erlösung, an seine Erlösung. Na also, dann fang an zu kämpfen … Dann war die Stimme verschwunden. Tomar setzte sich auf die Plattform über den Ruinen und betrachtete ein letztes Mal die unergründlichen Tiefen des Abgrunds vor sich, schließlich drehte er sich um. Vor ihm erstreckten sich die chaotischen Überbleibsel seines Lebens. Dies war der Ort, in dem er seinen Weg finden musste. Er spürte, wie sein Körper erstarrte, sah, dass die Stadt ihre Farben verlor. Als er zu sich kam, sah er in Rhondas Gesicht. Sie beugte sich über ihn, drückte ihm einen warmen Kuss auf die Lippen, und der Abgrund verschwand.

40

Die Atmosphäre in der 36 war geladen. Am Vormittag hatte ein Mann eine Abordnung Soldaten der Operation Wachposten angegriffen, die in den Gängen der unterirdischen Einkaufspassage Carrousel du Louvre patrouillierten. Der Verrückte war mit einer Machete in der Hand auf sie losgegangen und hatte »*Allahu akbar!*« gebrüllt, ehe er von einem Schuss unschädlich gemacht worden war. Einer der Soldaten war leicht am Kopf verletzt worden, und der Angreifer befand sich inzwischen in Polizeigewahrsam im Hôpital Georges-Pompidou, wo die Ärzte ihn zu retten versuchten. Die Männer der Antiterroreinheit standen Gewehr bei Fuß, denn man hatte den Weg des Mannes bereits nach Dubai zurückverfolgt und die Wohnung entdeckt, die er im 8. Arrondissement gemietet hatte. Seit den Attentaten von 2015 und der Verhängung des Ausnahmezustands häuften sich Angriffe dieser Art. Niemand würde den Kollegen und dessen Frau vergessen, denen im Juni zuvor in ihrem Domizil in Magnanville jemand die Kehle durchgeschnitten hatte – vor den Augen ihres dreijährigen Sohns. Nach und nach hatte sich das Unbehagen im Herzen des ganzen Berufsstands ausgebreitet. Es war ohnehin schwierig, in diesem Job gelassen zu bleiben, aber nun waren die Polizisten zu Zielscheiben geworden, und das sogar im Privatleben. Tomar dachte an den Capitaine der Zivilstreife, dessen Adresse auf eine Mauer in seiner

Stadt gesprüht worden war, verbunden mit einem Mordaufruf. Außerdem ging die Gefahr nicht nur von Kriminellen oder den Fanatikern des Islamischen Staats aus. Nach einer kurzen, von den Ereignissen im Bataclan ausgelösten Liebeswelle im Volk hatte sich die Gewalt gegen Polizeikräfte noch verschärft. Sie zählten die Hinterhalte in den Städten schon nicht mehr und hätten auch nicht sagen können, wie viele Bereitschaftspolizisten von organisierten und bewaffneten Banden am Rand von Demonstrationen angegriffen wurden. Von Pflastersteinen war man zu Molotowcocktails übergegangen, und in den Social Media machten Bilder von brennenden Polizisten die Runde. Auf die meisten Betrachter wirkten sie schockierend, während andere sich vom Hass mitreißen ließen. Man wollte sich nicht mehr einfach den Ordnungskräften widersetzen, man wollte Bullen töten. Zwar blieben Tomar und seinen Leuten solche Fälle erspart, weil sie nur selten auf den Straßen unterwegs waren, doch sie zeigten sich solidarisch mit den Leiden ihrer Kollegen und zögerten nicht, ihnen gelegentlich zur Hand zu gehen.

Es war einer dieser bleiernen Vormittage unter dämmrigem Himmel, an dem noch dazu die Kaffeemaschine kaputtgegangen war, sodass sämtliche Flics auf der Etage eine Stinklaune hatten. Tomar und Rhonda waren zusammen angekommen. Sie hatten die Nacht damit zugebracht, über Belko und seine Manöver zu reden, bevor sie zu dem Schluss gekommen waren, dass sie einfach abwarten mussten, wohin die Sache führen würde. Schließlich gründete die Theorie des Inspektors der Innenrevision auf Intuition und illegal beschafften Beweisen. Sie konnten sich also durchaus gegen ihn zur Wehr setzen, wie Rhonda meinte.

Tomar hingegen war davon keineswegs überzeugt, aber das war die geringste seiner Sorgen. Das Ergebnis seines Scans und der kleine schwarze Fleck, der sich in seinem Schädel eingenistet hatte – das beunruhigte ihn wirklich. In dieser geistig-seelischen Talsohle befand er sich, als Dino die Bürotür aufstieß und auf die Pinnwand zusteuerte, um das Porträt einer Frau aufzuhängen. Sie war ungefähr fünfunddreißig Jahre alt, hatte das schwarze Haar zum Knoten hochgesteckt, und ihr Gesicht wirkte hart und schmal. Tomar betrachtete eingehend die dunklen Augen und den entschlossenen Blick, der sie stolz aussehen ließ.

»Darf ich euch Fantazmë vorstellen?«, fragte Dino mit kaum verhohlener Freude. »Interpol hat sehr schnell auf die Akte reagiert. Sie haben die DNA unseres Phantoms mit ihren Dateien verglichen, und in Deutschland sind sie auf einen Namen gestoßen.«

Während einer gefühlt endlosen Phase des Schweigens betrachteten die Mitglieder der Gruppe das Gesicht der Frau. Vor dem inneren Auge sah jeder sie erneut mit erhobener Faust über den albanischen Dealer gebeugt. Sie sahen sie in dem Keller, während sie Assan folterte, in den Ruinen der Mülldeponie, wie sie allein das Gelände stürmte. Und Tomar erinnerte sich an den Zweikampf, bei dem er körperlich gelitten hatte.

»Wahnsinn!«, entfuhr es Francky. »Ist das sicher? Irrtum ausgeschlossen?«

»Hundertprozentig sicher. Die DNA stimmt überein, und die deutsche Polizei hat sie an einem Tatort gefunden, der dem im Fall Assan sehr ähnlich war.«

Tomar spürte, wie Adrenalin in seinen Adern zu kreisen begann, als er sich an die Konfrontation mit dieser

Frau erinnerte. Nur wenige Male war es ihm gelungen, sie zu berühren, aber er erinnerte sich, dass das Phantom seinen Schlag in den Bauch mit der Wendigkeit und Geschmeidigkeit einer Raubkatze weggesteckt hatte. Was ihn erstaunte, war nicht die Tatsache, dass er sich von einer Frau hatte schlagen lassen, sondern dass er nicht einmal bemerkt hatte, dass es sich um eine Frau handelte.

»Sie war früher mit Sicherheit beim Militär«, sagte er an Dino gewandt.

»Sie hat auch schon einen Namen – Rasha Al-Abed, syrische Staatsangehörige und Mitglied der freien Streitkräfte, bevor sie desertierte und aus ihrem Land flüchtete.«

»Wie ist Interpol an diese Informationen gekommen?«, fragte Rhonda, während sie sich Notizen machte.

»Es gibt mehrere ähnlich gelagerte Fälle, alles Vergeltungsakte, bei denen ihre DNA sichergestellt wurde. Der Anführer einer lokalen Bande, umgebracht in Deutschland, ein türkischer Schleuser, dem in Italien die Kehle durchgeschnitten wurde, und es gibt noch einen Fall in Belgien. Sie ist ziemlich herumgekommen und hat dabei eine lange Blutspur hinterlassen, immer im Kielwasser der Flüchtlingsströme. Daraufhin hat Interpol einen Ermittlungsstab eingerichtet, um zu überprüfen, ob sie mit Menschenhandel zu tun hat. Ihre Identität haben unsere Kollegen von ehemaligen syrischen Soldaten erfahren.«

Aufmerksam betrachtete Tomar das Gesicht der Frau auf dem Foto. Sie hatte ihr Land verlassen, um dem Chaos zu entkommen, aber ihr Weg war mit Leichen gepflastert. Was mochte ihr Motiv sein?

»Und gibt es Verbindungen zwischen den Opfern?«, fragte Tomar.

»Nein. Sie scheint nach dem Zufallsprinzip vorzugehen. Ohne jede Logik außer der, dass ihre Opfer immer in illegale Geschäfte verstrickt sind.«

»Das trifft auch in unserem Fall zu«, bemerkte Rhonda. »Assan hat mit Yuri und seiner Bande Geschäfte gemacht. Vielleicht hat er Mädchen an die Albaner vertickt.«

»Ja und? Ist sie etwa ein Racheengel?«, fragte Francky.

»Jedenfalls übt sie Rache«, entgegnete Tomar. »Sie will Gerechtigkeit für diejenigen, die nicht für sich selbst sprechen können.«

»Recht haben und recht bekommen …«

»… sind zwei verschiedene Dinge, das weiß ich sehr gut«, beendete Tomar den Satz. »Aber diese Menschen haben Tausende Kilometer zurückgelegt, weil der Krieg sie dazu gezwungen hat. Sie haben alles verloren, und es gibt keine Regel, kein Gesetz, das sich um sie kümmert. Ein rächendes Phantom unter lauter anonymen Menschen.«

Dino musterte Tomar mit großen Augen. Er schien seine Worte in sich aufzunehmen, als spräche ein Prophet zu ihm. Ihr Phantom ähnelte einem Superhelden aus einem amerikanischen Comic, ein maskierter Racheengel, ein Erlöser im Stil der *Punisher*-Comics. Nur lebte es in der Realität, und da landeten solche Figuren gewöhnlich in einer Strafvollzugsanstalt. Rhonda hatte ihr Notizbuch abgelegt und sich dem Porträt genähert.

»Trotzdem, was für eine scharfe Braut, diese Rasha. Allein gegen alle! Dafür muss man verdammt viel Rückgrat haben.«

»Oder ein starkes Motiv. Rache zum Beispiel. Warum musste sie desertieren? Haben wir etwas über ihre Familie, ihre Angehörigen?«

»Nichts. Nur ihren Namen und ihre letzte Versetzung in die Vorstadt von Damaskus. Zu ihrer Familie wurde offensichtlich nichts gefunden.«

Tomar warf Rhonda, die noch immer vor der Pinnwand stand, einen Blick zu. Er dachte an seine Mutter. Mit dreißig hatte sie bereits gekämpft und war dem Tod ebenso oft um Haaresbreite entgangen, wie sie selbst Menschen umgebracht hatte. Diese Frau war mit normalsterblichen Menschen nicht zu vergleichen. Sie war eine Kriegerin, und sie würde sich nicht lebend gefangen nehmen lassen. Er wusste noch nicht, ob er wirklich Lust hatte, sie festzunehmen, aber er wusste bereits, dass er unbedingt herausfinden wollte, wer sie war.

41

Der blutige Geschmack in ihrer Kehle ging ihr auf die Nerven, und ein drückender Schmerz stieg tief aus ihren Nebenhöhlen bis in die Schläfen hinauf. Sie hatte sich bei einem illegalen Wiederverkäufer Dolipran besorgt, aber der Schnupfen, den sie sich ein paar Tage zuvor eingefangen hatte, wollte einfach nicht aufhören, sondern schien sich eher weiter zu verschlechtern. Rasha hatte eine kleine Grünanlage im 13. Arrondissement betreten, in der Nähe der Porte d'Italie, denn sie wollte sich ein wenig erholen. Sie mied den Norden von Paris, wo sich die meisten ihrer Landsleute aufhielten, und mischte sich lieber unter die französischen Clochards. Seit sie sich auf den *budo*, den Kriegsweg, gemacht hatte, suchten viele Leute nach ihr, und sie hatte keineswegs vor, ihnen die Aufgabe zu erleichtern.

Sie saß auf einer Bank und betrachtete eine kleine Gruppe von Frauen mit Kinderwagen, die ein Schwätzchen hielten, während sich ein paar Kleinkinder auf einem Turngerüst vergnügten. Die Kapuze hatte sie abgesetzt, und die Sturmmaske steckte zusammengerollt in ihrer Jackentasche. Die frische Luft auf ihrem Gesicht milderte den Schmerz. Sie fuhr sich mit der Hand durchs Haar, um es zu entwirren, obwohl es so schmutzig war.

Ein etwa vierjähriger Junge verließ den Sandkasten und steuerte langsam auf das Stahlgitter zu, das ihn vom Bürgersteig und dem Pariser Verkehr trennte. Rasha sah den ungeschickten Schritten des Menschleins zu, das in diesem Moment der Aufmerksamkeit seiner Tagesmutter entging, und sie spürte, wie ihr Tränen in die Augen traten. Heftiger Schmerz brannte in ihrem Hals, genau dort, wo sich auf der Haut eine wulstige runde Narbe befand. Sie stand auf, nahm den kleinen Jungen bei der Hand und führte ihn zu den Frauen zurück. Anstelle von Dankesworten bedachten einige sie mit argwöhnischen, andere hingegen mit bedauernden Blicken. Ein Mädchen, etwas größer als die anderen und mit einem hübschen schwarzen Bob, öffnete das Portemonnaie und hielt ihr eine Münze hin. Rasha lehnte höflich ab und setzte sich wieder auf ihren Platz.

Sie wusste, dass es falsch war, das Geld nicht zu nehmen, aber seitdem sie unterwegs war, hatte sie sich nicht zum Betteln durchringen können. Sie erinnerte sich an ihre Kindheit in Damaskus. Ihr Vater war Arzt gewesen, ihre Mutter Malerin, ihr schönes Haus war von Olivenbäumen umgeben gewesen. Der Wohlstand ihrer Eltern erlaubte ihr, sich ihrer Leidenschaft für Kampfkünste zu widmen. Sie erinnerte sich an Trainingssessions in der brüllenden Hitze des Dojos auf der Anhöhe über der Stadt. Die Jiu-Jitsu-Wettkämpfe, die sie mühelos gewann, bis sie schließlich in die Nationalmannschaft aufgenommen wurde und davon träumte, an den Olympischen Spielen teilzunehmen. Im November 2011 hatten sie von ihr verlangt, in die Armee einzutreten, als die ersten Demonstrationen das Land erschütterten. Anfangs hatte sie gezögert, doch die Plünderung ihres Hauses durch eine Rebellengruppe überzeugte sie schließlich. Ihr Vater wollte nach Afrin flüchten, das auf halber Strecke zur Grenze der Türkei lag, aber sie konnte sich nicht entschließen, ihre Stadt und ihre Freunde zu verlassen. Dann waren die Kämpfe immer heftiger geworden, und ihre Vorgesetzten hatten ihr befohlen, einfach in die Menge zu schießen. Sie hatte sich rundheraus geweigert, so, wie sie gerade das Geld abgelehnt hatte.

Daran, was danach geschehen war, wollte Rasha lieber nicht zu oft denken, das geschwollene Fleisch an ihrem Hals rief es ihr ohnehin oft genug ins Gedächtnis. Weder ihre Eltern noch den Rest ihrer Familie hatte sie jemals wiedergesehen. Nach allem, was sie in Erfahrung bringen konnte, waren sie irgendwo vor der türkischen Küste untergegangen, als sie in einem behelfsmäßigen Boot nach Griechenland zu gelangen versuchten. Sie erinnerte sich an den Tag, an dem sie beschlossen hatte, nicht mehr an sie zu denken, um nicht dem Wahnsinn zu verfallen. Sie hatte gesehen, wie Männer und Frauen den Verstand verloren, in ihren Zellen oder auf dem Asphalt der Städte, die sie unter großen Mühen erreicht hatten. Sie wollte wachsam bleiben, sich dem Kampf stellen, den sie sich zum Ziel gesetzt hatte. Ihr *budo* erforderte unaufhörliche Wachsamkeit, und sie durfte niemals nachlässig werden, das war das Prinzip, das ihr *sensei* den *zanshin* nannte. Sie würde eines Tages fallen, mit der Waffe in der Hand, das war ihr Schicksal als Kriegerin, und sie nahm es an. Aber bis dahin würde sie ihre Gegner bezahlen lassen, so teuer wie nur möglich.

Rasha spürte, wie sich ihre Kehle zuschnürte, und sie nieste geräuschvoll, wobei sie einen Strom gelblichen Schleims aus den Tiefen ihrer Nebenhöhlen beförderte. Sie putzte sich mit einem Taschentuch ab, das aus einem Stofffetzen bestand, da vibrierte das Handy in ihrer Tasche. Dieser Apparat war die einzige ihr verbliebene Verbindung zur

Außenwelt. Als unumgängliches Sicherheitsrisiko erlaubte es ihr, Informationen von den wenigen Menschen zu erhalten, denen sie noch vertraute. Sie zog es aus der Jackentasche und sah die weiße Blase einer SMS auf dem Hauptdisplay. Ort und Zeitpunkt für ein Treffen, um ein paar Sachen zurückzubekommen und dazu vielleicht Antibiotika, mit denen sie diese Mordserkältung behandeln konnte. Rasha verließ den kleinen Park, ließ die Kinder und ihre Mütter hinter sich. Der kleine Junge sah ihr lächelnd nach und winkte begeistert, aber Rasha war bereits verschwunden.

42

Mit der Metrolinie 7 war sie bis zur Station Riquet gefahren und dort zur Uferpromenade des Bassin de la Villette gegangen. Wenn man auf den Park zusteuerte, überquerte man eine kleine Fußgängerbrücke aus grau gestrichenem Eisen. Rasha dachte, dass Gustave Eiffel sie entworfen haben musste, so sehr ähnelte die Bauweise der des berühmten Turms. Man betrat die Brücke über eine kleine rostige Treppe, die zu einem zwei Meter breiten Zaun mit einem Schild mit der Aufschrift »Betreten verboten« führte, auf dem sich Generationen dilettantischer Sprayer verewigt hatten. Die Brücke führte zur alten Eisenbahnlinie, die die Hauptstadt umgab und zu der die Öffentlichkeit keinen Zutritt hatte.

Rasha stützte sich auf dem breiten Geländer ab und sprang über das Gitter. Geschmeidig landete sie auf der anderen Seite. Vor ihr erstreckte sich ein langes Schienenband. Zerfressen von der Vegetation, schlängelte es sich zwischen den Gebäuden hindurch. Sie hatte sich angewöhnt, ihre Informanten an diesem verlassenen Ort zu treffen, der nur vereinzelt von Clochards besucht wurde. Nach ungefähr hundert Metern beschrieb der grüne Fluss eine Kurve nach Süden zum Parc des Buttes-Chaumont. Rasha wusste, dass sie bald einen stillgelegten Bahnhof und einen langen Tunnel erreichen würde, in dessen Dunkelheit Kilometer von Kabeln vermoderten. Eines Tages war sie Kindern begegnet, die unter eine Bodenplatte kriechen wollten, um in das Netz der Katakomben zu gelangen, zu dem in der Gegend noch einige Zugänge existierten. Rasha hatte nie gewagt, allein dort hinabzusteigen. Die Vorstellung, in der Dunkelheit eingeschlossen zu sein und blind umherzuirren, erinnerte sie zu sehr an ihre persönliche Hölle.

Ein Pfiff ertönte, und sie erblickte Mahmouds Gestalt. Er war ein junger Mann aus Ar-Raqqa, der aus seiner Stadt geflohen war, nachdem der Islamische Staat sie eingenommen hatte. Sie waren sich in Berlin begegnet und gemeinsam nach Frankreich gegangen. Dort hatte Mahmoud entdeckt, welcher Mission Rasha sich verschrieben hatte, und er hatte ihr geholfen, einen dreckigen kleinen Dealer loszuwerden, der seinen gestreckten Stoff unter den Kindern in den Lagern in Umlauf gebracht hatte.

Mahmoud gestikulierte dramatisch mit den Händen. In seinem roten Parka ähnelte er einem Verkehrsschild, das die Fahrgäste vor der unmittelbar bevorstehenden Durchfahrt einer Lokomotive warnte. Rasha erfasste die Lage erst, als sie noch etwa zehn Meter von ihm entfernt war und seine Gesichtszüge erkennen konnte. Der Junge hatte ein geschwollenes Auge, eine aufgeplatzte Lippe und die untröstliche Miene eines Verräters. Sie hechtete zur Seite, gerade rechtzeitig, um einer Salve aus einer Maschinenpistole auszuweichen. Mahmouds Kopf explodierte in einer riesigen Blutfontäne, dann brach er auf dem Boden zusammen. Für ihn war es zu spät, aber Rasha konnte ihr Leben noch retten. Sie robbte zu einem Betonblock dicht vor ihr, in dieser Situation der bestmögliche Schutz.

Ein Blick auf Mahmoud zeigte ihr das Ausmaß des

Schadens. Es waren mindestens drei bewaffnete Männer. Zwei hatten sich hinter der Leiche ihres Spitzels in Sicherheit gebracht, der dritte musste über das Gitter hinter ihr gestiegen sein und befand sich nun zu ihrer Rechten, weniger als fünfzig Meter entfernt. Rasha war nur mit zwei Kampfmessern und einer Leuchtpistole bewaffnet. Das Sturmgewehr, für das sie sämtliche Ersparnisse geopfert hatte, war in der Ruine auf der Mülldeponie geblieben.

Es gab eine kurze Detonation, und ein Betonsplitter flog über ihren Kopf hinweg. Sie wussten genau, wo sie war, und da sie nicht zurückschoss, würden sie bald begreifen, dass sie dazu nicht in der Lage war. Rasha blieben nur wenige Sekunden, um sich einen Plan zurechtzulegen. Ihre einzige Chance bestand darin, das Gitter auf der rechten Seite zu erreichen und auf die Außenseite der Bahngleise hinüberzuspringen. In den Straßen von Paris würde sie die Verfolger mühelos abschütteln. Aber zwei Befürchtungen blieben bestehen. Die erste bestand darin, dass sich einer der Angreifer noch zwischen ihr und ihrem Ziel befand. Die zweite, dass sie keine Ahnung hatte, was sich hinter dem Gitterzaun befand. Durchaus möglich, dass sie fünfzehn Meter tief fallen und ihr Schädel auf dem Asphalt explodieren würde. Aber dieses Risiko musste sie eingehen.

Sie hielt den Griff ihrer Pistole fest in der Hand und schob ihre einzige Leuchtpatrone in den Lauf. Mit der anderen Hand griff sie nach einem der Messer und steckte das zweite in ein Futteral am Gürtel. Sie wartete, bis eine Salve ihren Schutzschild aus Beton beschädigte, erst dann stürmte sie los. Sie spannte sich kurz an, drehte sich um und zielte auf die beiden Männer. Gerade rechtzeitig nahm sie die schwarze Gestalt wahr, die sich von rechts näherte.

Rasend schnell flitzte die Leuchtpatrone los, vorbei an Mahmouds Leiche, und explodierte zu einer Fontäne rötlicher Flammen. Sie würden vermutlich keinerlei Schaden anrichten, aber Rasha zählte auf den Überraschungseffekt, der die Angreifer hoffentlich ablenkte. Gleichzeitig sprang sie nach rechts und erhob den Arm mit dem Messer gegen den Mann, der gerade auf sie losgehen wollte. Die Klinge verließ ihre Hand in dem Augenblick, in dem die ersten Kugeln aus dem Lauf der Kalaschnikow kamen. Rasha warf sich nach vorn, machte eine Rolle und betete, dass ihre Bewegungen nichts von ihrer Präzision verloren hatten.

Als sie wieder aufstand, sah sie, wie der Riese mit den wasserstoffblonden Haaren sich krümmte und die Klinge aus seinem Oberschenkel zog. Ohne ihren Lauf zu unterbrechen, zog sie das zweite Messer und beschrieb einen kreisförmigen Bogen, damit die Klinge den größtmöglichen Schaden anrichten konnte. Der Mann sah, dass sie auf ihn zustürzte, und wollte den Lauf seiner Waffe wieder heben, aber der geschliffene Stahl der Klinge hatte ihm bereits zwei Finger abgetrennt, ehe er ihm ein großes Stück Fleisch aus dem Hals schnitt. Rasha glaubte, ihn so schwer verletzt zu haben, dass er ihr nicht mehr gefährlich werden konnte, und setzte ihren Weg zum Gitterzaun fort.

Da ließ eine Reihe von Einschlägen den Kies um sie herum aufspritzen. Die beiden anderen mussten weniger als hundert Meter entfernt sein. Wenn einer von ihnen ein Scharfschütze war, wäre sie bereits tot. Darum bestand eine mikroskopisch kleine Chance, dass sie den Zaun erreichen und aus der Falle entkommen konnte. Erneut spannte sie die Oberschenkelmuskeln an und versuchte, noch schneller zu laufen. Fünf Meter, vier, drei, zwei… Sie warf sich auf das Hindernis und überwand den letzten Meter mit einem einzigen Sprung. Ihre Finger suchten irgendwo Halt, damit sie sich nach oben katapultieren konnte. Aber plötzlich zerriss ein brennender Schmerz ihre Hüfte – eine Kugel hatte sie getroffen. Rasha spürte, wie die Kräfte sie verließen und ihre Finger nachzugeben drohten. Wenn sie wieder auf das Bahngleis fiel, würden sie sie mit einem Kopfschuss erledigen. So viele Jahre Training, so viel Leiden, und alles umsonst. War sie zu den Toten zurückgekehrt, um auf diese Art zu enden?

Ein Adrenalinstoß schaltete den Schmerz aus, und sie sprang an dem Zaun hoch, erblickte den Asphalt der Straße unter sich. Sie ließ sich fünf Meter tief fallen, versuchte ihr Becken auszurichten und die Beine anzuwinkeln, um den Aufprall zu mildern. Aber der Zusammenstoß mit dem Boden war so heftig, dass ihr Knie unter ihrem Kinn landete und sie ein Knacken auf Höhe des Kiefers hörte. Ihr Körper schien verzweifelt aufzuschreien, aber ihr Geist befand sich noch auf der Fußgängerbrücke. Die Männer würden den Zaun erreichen und ohne Zögern auf sie schießen, trotz einiger Schaulustiger, die sie aus angstgeweiteten Augen anstarrten. Rasha schrie vor Schmerz, als sie sich aufrappelte und so schnell wie möglich die Straße überquerte. Einige Minuten später war sie sich sicher, dass die Angreifer aufgegeben hatten, und drosselte das Tempo. Diesmal war sie noch davongekommen, aber ihre Hüfte schmerzte stark, und eine lange Blutspur durchnässte den Stoff ihrer Hose. Sie kämpfte noch einige Minuten lang, dann ließ sie sich auf den Bürgersteig sinken und verlor das Bewusstsein.

43

Eine halbe Stunde später trafen die ersten uniformierten Polizisten in der Gegend ein, nachdem sie durch mehrere Anrufe über die Schießerei in Kenntnis gesetzt worden waren. Zwei Opfer, eins von Kugeln durchsiebt, das andere von Messerstichen durchbohrt, waren im Freien unter den Fenstern der Anwohner zurückgelassen worden. Die Beschreibung weckte Tomars Interesse erst, als Namen fielen. Einer der Männer tauchte in keiner Verbrecherkartei auf, aber der andere gehörte zum Clan von Yuri Baric, und das konnte kein Zufall sein. Die Gruppe Khan war gesammelt zum Tatort aufgebrochen. Eine gefährliche Übung, denn sie mussten auf eine Betonbrüstung klettern, um den Drahtzaun zu erreichen, in den die Vorhut mit Kneifzangen einen Zugang geschnitten hatte. »Verdammter Mist!«, fluchte Francky, als er mit seiner Jeansjacke an dem Metallgitter hängen blieb, dann machte er sich über Dino lustig, der auf der niedrigen Mauer den Balancierkünstler spielte und sich dabei so wohlzufühlen schien wie ein Elefantenkalb auf dem Seil. Die Kulisse dieser vergessenen alten Eisenbahnschienen zwischen den Gebäuden von Paris hatte etwas Surrealistisches an sich, und das tröstete Tomar, weil er sich vorstellte, dass es sehr wohl eine Parallelwelt mit eigenen Orten, Bewohnern und Gespenstern gab. Eine Welt, die die meisten Menschen nicht sehen wollten, die jedoch in die Zwischenräume ihrer Realität eindrang wie Moos in rissigen Zement.

Ein Team der Kriminaltechnik war bereits vor Ort und stellte überall orangefarbene Böcke auf. Die Leichen waren selbstverständlich nummeriert. Dasselbe galt für die Blutflecken, Patronenhülsen und für eine Reihe weniger eindeutiger Spuren, die etwas abseits aufgefunden wurden. Eine erste Vorstellung vom Ablauf der Ereignisse zeichnete sich ab. Zuerst war der Typ im roten Parka erschossen worden. Rhonda glaubte, ihn zu kennen, wusste aber nicht mehr genau, wo sie ihm begegnet war. Und dann war sehr viel heftiger in Richtung des Drahtzauns und rings um eine niedrige Betonmauer gefeuert worden, die von Einschlägen durchlöchert war. Etwas weiter entfernt lag der Leichnam von Yuris Handlanger – mit durchgeschnittener Kehle und einem Messer im Oberschenkel. Und schließlich sicherten die Techniker Blutspuren in zwei Metern Höhe auf dem Drahtzaun.

»Das riecht nach einem Vergeltungsakt«, flüsterte Francky und ging in die Knie, um eine Patronenhülse zu untersuchen, die die Kollegen von der Kriminaltechnik noch nicht sichergestellt hatten.

»Ja … nur komplizierter. Wir haben diesen Kerl, der sich die Kugel eingefangen hat. Aber dazu noch einen Flüchtigen, der hat sich den Albaner vom Hals geschafft und ist dann abgehauen«, antwortete Tomar.

»Und den Albaner hat er im Nahkampf erledigt … Klingelt es da nicht bei euch?«

»Du meinst, das war unser Phantom?«, fragte Rhonda. »Dann hat sie sie also in einen Hinterhalt gelockt!«

Tomar drehte sich um die eigene Achse und ließ den Blick über den Tatort schweifen.

»Ich glaube eher, dass sie in die Falle gegangen ist. Hier

gab es keinen Ausweg für sie. Mit Sicherheit war sie diejenige, die dort hinaufgeklettert ist«, sagte er und deutete auf den Bereich, wo die letzten Böcke standen.

»Dann haben sie sie also mit Blei vollgepumpt«, bemerkte Francky.

Tomar gesellte sich rasch zu den Kollegen, die sich um Mahmouds Leichnam versammelt hatten, und wechselte einige Worte mit ihnen, dann kam er mit einer langen Zange zurück. Er bedeutete ihnen, ihm zu folgen, und schnitt einen Spalt in den Drahtzaun, wenige Meter von der Stelle entfernt, an der Rasha hinaufgeklettert war. Es gab einen schmalen Steinstreifen und eine drei Meter hohe Mauer, hinter der sich der Bürgersteig befand. Sie mussten sie umrunden, um zu der Stelle zu gelangen, auf der sie gelandet war und eine große Blutlache hinterlassen hatte.

»Von der Oberkante des Zauns aus müssen das gut fünf Meter sein«, sagte Francky. »Die Tussi ist wirklich nicht totzukriegen!«

»Oder sie haben ihre Leiche mitgenommen«, entgegnete Dino.

Tomar überquerte die Straße und betrat den Bürgersteig auf der anderen Seite. Von Zeit zu Zeit ging er in die Hocke, um einer dünnen Spur aus roten Tröpfchen zu folgen. Allmählich war das ziemlich viel Blut, zu viel, als dass das Phantom problemlos mit dem Verlust klargekommen sein konnte. Die Spur setzte sich mindestens hundert Meter weit fort, bevor sie in eine schmale Gasse abbog. Die Spannung stieg spürbar, denn fast war damit zu rechnen, dass das Phantom jeden Augenblick kampfbereit auftauchte.

Tomar wies mit dem Finger auf eine große Lache auf den Stufen zu einem Gebäude.

»Da hat sie gesessen … offenbar ziemlich lange.«

»Nach so einem Sturz und mit mindestens einer Kugel im Leib ist das absolut verständlich«, sagte Francky.

»Hier, seht mal!«, rief Dino, der bereits weiter in die Gasse vorgedrungen war.

Die Blutspur endete auf einem Stück Asphalt, an dessen Rand ein herrenloses Stoffknäuel lag. Behutsam griff Tomar danach und entrollte die Stoffmaske. Es war das schwarze Gesicht des Phantoms.

»Jemand hat sie bis hierher geschleift«, sagte Dino und betrachtete die breiten Blutspuren, die sich bis zu einer Außentreppe zogen.

Tomar betrachtete die leeren Augenhöhlen der Maske und spürte, wie ihn Bitterkeit übermannte. Das Phantom hatte die Maske und mit ihr die bisherige Aura von Unbesiegbarkeit verloren. Fantazmë war allein, verletzt und befand sich offenbar in unbekannten Händen. Tomar hoffte nur, dass es nicht Yuris Hände waren.

44

Zwei lange Autoschlangen und eine Reihe von Motorradfahrern dazwischen – das alltägliche russische Roulette auf der Pariser Ringautobahn. Tomar hatte den Tag damit zugebracht, immer wieder die Informationen durchzugehen, die über Rasha Al-Abed vorlagen. Er hatte die Kollegen von der Drogenfahndung und der Sitte einberufen, um ihre Kräfte zu bündeln. Rasha befand sich in der Hand eines beschissenen Albanerbosses, und damit war ihre Lebenserwartung begrenzt, Kriegerin hin oder her. Die Gruppe Khan musste ihr gesamtes Spitzelnetz aktivieren und in alle Richtungen ermitteln, um herauszubekommen, wohin das Phantom diesmal verschwunden war. Tomar drehte den Gasgriff um neunzig Grad, und der Motor heulte auf, als er mit Höchstgeschwindigkeit zwischen zwei Autos hindurchfuhr. Er musste die Ringautobahn nicht nehmen, um nach Hause zu kommen, aber es half ihm, sich zu konzentrieren. Hin und wieder erlaubte er sich gegen zwei Uhr nachts eine nette kleine Ordnungswidrigkeit, denn dann war der brodelnde Pariser Verkehr endlich zur Ruhe gekommen. Die automatische Kennzeichenerfassung, mit der die Radarfallen der Hauptstadt ausgerüstet waren, erkannte eine Geschwindigkeitsüberschreitung bis 160 km/h pro Sekunde. Er kannte die Standorte genau, er musste nur rechtzeitig beschleunigen, und schon war seine Spur verwischt.

Das finstere Gesicht der Syrerin verfolgte ihn seit seinem Albtraum in den Ruinen von Aleppo. Auf völlig andere Art als bei allen vorhergehenden Ermittlungen fühlte er sich mit seiner Beute verbunden. Diese Frau war kein Monster und kein wildes Tier, das aus egoistischen Gründen tötete. Sie war begierig auf Rache, die über ihr eigenes Leben hinausging. Sie hatte das Etikett des Racheengels verdient, und angesichts ihrer zahlreichen Verdienste hatte Tomar kein Recht, sich darüber lustig zu machen. Er lenkte die Triumph in einen Tunnel und setzte den Blinker, dann raste er auf die Ausfahrt der Porte de Vincennes zu. Als er den Kreisverkehr hinter sich gelassen hatte, fuhr er auf den Bürgersteig vor seinem Haus und rollte etwa hundert Meter weiter, dann stellte er das Motorrad in einem verborgenen Winkel neben zwei Motorrollern ab. Sein Wohnhaus in der Rue Bernard-Lecache beherbergte im Erdgeschoss das große Feinkostgeschäft Lenôtre, dessen bunte Neonlichter den gesamten Häuserblock beleuchteten. Auf dem Boulevard gegenüber waren Sicherheitseisengitter zu sehen und ein Stück weiter die Straße entlang das Schild »Hypercacher« an der Stelle, an der ein Dreckskerl, dessen Namen er glücklicherweise vergessen hatte, fünf Menschen umgebracht hatte. Nachdem er das Hinterrad mit dem Bügelschloss gesichert hatte, steuerte er auf den Portalvorbau gegenüber der Schutzmauer der Ringautobahn zu. Genau in diesem Moment bemerkte er die Gestalt des Mannes, der ihn am Eingang zu seinem Wohnhaus erwartete. Aufrecht und unbeirrt stand Belko in seinem grauen Regenmantel da. Er sah aus wie ein Mann, der die Muskeln spielen lässt, um sich selbst Mut zu machen. Man brauchte nicht den Instinkt eines Polizisten, um zu begreifen, dass er gekommen war, um sich mit ihm anzulegen. Tomar fand es überaus dreist, dass er ihn ausgerechnet hier herausforderte.

»Commandant«, sagte Belko mit heuchlerischer Freundlichkeit. »Verzeihen Sie mein ungewöhnliches Vorgehen, aber ich muss Sie privat sprechen. Darf ich?«

»Bleibt mir etwas anderes übrig?«

»Gut, also dann … Ich fasse mich kurz. Ich habe Ihre DNA mit der verglichen, die auf dem Griff des Messers im Fall Müller gefunden wurde. Sie stimmen zu 99,8 Prozent überein. Wissen Sie, was das bedeutet?«

Belko stand über Tomar gebeugt wie ein Aasgeier, der darauf wartet, sich über seine Beute herzumachen. Beim geringsten Anzeichen von Schwäche würde er mit seinem hakenförmigen Schnabel über ihn herfallen und ihm zuerst die Augen auspicken.

»Es bedeutet gar nichts. Sie haben sich diese Ergebnisse auf illegale Weise verschafft.«

»Das ist richtig, aber ich kenne einige Richter, die sich von solchen Kleinigkeiten nicht beirren lassen. Und in gewisser Weise ähneln wir zwei uns ein wenig. Wir zögern beide nicht, uns gewisse Freiheiten zu nehmen, um unser Ziel zu erreichen.«

Im Halbdunkel der Straße schienen seine Schlangenaugen vor Vergnügen und Erregung zu leuchten. Der Kerl hatte einen Mordsspaß daran, Tomar in dem Käfig herumzappeln zu sehen, den er ihm gebaut hatte. Das Gesicht von Marie-Thomas Petit, der Soziopathin, mit der sie im Jahr zuvor zu tun gehabt hatten, tauchte plötzlich vor Tomars innerem Auge auf. Im Grunde unterschied sich Belko kaum von ihr.

»Nein, wir ähneln uns absolut nicht. Sie sind ein Drückeberger, dessen Job es ist, Polizisten kaputt zu machen«, antwortete Tomar.

»Das höre ich oft, aber wissen Sie, damit komme ich sehr gut zurecht. Vor allem, wenn ich eine vermeintliche Persönlichkeit wie Sie zu Fall bringen kann. Commandant Khan, der Pitbull, der mit dem Instinkt eines Spürhunds und seiner Art, kurzen Prozess zu machen, immer ans Ziel kommt. Sie sind die Polizei der Vergangenheit, genau die, die wir ausmerzen wollen.«

Tomar verspürte unbändige Lust, Belko mit der Faust ins Gesicht zu schlagen. Er konnte ihm die Nase brechen, damit er sich für immer an ihn erinnerte. Damit würde er sich garantiert ein saftiges Bußgeld und vielleicht sogar eine kurze Gefängnisstrafe einhandeln … Aber es war sehr verlockend, und er war kurz davor, es einfach zu tun.

»Nun, all das wollte ich Ihnen persönlich sagen. Und außerdem teile ich Ihnen mit, dass ich Lieutenant Rhonda Lamarck wegen Beihilfe zum Mord und Diebstahls von Beweismaterial anzeigen werde.«

Tomar spürte, wie ihn die Lust, auf Belko einzuschlagen, ganz plötzlich verließ. Der Typ war ein Schwein. Sollte er mit ihm spielen, so viel er wollte. Aber nicht mit Rhonda, mit ihr nicht!

»Rhonda? Ich habe keine Ahnung, wovon Sie sprechen. Sie hat mit der Sache nichts zu tun.«

»Nun, wir werden sehen«, sagte Belko mit schiefem Lächeln. Da packte ihn Tomar an den Aufschlägen des Regenmantels und drückte ihn heftig gegen die Hauswand.

»Du lässt sie in Ruhe, verstanden?!«, brüllte er, denn er hatte jede Selbstbeherrschung verloren.

»Drohen Sie mir etwa? Sie enttäuschen mich, Commandant.«

Im Bruchteil einer Sekunde überlegte Tomar, dass es ein Leichtes wäre, Belkos Kopf gegen den Beton zu schlagen. Seinen kleinen Schnüfflerschädel zu zerquetschen und die Leiche in einem Müllcontainer zu entsorgen. Belko trieb ihn in die Enge und wartete geduldig, bis sein Gegner die Grenzen überschritt, selbst wenn er dafür sein Leben aufs Spiel setzte.

»Na also, Sie sind genau, wie ich dachte. Ein Tier, das so tut, als hätte es Ehre im Leib. Sie widern mich an.«

Tomar lockerte den Griff, und Belko löste sich von ihm, wobei er sich den Hals an der Stelle massierte, an der ihn der Stoff gewürgt hatte.

»Adieu, Commandant, wir sehen uns vor Gericht«, sagte er und steuerte auf die Avenue zu.

Tomar sah ihn fortgehen und blieb einige Minuten lang reglos im Neonlicht des Feinkostladens stehen. Er war am Ende des Wegs angelangt, er musste für seine Taten bezahlen. Und dann überlagerte Rhondas strahlendes Gesicht seine finsteren Gedanken. Er würde nicht aufgeben. Er würde für sie kämpfen, wenn er es schon nicht für sich selbst tat. Ein Motor heulte auf, und Tomar löste sich aus seiner Starre. Es war Zeit, ins Bett zu gehen und alles zu überschlafen.

45

Das Klingeln des Weckers riss ihn aus den wenigen Stunden Schlaf, die er in ruhigen Nächten manchmal zusammenbekam. Éric, dem man die fünfzig deutlich ansah, öffnete die Augen und blickte in den neuen Tag. Scheißtag, dachte er und reckte seinen langen Körper in dem Daunenschlafsack. Die Kiste, die ihm als Unterschlupf diente, bestand aus mehreren Lagen Karton, und beim Einpacken musste er eine genaue Reihenfolge einhalten, sonst brachte er alles durcheinander. Das Display zeigte sieben Uhr dreißig, ihm blieb noch eine halbe Stunde, um zu dem Asyl zu gelangen, das die Pariser Obdachlosen mit kostenlosem Frühstück versorgte. Nervös tastete er in der Tasche seiner Daunenjacke nach dem Handy. Eines Nachts hatte ein Typ versucht, es ihm zu klauen, und er hatte ihm in die Hand gebissen wie ein tollwütiger Rottweiler. Die harten Konturen des Geräts unter seinen Fingern beruhigten ihn. Ohne das verdammte Handy konnte er die 115 nicht anrufen, den Notruf für Obdachlose, wenn er versuchen wollte, ein Zimmer für die Nacht zu ergattern. Die aktuelle Ausgabe des *Parisien* hatte ein Grad minus angekündigt, und er hatte nicht vor, in diesem Jahr in der Kälte zu krepieren wie Titi und Pierrot.

Sorgfältig faltete Éric seine Kartons zusammen, um sie wie gewohnt hinter der Tür der Mülltonnenbox zu verstauen. In diesem Augenblick fiel ihm ein, dass da noch dieses Mädchen war, das er am Abend zuvor in erbärmlichem Zustand aufgelesen hatte. Wäre Didier der Belgier da gewesen, hätte er ihm bestimmt geraten, sie in ihrem Blut verrecken zu lassen. Es ist nie gut, sich in die Angelegenheiten anderer einzumischen, vor allem, wenn die Gefahr bestand, dadurch bei den Bullen zu landen oder mit anderen Worten – voll in der Scheiße. Éric hatte die Kleine ein paar Meter weit geschleppt, ehe sie wieder zu Bewusstsein kam. Dann hatte sie sich an seine Schulter geklammert, und sie waren zusammen zur Rue de Crimée gegangen. Er hätte sie vor der Notaufnahme des Hôpital Saint-Louis oder allenfalls beim Hôpital Robert-Debré absetzen sollen, aber sie hatte ihm zu verstehen gegeben, dass sie dort nicht hinwollte, was er durchaus nachvollziehen konnte. Sie war auf der Flucht und übel zugerichtet, und sie war ganz allein. »Scheiß drauf!«, hätte der Belgier gebrüllt, aber Éric hörte auf den Spitznamen Der Zärtliche, und der Name passte zu ihm. Die Kleine – so nannte Éric alle Frauen – brauchte Hilfe, und niemand wusste besser als er, dass sie nirgends Hilfe bekommen würde. Also konnte er vielleicht etwas bewirken, indem er sein Erste-Hilfe-Päckchen aus dem Versteck hinter dem Lüftungsschlitz holte und einen Blick auf ihre Wunde warf. Schließlich war Éric mal Krankenpfleger gewesen, damals, in einem anderen Leben, als er Frau und Kinder gehabt hatte, ein großartiges Leben, an das er möglichst nicht dachte, weil es ihm die Tränen in die Augen trieb. Und Weinen ist was für Schwuchteln, wie der Belgier zu sagen pflegte.

Sie hatten sich in dem verfallenen Fahrradschuppen niedergelassen, zu dem er sich unter Mühen den Schlüssel besorgt hatte und den er gelegentlich als Unterschlupf benutzte. In dem Schuppen war es dunkel und feucht, aber wenigstens hatten sie dort ihre Ruhe und waren den Blicken der anderen entzogen. Éric hatte ein altes Bettlaken auf dem Boden ausgebreitet, und das Mädel hatte sich hingelegt. Er wusste nicht, ob ihr bewusst war, dass sie auch an einen weniger korrekten Typen als ihn hätte geraten können, an einen wie den Verwirrten Paulo, der die Lage ausgenutzt und sie gezwungen hätte, die Beine breit zu machen. Éric hingegen wollte ihr einfach nur helfen, indem er die Blutung stillte, wenn das irgendwie machbar war.

Er besaß Alkohol, Kompressen, ein bisschen Verbandsmaterial und eine Schachtel mit alten Antibiotika, was nicht gerade viel war. Als er ihr die Jacke auszog, machte sie sich steif, und Éric war verblüfft, wie schwer sie war. Dann entdeckte er die harten Einlagen an den Schultern, Ellbogen und am Rücken. Das Teil war die reinste Rüstung, eine Art Motorradjacke, ähnlich einem Kettenhemd. Darunter war es auch nicht besser, der Körper des Mädels war hart wie Granit. Er hatte den Eindruck, dass sie in einer Eisenschmelze geformt worden war. »Ich ziehe jetzt deinen Pullover hoch«, sagte er, als er die Hände auf den Stoff legte, und schon ergoss sich eine warme Flüssigkeit über seine Finger. Behutsam schob er ihr den Pulli bis zum Saum ihres BHs hoch, wobei er die Wunde oben an ihrer Hüfte entdeckte – ein hübsches Loch von mindestens einem Zentimeter Durchmesser, und hinten war es dasselbe.

»Die Kugel ist wieder ausgetreten«, sagte er mit beruhigender Stimme oder jedenfalls so beruhigend wie möglich angesichts des heiseren Tons, den er am Leib hatte, seit er Sport durch Suff und Zigaretten ersetzt hatte.

Die Kugel war wieder ausgetreten, ja, aber an diesem Morgen sah die Wunde unter dem behelfsmäßigen Verband verdammt übel aus. Das Mädchen hatte die Nacht überlebt, sie war bei Bewusstsein, wirkte aber apathisch. Sie musste genäht werden, andernfalls würde sie weiterhin bluten und schwächer werden. Dafür war Éric nicht ausgerüstet, und so, wie seine Hände zitterten, bezweifelte er ohnehin, dass er es noch konnte. Er musste den verdammten Verband wechseln, sonst würde sich der ganze Schlamassel entzünden. Er tränkte einige Kompressen mit Alkohol, warnte sie, dass es brennen würde, und fing an, die Wunde zu säubern. Das Mädchen versteifte sich und schrie etwas auf Arabisch, vergoss aber keine einzige Träne. Éric fiel ein, dass sie seinem Kumpel Didier gefallen würde. Sobald die Wunde sauber war, bedeckte er sie vorn und hinten mit einer Kompresse und konzentrierte sich, um alles zu verbinden.

Es war wirklich nur ein Behelf, in wenigen Tagen würde die Wunde stinken wie die Pest, und das war nie ein gutes Zeichen.

»Du Krankenhaus gehen«, sagte er, während er dem Mädchen unverwandt in die Augen blickte.

Sie schüttelte den Kopf und erinnerte Éric mit ihrem schwarzen Haar und den dunklen Augen an seine Frau. Auch die Kleine hier war störrisch wie ein Esel.

»Du Krankenhaus gehen, sonst du kaputt!«

Sie versuchte, sich aufzurichten, verzog aber vor Schmerz das Gesicht. Also drehte sie sich nur zu ihm und schüttelte abermals den Kopf.

Er hätte sie dort liegen lassen, ihr ein paar Kompressen, ein bisschen Alkohol oder vielleicht sogar die ganze Hausapotheke geben können. Das hätte er machen können, aber man nannte ihn den zärtlichen Éric, weil er nett zu seinen Mitmenschen war, obwohl sie ihn nur ausnutzten, das war ihm völlig klar.

»Alles klar«, sagte er lächelnd. »Alles klar, Kleine, wir finden schon eine Lösung.«

Und zum ersten Mal seit Jahren dachte er, dass dieser Tag am Ende vielleicht doch kein Scheißtag sein würde.

46

Zwei Leichen mit explodierten Schädeln und auf den Rücken gefesselten Händen in einem Keller in der nördlichen Vorstadt. Zwei syrische Flüchtlinge, registriert im Auffanglager des 18. Arrondissements und eiskalt hingerichtet nach Art der Kosovaren. »Allmählich läppert sich das ganz schön«, sagte Dino am Telefon, während er Rhonda aus dem Bett holte. Es war gerade sechs Uhr morgens, sie fragte sich, ob dieser Typ eigentlich ein Leben außerhalb der Brigade hatte. Rhonda wusste sehr gut, dass die Antwort Nein lautete. Das war nicht sein Ding, abgesehen von Facebook, wo er sich das Image eines geheimnisvollen Bullen geschaffen hatte, um die Mädels einzuwickeln. Aber das funktionierte nicht besonders gut, weil er niemals gewagt hätte, sich mit einer von ihnen zu treffen.

Sie sprang aus dem Bett, stürmte ins Bad, um zu duschen, und kreuzte im Büro auf, wo alle auf sie warteten. Alle, nur Tomar nicht. Er antwortete weder auf Anrufe noch auf SMS. »Allmählich wird das bei ihm zur Gewohnheit, verdammt!«, knurrte Francky, und Rhonda konnte ihm nicht widersprechen. Nach dem Wiederauftauchen seines *Vaters* im vorangegangenen Jahr war in der unerbittlichen Mechanik ihres Commandants etwas kaputtgegangen. Anfangs hatte er wiederholt gefehlt, um private Schwierigkeiten zu regeln, und davon hatte er mehr als genug. Nun klingelte das Handy ständig ins Leere, und um dem Ganzen die Krone aufzusetzen, waren da noch seine Ohnmachten oder Schwächeanfälle… Rhonda wusste, dass seine Leute immer zu ihm halten würden, aber sie wusste auch, dass jedes Schiff einen Kapitän brauchte, der den Kurs vorgab. Im aktuellen Fall von Rasha Al-Abed handelte es sich um eine lange Blutspur, gespickt mit Leichen, die an abgelegenen Orten aufgefunden wurden. Erst die von Assan und dem albanischen Dealer und jetzt eine ganze Reihe von armen Kerlen ohne Papiere, die dieses Mädchen mit dem Leben hatte zahlen lassen. Dino hatte sämtliche Protokolle des für den Doppelmord zuständigen Teams getippt, und so war er zu dem Schluss gekommen, dass Yuri hinter dem Massaker stecken musste und sich die Schlinge um ihr Phantom unweigerlich zusammenzog.

Erneut versuchte Rhonda, Tomar zu erreichen, ohne Erfolg. Also musste sie die Dinge selbst in die Hand nehmen und schnellstens damit anfangen, die Gespräche von Yuri und seiner Bande rund um die Uhr abzuhören und ihre Handys zu orten.

Sie würde sich zu einem Besuch beim Staatsanwalt durchringen und ihm die Dringlichkeit der Lage erklären, und Dino würde sämtliche SIM-Karten tracken, die zu den mutmaßlichen Identitäten von Yuris Handlangern passten. Das konnten sie gemeinsam mit den Jungs von der Sitte erledigen und damit ein bisschen Zeit gewinnen. Bevor sie den Staatsanwalt erwischte, der erst gegen zehn Uhr im Büro sein würde, wollte sie den Chef in seinem Refugium im ersten Stock besuchen und ihm die Lage schildern. Das tat sie nicht besonders gern, denn damit würde sie ihren Vorgesetzten und Geliebten übergehen, aber er ließ ihr keine andere Wahl. Die Frustration, die sie in ihrer privaten Partnerschaft verspürte, durfte nicht auf ihr Berufsleben übergreifen, sonst wären sie bald beide erledigt. Sie konnte Tomar bei seinen persönlichen Kämpfen unterstützen, aber sie würde nicht zulassen, dass er etwas zerstörte, wofür sie alles geopfert hatte – ihre Arbeit. Dorval bedachte sie lächelnd mit den freundlichen Worten: »Gute Arbeit, Lieutenant, wir müssen über eine Beförderung für Sie nachdenken.« Dadurch wurde ihr Unbehagen aber nur noch größer. Um neun Uhr fünfundvierzig tauchte Tomar endlich in Form eines Anrufs wieder auf. Er sprach mit belegter, schwerfälliger Stimme, wie sie ihn noch nie gehört hatte.

»Hast du getrunken?«, fragte sie stirnrunzelnd.

Das Schweigen am anderen Ende der Leitung bestätigte ihren Verdacht. Tomar Khan war verkatert. Das wäre unter anderen Umständen vielleicht lustig gewesen, vor allem, wenn sie die geringste Ahnung gehabt hätte, was ihn zu seinem Besäufnis bewegt hatte. Dann fiel ihr sein Termin beim Neurologen wieder ein. Verdammt, ich blöde Kuh! Wie hatte sie die Sache mit dem Tumor bloß vergessen können? Und wenn er nun die Untersuchungsergebnisse bekommen hatte? Wenn es tatsächlich stimmte? Rhonda machte sich große Vorwürfe und versuchte mindestens fünfmal, Tomar zurückzurufen, aber er ging nicht dran. Sie zögerte, die Tür zum Büro des Staatsanwalts aufzustoßen. Fehlte nur noch, dass sie vor seinen Augen zusammenbrach, dann wäre sie beim Chef unten durch. Schließlich tat sie, was sie immer tat – einmal tief durchatmen, und los ging's mit der Maske der unfehlbaren, allem gewachsenen Polizistin. Mochte die Rüstung auch überall Risse und die mentale Belastung ihren Höhepunkt erreicht haben, sie ging mit gesenktem Kopf voran wie ein Maultier auf einem schmalen Pfad mitten im Gebirge. Um Yuri in die Enge zu treiben und Rasha zu erwischen, ehe sich noch mehr Leichen anhäuften, brauchte sie eine Abhörgenehmigung. Die brauchte sie, und die würde sie bekommen.

47

Zwischen zum Himmel strebenden viereckigen Türmen erhob sich im 13. Arrondissement eine alte Fabrik aus rotem Backstein, die in ein Tagesasyl für Obdachlose umgewandelt worden war. Éric ließ sich regelmäßig dort sehen, um zu duschen, mit seinen Kumpels – darunter Didier dem Belgier – einen Kaffee zu trinken und mit Samia zu scherzen, einer Krankenschwester mit gabunischen Wurzeln, strahlendem Lächeln und riesigen Brüsten. Diese Möpse – oder zumindest die Vorstellung, die er sich davon machte – waren der Grund für die letzten Funken sexueller Erregung, die er noch verspürte. Sie waren viel echter als die Mädchen auf Papier mit ihren retuschierten Körpern und den rasierten Muschis. Kurz und gut, Samia war eine nette Puppe und wusste, dass er mal Krankenpfleger gewesen war. Und so hatte er beschlossen, die Kleine zu ihr zu bringen, damit sie sich um die Verletzung kümmerte, bevor die sich entzündete und die Kleine den Bach runterging.

»Du keine Angst«, hatte er gemurmelt, was ihm nur ein dünnes Lächeln eingebracht hatte.

Sie legten die Strecke mit der Metro zurück, und niemand belästigte sie. Einem Paar von Obdachlosen mangelte es in den Augen der Pariser Reisenden wohl allzu sehr an Glamour. Eine alte Dame, die Éric an Miss Marple erinnerte, bemerkte einen Blutfleck auf der Hose der Kleinen und wechselte eilig und mit zutiefst angewiderter Miene den Platz.

»Das nervt dich wohl, was, Alte?«

Éric konnte es ihr nicht verübeln. Seitdem er sich in dieser Stadt durchschlug, hatte er begriffen, dass die Leute nicht von Grund auf böse waren – sie hatten nur Angst. Angst, dass man sie anquatschte, sodass sie sich verspäteten, Angst, dass man sie um Geld bat, dass man sie mit Krankheiten ansteckte oder sie belästigte. Angst vor so vielem, dass sie sich hinter dem Display ihres Handys oder hinter einem Buch versteckten, um so wenig wie möglich Kontakt zum Rest der Welt zu haben. Man musste nur den Kopf heben, um zu sehen, wie die Leute aus der Realität flohen, in der er und seine Leidensgenossen gefangen waren. Éric wusste jedenfalls, was das Leben ihm zu bieten hatte – nichts. Wie der Dalai Lama, der Papst oder irgendein anderer Schlaumeier immer sagte: Erst wenn man alles verloren hat, wird einem bewusst, was man tatsächlich besitzt. Und das heißt kurz gefasst – einen Schwanz und ein Messer, wenn man das Glück hatte, eins zu besitzen.

Als sie in den Räumen der Arche angekommen waren, umgingen sie die Anmeldung, die trotz der frühen Stunde bereits überfüllt war, und steuerten geradewegs auf die Krankenstation zu. Éric wollte die Kleine lieber nicht vorstellen, denn dann wäre sie gezwungen gewesen, ihren Namen zu nennen und weitere Auskünfte zu geben. Und wenn er sie richtig verstanden hatte, war sie in dieser Hinsicht ziemlich paranoid.

Die Krankenstation nahm einen Teil des Kellergeschosses ein. Sie war über eine kleine Rampe zu erreichen, so ähnlich wie jene, die man in Krankenhäusern für Tragen benutzte, und zum Glück war die Station noch nicht überlaufen. Das Leben auf der Straße war nicht gerade erholsam. Oft gab es Zoff, wenn sich der Alkohol in die Gehirne gefressen hatte, und dann waren da noch die Arschlöcher, die es einfach lustig fanden, Penner fertigzumachen. Eines Tages hatte Didier ihm ein Video auf YouTube gezeigt, in dem zwei Idioten sich einen Spaß daraus machten, Thor zu stehlen, den Zwergpudel einer flüchtigen Bekannten, die sich im Quartier des Halles herumtrieb. Die Bilder waren um die Welt gegangen, und der gute alte Thor mit seiner heraushängenden Zunge und dem kaputten Auge war so berühmt geworden wie Brad Pitt. Darüber hatten sie sich kaputtgelacht.

Samia küsste ihn zur Begrüßung und löste damit eine leichte Erektion aus, von deren Existenz sie niemals erfahren würde. Éric teilte ihr mit, dass seine Freundin einiges hatte einstecken müssen, und erfand eine Unfallgeschichte, damit sich die Bullen nicht einmischten. Samia bat Rasha in ihr Büro, und eine halbe Stunde später kam die Kleine hübsch zusammengetackert und mit taufrischem Verband wieder heraus.

»Heute Abend muss der Verband gewechselt werden«, erklärte Samia und empfahl ihr, sich nicht zu weit vom Haus zu entfernen.

Sie stellte ihr außerdem eine Bescheinigung aus, mit der sie ein Notbett in jedem beliebigen Obdachlosenasyl bekommen würde – Luxus pur.

Ihr Wege trennten sich nun, der zärtliche Éric würde sein altes Leben wieder aufnehmen und eine lange Reihe von… Scheißtagen verbringen. Er spürte einen Anflug von Verbitterung, als sie gemeinsam das Gebäude verließen, um sich auf dem Bürgersteig von der Sonne bescheinen zu lassen.

»Dir jetzt gehen gut«, sagte er, während er eine Träne zurückzuhalten versuchte, die ihn im Augenwinkel kitzelte.

Die Kleine nahm ihn in die Arme und drückte ihn so fest, dass ihre Titanmuskeln ihm die Luft aus den Lungen pressten.

»Danke«, sagte sie mit der zärtlichsten Stimme, die er in seinem verfluchten Leben als Pariser Clochard je gehört hatte.

Als das Mädchen ihn aus der Umklammerung entließ, bemerkte Éric plötzlich den großen schwarzen Geländewagen, der neben dem Bürgersteig parkte, und die drei Männer, die rasch ausstiegen. Man musste nicht Einstein sein, um zu kapieren, dass sie ihretwegen hier waren. Zwei der Wichtigtuer trugen Maschinenpistolen, wie man sie in amerikanischen Fernsehserien sehen konnte, nur dass diese hier garantiert nicht mit Platzpatronen geladen waren. Die Kleine drehte sich um wie eine Katze, bereit, wegzulaufen, aber sie schnitten ihr bereits den Weg ab, indem sie die Ballermänner auf sie richteten.

»Hört auf mit dem Scheiß!«, brüllte Éric, obwohl ihm vollkommen klar war, dass sie sich einen Dreck um ihn kümmern würden.

Auf einmal kam ein dritter Typ mit einer üblen bärtigen Visage und rasiertem Schädel seelenruhig auf ihn zu. Dieses Arschloch lächelte ihn an, als wären sie alte Bekannte, und Éric glaubte fast, er würde ihm zur Begrüßung die Flosse hinhalten. Aber was aus seiner Tasche kam, war keine Hand, und Éric spürte einen scharfen Schmerz in der Brust. Als er den Griff des Messers aus seinem Seemannspullover hervorragen sah, verschalteten sich seine Synapsen blitzschnell. Zwanzig Zentimeter Stahl im Herzen, das war dann wohl das Ende der Reise. Seine Finger umklammerten den Griff, aber der Schmerz war so stark, dass er nicht in der Lage war, daran zu ziehen. Also setzte er sich auf den Asphalt und blickte sich verblüfft um, fügte sich der Tatsache, dass er nun sterben würde. In der Ferne zwangen die beiden Männer die Kleine, in den Geländewagen zu steigen, und verschwanden im Verkehr des Boulevards. Éric spuckte noch zwei Minuten lang Blut wie der letzte Idiot. Samias Brüste, Didier der Belgier, Thor der einäugige Pudel, all das verschmolz in seinem Kopf miteinander. Ehe er die Augen schloss und seinen letzten Atemzug tat, dachte der zärtliche Éric an seine Kinder, und er sagte sich, dass er sie immer lieben würde.

Und dann nichts mehr.

48

Yuri stieß eine dichte Rauchwolke aus und zermalmte die Kippe unter seinem Absatz. Der Himmel war bedeckt, das heitere Wetter vom Morgen war einem bedrohlich grauen Himmel gewichen. Er betrachtete den Vorbau aus Zement, in dessen Ritzen Unkraut wucherte, und in der Ferne die klobige Silhouette des rechteckigen gelben Backsteingebäudes, das sich als großes L über mehrere Hundert Meter erstreckte. Die Fenster in der ersten Etage waren mit Betonblöcken zugemauert, und alte Fensterläden aus dunklem Holz bedeckten die meisten Fenster in den Stockwerken darüber. Er atmete tief durch und beschloss, ins Innere des Krankenhauses zurückzukehren. Das verlassene Gebäude mitten in Paris gehörte zu einer größeren Krankenhausgruppe, und er hatte nur den Wachmann schmieren müssen, um sich unbemerkt Zugang zu dem Gebäude zu verschaffen. Die feuchten, von Graffiti bedeckten Wände, Dutzende Zimmer und Flure, in denen die Farbe von den Wänden abblätterte, symbolisierten den unvermeidlichen Verfall aller menschlichen Werke.

Lächelnd stieg Yuri die Stufen zum Lieferanteneingang hinab, dessen Schloss seine Handlanger bereits aufgebrochen hatten. Zum ersten Mal seit Beginn dieses verfluchten Winters fühlte er sich gut. Zwar hatte er einen Haufen Geld, Material und Nutten verloren, aber er hatte endlich die kleine Schlampe in der Hand, die seine Geduld schon so lange strapazierte. Endlich konnte er dafür sorgen, dass sie ihm alles hundertfach und mit Zinsen zurückzahlte. Natürlich wäre es viel einfacher gewesen, ihr eine Kugel in den Kopf zu jagen und ihre Leiche in einen Müllcontainer zu werfen, aber das war nicht das Schicksal, das er seinen ärgsten Feinden angedeihen ließ. Schließlich war der entstandene Schaden viel gravierender als eine schlichte Umsatzeinbuße. Sie hatte ihn vor den Augen des *Bajraks* verspottet, und die anderen Bosse des Clans beobachteten genau, wie er diese Angelegenheit regelte. Ein einziges Zeichen der Schwäche, und er riskierte, von einem jungen Wolf mit scharfen Zähnen verjagt zu werden. Es gab unzählige, die nur darauf warteten. Eine vorbildliche Nutte, das würde er aus dem bescheuerten Gespenst machen, und an diesem zerstörten, abgeschiedenen Ort konnte er sich dabei alle Zeit der Welt lassen, ohne neugierige Blicke auf sich zu ziehen.

Als er die Tür hinter sich gelassen hatte, betrat Yuri ein müllübersätes Treppenhaus, das sich in die Eingeweide des Krankenhauses bohrte. Nach Aussage des Wachmanns befand sich in diesem Teil des Gebäudes die Leichenhalle. Fünfzehn Jahre zuvor war sie nach einem Skandal auf Beschluss der Behörden versiegelt worden. Angeblich waren dort illegal die Leichen ungeborener Kinder aufbewahrt worden, eine morbide Sammlung. Anscheinend war ein Minister genau diese Stufen hinuntergestiegen, um sich ein Bild von den Tatsachen zu verschaffen und dieser Praxis ein Ende zu machen. Yuri fand das beknackt. Er maß menschlichem Leben keinen großen Wert zu, aber dennoch hielt er gewisse Regeln ein. Auf kleine Kinder oder, schlimmer noch, auf Babys loszugehen, dabei kam ihm das kalte Kotzen. Ein Grundsatz, der sich jedoch nicht auf Frauen erstreckte. In seinem Business waren sie Rohstoff, und mit seiner Ware konnte er tun und lassen, was er wollte. Außerdem musste er sich eingestehen, dass er beleidigt war. Bei der Entdeckung, dass das Gespenst im Sitzen pinkelte, verlor er das Gesicht auf noch viel würdelosere Art. Zwar hatte sie ihren Wert bewiesen, indem sie Soldaten umgelegt hatte, aber das änderte nichts an der Sache. Die Kleine wusste nicht, wo ihr Platz war, und er würde dafür sorgen, dass es ihr wieder einfiel.

Die Treppe endete vor einer zweiflügeligen Tür, deren eine Seite sich aus den Angeln gelöst hatte. Yuri trat hindurch und gelangte in einen langen Flur, der von mehreren Neonröhren beleuchtet wurde. Seine Männer hatten sie auf die Schnelle dort angebracht. Die Farbe an den Wänden bildete aufgeblähte große Krusten, ganz ähnlich einem Tumor. Mit einem Fuß stieß er gegen einen Aktenstapel und sah vergilbte Fotos, letzte Zeugen der Leiden, Schmerzen und Freuden, die das tägliche Brot der Bewohner dieses Orts gewesen waren.

Seit über zehn Jahren hatte niemand mehr das Gebäude betreten, abgesehen von einigen Stadtentdeckern auf der Jagd nach verstörenden Bildern. Yuri glaubte weder an Phantome noch an Geister, aber er musste zugeben, dass er in diesem Haus Gänsehaut bekam. Vor einer hellblauen Tür blieb er stehen. Ein Schild daneben verriet, dass es sich um das Krematorium handelte. Langsam öffnete er die Tür und betrat einen großen Raum, in dem Eisenregale vor sich hin rosteten. Die hintere Wand war mit Aluminiumplatten verkleidet, und eine Rampe führte zum Eingang des Ofens, dessen dunkler Schlund das Licht der Neonröhren zu schlucken schien. Eine lange Stahlkette, ebenfalls von seinen Leuten angebracht, hing in der Mitte des Raums von der Decke. Dort hatten sie das Gespenst mithilfe von Handschellen aufgehängt. Ihr Körper lag halb auf den Fliesen, die Arme waren in einem Winkel über den Kopf ausgestreckt, der ihre Schultermuskeln überdehnen musste. Ihr Blick war auf den Boden gerichtet, und Yuri schlug ihr heftig mit der flachen Hand ins Gesicht, um sicherzugehen, dass sie nicht schlief.

»Hast du verstanden, was ich gesagt habe?«, fragte er, als sie ihn anblickte.

Das Mädchen sagte kein Wort, räusperte sich nur und versuchte, ihn anzuspucken. Yuri lächelte und drehte den Kopf zur Rampe, auf der die Leichname früher ihre letzte Reise in die Flammen angetreten hatten. Er fand, dass die Rampe die perfekte Unterlage für das war, was er jetzt tun musste. Er würde die Nutte auf diesem Altar des Todes vergewaltigen, ihr zeigen, wo ihr Platz war, und dann würde er sie in den Abgrund stoßen. Er wusste nicht, ob sie seine Gedanken gelesen hatte, aber sie krümmte sich so sehr, dass die Kette ihr fast die Arme aus den Gelenken riss.

Er packte sie bei den Haaren und zwang sie, sich auf die Rampe zu legen, dann spreizte er ihr die Beine, um sich an die Arbeit zu machen. Es dauerte lange.

49

In seinen Schläfen pulsierte es wild, üble Kopfschmerzen hämmerten in seinem Schädel wie eine Benzinpumpe mitten in der Wüste. Tomar wusste nicht, wann er eingeschlafen war, aber die weißen Lichter vor seinen Augen bewiesen, dass er nachts einen seiner verdammten epileptischen Anfälle gehabt hatte, ohne auch nur wach zu werden. Das Display seines Handys erinnerte an einen Christbaum voller verpasster Anrufe und sorgenvoller SMS von Rhonda. Er rief sie kurz zurück, um sie zu beruhigen und ihr mitzuteilen, dass er sich auf den Weg machen würde. Es war schon recht spät am Vormittag, als Tomar vor der 36 ankam, mit Muskelkater in den Schultern und einem Gefühl, als hätte er einen Kampf von zwölf Runden hinter sich. Die Stufen der Haupttreppe waren ihm noch nie so zahlreich vorgekommen, und er senkte den Blick, um seine Kollegen nicht ansehen zu müssen, aus Angst, die Migräne könnte wiederkommen. Was hatte ihm dermaßen das Gehirn zerfressen? Nun, die Liste war lang. Zunächst waren da die Ermittlungen und das unangenehme Gefühl, als hätte er den Fuß in ein Labyrinth aus Verzweiflung und Gleichgültigkeit gesetzt, ähnlich dem Labyrinth seiner Kindheit. Dann Belko und seine Drohungen, er werde seine Karriere zerstören und ihn ins Gefängnis bringen. Und schließlich der Tumor, die Zeitbombe, die ihm vielleicht sein Vater hinterlassen hatte wie einen allerletzten Fluch.

Es war fast elf Uhr, als er die Tür zum Büro der Gruppe öffnete und sich zu seinen Kollegen gesellte. Ihre Blicke wirkten müde, ihre Mienen verrieten angespannte Konzentration. Das Team hatte Stunden intensiver Arbeit hinter sich; so etwas wie Schwefelgeruch hing in der Luft. Rhonda hielt sich ihr Handy ans Ohr und machte sich auf einem Block Notizen. Dino hob den Kopf und grüßte ihn flüchtig, bevor er sich die Kopfhörer wieder aufsetzte und erneut auf den Computerbildschirm starrte. Francky kratzte sich nervös am Kopf, während er eine dicke Akte durchforstete, bis er eine Liste mit Namen und Telefonnummern fand.

»Der hier… Sven Gjakma, er hat drei verschiedene SIM-Kartennummern in seinem Verlauf«, sagte Francky.

»Woran arbeitet ihr?«, fragte Tomar. Ihm war leicht unbehaglich zumute, weil er sich abgehängt fühlte.

»Rhonda hat beim Staatsanwalt vorbeigeschaut und will sich eine Telefonüberwachung genehmigen lassen. Wir haben die letzten Verbindungen von Yuris Bande überprüft und versuchen, sie jetzt zu orten.«

»Und was soll das bringen?«

»Im Augenblick nicht viel. Die Typen haben die meisten SIM-Karten entsorgt. Aber wir suchen weiter.«

Tomar spürte, wie sich Stolz in ihm ausbreitete und die letzten Zuckungen seiner Migräne besiegte. Er hatte dieses Team zusammengestellt, und es bewies ihm jeden Tag aufs Neue, dass er sich nicht geirrt hatte. Rhonda beendete ihr Telefonat und sprang vom Stuhl auf.

»Es gibt Neuigkeiten. Ein Tötungsdelikt heute Morgen vor der Arche, einer Betreuungseinrichtung im 13. Arrondissement. Ein Obdachloser wurde auf dem Bürgersteig erstochen.«

»So was passiert doch jeden Tag«, meinte Francky.

»Ja, aber es gibt Zeugen. Sie sagen, dass ein Mädchen bei ihm war. Schwarz gekleidet. Ich habe die Schwester erreicht, die sich in der Einrichtung um sie gekümmert hat. Sie war verletzt, hatte Blut im Urin. Eine große Wunde an der Hüfte.«

»Ja, das könnte sie sein«, sagte Francky und rieb sich mit seinen großen Händen die Augen.

»Den ersten Zeugenaussagen zufolge sind drei Männer aus einem schwarzen SUV ausgestiegen, Typ Qashqai. Einer davon soll den Obdachlosen erstochen haben, und die beiden anderen haben das Mädchen in den Wagen gezerrt. Sie waren bewaffnet.«

Die Mienen seiner Kollegen wirkten finster. Das alles sah sehr nach Yuri und seiner Bande aus, und wenn sie Rasha tatsächlich gefunden hatten, dann war sie bereits so gut wie tot.

»Dieser SUV … Gibt es nicht irgendwo eine Überwachungskamera, die ihn aufgenommen hat?«, fragte Tomar an Dino gewandt.

»Wird sofort erledigt, Chef«, antwortete dieser und wählte die Nummer der Abteilung in der Präfektur, die sämtliche Daten der Videoüberwachung zentral erfasste.

»Gut, dann konzentrieren wir uns darauf, während wir die Ortungsdaten abzugleichen versuchen. Wenn es eine übereinstimmende Ortung gibt, fahren wir sofort hin.«

»Glaubst du, dass sie noch am Leben ist?«, fragte Rhonda.

»Wie lange ist es her, dass sie entführt wurde? Zweieinhalb Stunden … Ja, schon möglich. So schnell werden sie sich das Mädchen nicht vom Hals schaffen.«

Jedes Mitglied der Gruppe wusste, was das bedeutete. Sie hatten Fantazmës Bekanntschaft durch den verstümmelten Leichnam eines Mannes in einem Keller gemacht. Und dann hatten sie diesem Schatten, der eine Spur von Leichen hinter sich herzog, ein Gesicht und einen Namen gegeben. Jeder einzelne Mord würde ihr zwanzig Jahre einbringen, selbst wenn die Opfer Kriminelle übelster Art waren. Niemand übte Selbstjustiz, und auch in diesem Fall würde der Richter für Gerechtigkeit sorgen, indem er diese Frau für den Rest ihres Lebens hinter Gitter brachte. Dennoch kam Tomar nicht umhin, sie zu bewundern. Er wusste nicht genau, was der Grund für diese Raserei der Erlösung war, aber es bereitete ihm keine Mühe, sich das Grauen vorzustellen, dessen Zeugin sie geworden sein musste. Der Krieg war ein blutrünstiges Raubtier, das niemanden verschonte. Rasha Al-Abed, allein gegen die ganze Welt, erschuf sich ein Schicksal, das einer großen mythologischen Heldin würdig war. Und da sie jetzt Yuri Baric und seinen Schergen in die Hände gefallen war, wollten sie verhindern, dass in einigen Monaten irgendwo ihre Leiche auftauchte, in Scheiben gesägt oder noch schlimmer zugerichtet. Nun kämpften sie nicht mehr, um den Fall zu lösen, sondern um das Leben dieser Frau zu retten. Und dafür würden sie alles geben.

50

Kälte und Dunkelheit hüllten ihren halb entblößten Körper ein. Er hatte die Neonröhre des Krematoriums ausgeschaltet und ließ Rasha an ihrer Kette hängen wie ein großes Stück Fleisch, das bald zerlegt werden sollte. Jeder Quadratzentimeter ihrer Anatomie bereitete ihr Schmerzen, außen wie innen. Sie kämpfte, um den Verstand nicht zu verlieren, aber sie hatte schon Schlimmeres erlebt, viel Schlimmeres. Sie war an Orten gewesen, von denen niemand zurückkommt, und was hier geschah, war bedeutungslos im Vergleich zu dem Abgrund, der sich in ihr selbst verbarg. Diesen Abgrund sah sie sich niemals an, aus Furcht, er könne sich wieder auftun, und dennoch nässte er in ihr wie Lepra, bereit, alles zu verschlingen. Nun verließen sie ihre letzten Kräfte. Nichts konnte noch verhindern, dass sie in der Flut ihrer Erinnerungen versank.

September 2011, Damaskus. Da sind diese schreienden Menschen, der älteste muss etwa zwanzig sein. Ich erkenne einige Gesichter, die Leute sind in meinem Viertel aufgewachsen, in meiner Stadt, in meinem Land. Der Chef hat den Befehl dazu ausgegeben, aber ich weigere mich, auf sie zu schießen, und sie schleppen mich in eine Zelle mit anderen Verrätern, *Feinden des Regimes. Ich bleibe nur kurze Zeit dort, dann bringt man mich ins Al-Qaboun-Viertel. Ich werde verurteilt werden, aber ich habe kein Recht auf einen Anwalt zu meiner Verteidigung. Ich betrete einen Raum, ein falscher Richter fragt mich nach meinem Namen und ob ich ein Verbrechen verübt habe. »Rasha Al-Abed, und ich bin unschuldig!«, schreie ich ihm ins Gesicht. »Schuldig«, sagt er und gibt dem Wachmann ein Zeichen, mich wegzubringen. Dieser Ort ist kein Gericht, und der Richter ist ein Henker.*

Man zwingt mich, in einen Kleinbus zu steigen, der über die Straße nach Saidnaya düst, dreißig Kilometer weiter nördlich. Dort sehe ich die Mauern des Gefängnisses, das meine Schlachtbank sein wird. Ich bin bereits zum Tode verurteilt, ich weiß es nur noch nicht. Sie werden es mir sagen, wenn ich vor dem Galgen stehe.

In meiner Zelle warte ich wochenlang, bis sie kommen, um mich zu holen. Ich höre die Schreie und das Weinen derer, die noch auf ihre Befreiung hoffen. Die Wärter öffnen meine Tür und teilen mir mit, dass ich verlegt werde, nach Adra oder Aleppo, aber ich kenne die Wahrheit. Sie ziehen mir das T-Shirt über den Kopf und führen mich in einen Raum im Keller. Sie wissen nicht, dass der Stoff zerrissen ist und ich sehen kann, was mich umgibt. Ich betrete einen Saal mit einem Podium, auf dem Männer und Frauen mit verbundenen Augen warten. Wächter legen ihnen das Seil um den Hals, und eine Falltür öffnet sich. Sie hängen in der Luft, schlagen wild um sich, versuchen, sich zu befreien. Ein uniformierter Soldat zieht den Körper eines Kinds nach unten, um ihm das Genick zu brechen. So machen sie es, wenn sie zu leicht sind. Ich begreife, dass meine Regierung ihr Volk ausrottet, und ich möchte mich übergeben.

Man stößt mich in einen Raum, wo ich inmitten der anderen warte. Hinsetzen ist verboten, sie schreien uns an. Manche Wärter schlagen uns mit Knüppeln. Sie wissen, dass wir schon tot sind, und machen mit uns, was sie wollen. Die menschliche Grausamkeit ist grenzenlos, wenn man ihr ein Alibi gibt.

Als meine Stunde schlägt, muss ich einen Finger in Tinte tauchen, dann lassen sie mich mein eigenes Todesurteil unterzeichnen. Neben mir bricht ein Junge zusammen, er hatte noch nicht begriffen, dass er sterben wird. Man fragt mich nach meinem Letzten Willen, und ich schweige, meine Kehle ist trocken, ich werde kein einziges Wort an diese Schinder verschwenden. Und dann steige ich auf das Podest und spüre, wie der kalte Knoten des Seils meinen Hals umschließt. Die Falltür öffnet sich, und unter meinen Füßen ist Leere. Meine Halswirbel knirschen, aber sie halten, der Knoten brennt, während er sein schändliches Zeichen tief in mein Fleisch eingräbt. Ich halte den Atem an und bewege mich nicht. Den Genuss, mich zappeln zu sehen, gönne ich ihnen nicht. Die Minuten vergehen, ich spüre, wie mein Geist mich verlässt, ein weißes Licht schimmert hinter meinen Lidern. Der Schmerz ist entsetzlich, aber das Licht scheint ihn zu mildern, während es sich ausbreitet, mich endlich umhüllt wie ein Kokon. Ich weiß nicht mehr, wo ich bin und ob ich noch an dem Seil hänge. Meine Hände, meine Arme, meine Beine, nichts bewegt sich mehr. Ich glaube, ich bin tot.

Wie viele Minuten habe ich in diesem Licht verbracht? Zeit hat keine Bedeutung mehr, nichts existiert mehr. Dann spüre ich, wie mich Hitze überkommt, erstickende Hitze. Ich öffne die Augen. Ich liege in einem Lastwagen inmitten Hunderter Leichen. Sie haben mein Gesicht mit Plastik umwickelt, und ich ersticke fast. Mein Körper erwacht wieder zum Leben, ich zerreiße das Plastik vor meinem Mund und atme tief die von Verwesungsgeruch verpestete Luft ein. Ich rappele mich auf und schaffe es, mich zu befreien und zur Tür des Leichentransports zu gelangen. Sie ist nicht einmal verriegelt, denn die Fahrer wissen, was sie transportieren, und fürchten sich nicht vor Dieben. Ich warte den passenden Moment ab und springe aus dem Laster, schlage auf dem heißen Asphalt der Straße auf. Mein Körper wird von Krämpfen geschüttelt, ich erinnere mich, woher ich komme und wer ich bin. Ich heiße Rasha Al-Abed, und ich bin schon einmal gestorben.

Vom Flur her war das Klicken eines Schlosses zu hören. Rasha spürte, dass ihr Tränen über die Wangen liefen. Sie hielt sie schon so lange zurück, drückte Wut und Hass in ihre Eingeweide hinunter. Sie hatte überlebt, um aus ihrem Land zu fliehen und eine Seele zu werden, die in einem feindlichen Universum umherirrte. Natürlich gab es dafür einen Grund. Die Welt des Jenseits, die Welt des beruhigenden weißen Lichts war ihr noch nicht zugänglich, denn sie hatte eine Mission zu erfüllen. Von der Straße aus Damaskus hinaus bis zu diesem verlassenen Krematorium waren es sechs lange Jahre des Kampfs gewesen, um die Welt von den Henkern zu befreien, die ihr unterwegs begegneten. Wie viele davon hatte sie mit eigenen Händen vernichtet? Sie wusste es nicht mehr, aber sicherlich nicht genug angesichts der Verzweiflung, die sie noch immer umgab. Ihr Weg hatte sie ins Herz der Finsternis geführt. Vielleicht war es an der Zeit, wieder zu dem Licht zu gelangen.

Die Tür des Krematoriums öffnete sich scheppernd, und sie erblickte die kräftige Gestalt des Mannes, der sie vergewaltigt hatte. Er wurde von zwei weiteren Muskelprotzen begleitet; sie trugen eine Sporttasche. Sie stellten sie auf die Rampe und zogen langsam den Reißverschluss auf. Der Bärtige steckte eine Hand hinein und holte eine Kreissäge heraus. Rasha schloss die Augen. Hier oder anderswo, die Henker sind überall gleich.

51

Der Wagen fuhr schnell und wechselte auf die Busspur, um erneut den Boulevard Saint-Michel hinaufzufahren. Dino hatte gute Arbeit geleistet, denn es war ihm gelungen, den SUV zwischen der Place d'Italie und der Place Denfert-Rochereau aufzuspüren, wo er zum letzten Mal von einer Videoüberwachungskamera aufgenommen worden war. Sämtliche Nummern von Yuri Baric' Handlangern waren von der Ortungssoftware unter die Lupe genommen worden, und drei davon blinkten irgendwo in der Gegend um das Hôpital Cochin herum, weniger als drei Minuten von der letzten Ortung des SUVs entfernt.

Die Mannschaft der Such- und Eingreifbrigade fuhr voran, und Tomar folgte ihnen, um seine Männer zu dem Ort zu führen, an dem seinem Gefühl nach der Fall sein Ende finden würde. Weniger als zwei Kilometer trennten den Quai des Orfèvres von dem stillgelegten Gebäude, ihrem endgültigen Ziel. Rhonda und Dino saßen im Fond, ausgestattet mit kugelsicheren Westen, während Francky seelenruhig rauchend auf dem Beifahrersitz saß und die Fassaden der vorbeisausenden Geschäfte betrachtete. Es war der berühmte Moment äußerster Anspannung, wenn es um alles oder nichts ging, die Ruhe vor dem Sturm.

Sie erreichten Port-Royal, und der Transporter der Such- und Eingreifbrigade hielt am Anfang der Rue de l'Observatoire. Die Männer stellten sich rasch auf und verteilten sich über den Bürgersteig bis zu dem zugemauerten alten Krankenhausportal. Dino bemerkte als Erster den SUV, der auf der Straße darunter abgestellt war.

»Verdammt, das ist er!«, rief er triumphierend, während er noch das Nummernschild überprüfte.

Ein ungewisser Moment folgte, als der Unterhändler der Such- und Eingreifbrigade mit dem Wachmann einer Sicherheitsfirma redete, der am Eingang des Geländes postiert war. Er bestätigte, dass sich Menschen im Gebäude befanden, und behauptete, es handele sich um Schaulustige, die Fotos machen wollten. Niemand glaubte diese Geschichte, und er wurde sofort wegen Mittäterschaft festgenommen. Sie mussten dringend zugreifen, aber angesichts der Größe und Überalterung der Räume machten sie sich auf ein langes Versteckspiel gefasst. Das erste Team riss eine kleine Mauer aus Ziegelsteinen ein, um sich Zugang zu den oberen Etagen zu verschaffen, während das zweite auf die Kellertreppe zusteuerte.

»Ich gehe mit«, erklärte Tomar und überprüfte die Verschlüsse seiner Weste. »Ihr bleibt hier.«

»Und wovon träumst du nachts?«, versetzte Francky und stellte sich ihm in den Weg. Zu viert – einschließlich Dino, der mit betretener Miene dastand – blieben sie hinter den Männern der Eingreiftruppe zurück.

Aus dem ersten Stock kamen mehrere Detonationen. Man teilte ihnen mit, dass drei Verdächtige ausgeschaltet worden waren.

Sobald sie durch die klapprige Tür die Hintertreppe betreten hatten und eine Etage hinabgestiegen waren, landeten sie in einem langen, in Halbdunkel getauchten Flur. Langsam drangen sie vor und sicherten jeden Raum, an dem sie vorbeikamen. Zuerst ein Lager mit Regalen, vollgestellt mit zum Teil aufgerissenen Kartons. Im Licht seiner Maglite entdeckte Tomar Verordnungen und auf dem Boden verstreute Fotografien von Kindern. Dann ein Röntgenraum, in dem alte Apparate noch immer in die vor Feuchtigkeit schwarzen Wände einzementiert waren, und schließlich ein größerer Raum mit umgedrehten Tischen und Stapeln rostiger Stühle, der den Ärzten vermutlich als Aufenthaltsraum gedient hatte. Plötzlich bewegte sich rechts von der Kolonne etwas, und eine Gestalt sprang hervor und eröffnete das Feuer. Die meisten Schüsse trafen den Schild der Vorhut, eine Kugel blieb irgendwo in der Zwischendecke stecken. Die Männer von der Eingreiftruppe drehten sich augenblicklich in die Richtung, aus der die Bedrohung kam, und mehrere Schüsse erhellten den Flur mit ohrenbetäubendem, tödlichem Feuerwerk.

»Feind ausgeschaltet«, sagte ein Polizist hinter seinem Schild, dann drangen sie weiter vor.

Tomar kam an der Leiche vorbei, die in einer großen Blutlache an der Seite lag. Unnötig, ihren Zustand zu überprüfen, der Typ hatte sich ein gutes Dutzend Kugeln eingefangen.

»Das ist Yuri«, sagte Rhonda, als sie den Bart und den rasierten Schädel des albanischen Bandenchefs sah.

Niemand würde um diesen Verbrecher weinen. Der Zug setzte seine Erkundung fort, bis er in einem Raum ankam, der größer als die anderen war. »Krematorium« stand auf einem kleinen Schild.

»Verdächtiges Paket«, sagte der Wortführer, ehe die Kolonne den Weg zum Ende des Flurs fortsetzte.

Sie betraten einen von einer Neonröhre schwach beleuchteten Raum, und Tomar überlief ein Schauer. Eine Wand aus Aluminiumplatten reflektierte die Strahlenbündel ihrer Taschenlampen. Eine gähnende Öffnung sog das Licht ein wie ein Brunnen ohne Boden, während so etwas wie ein Opfertisch gut die Hälfte des Raums einnahm. Trotz der Dunkelheit war eine Blutlache zu sehen, die in schwärzlichen Rinnsalen an den Seiten hinunterlief. Sechs blaue Müllsäcke lagen auf der Rampe zum Krematorium übereinander und bildeten ein albtraumhaftes Hügelgrab. Sie mussten sie nicht öffnen, um zu wissen, was sich in den Säcken befand. Die Höhe und Form jedes einzelnen ließ erahnen, dass von Fantazmë nicht mehr als ein groteskes menschliches Puzzle übrig geblieben war, von einer Säge in diesem unterweltlichen Mausoleum in Stücke zerlegt. Angesichts des Offensichtlichen standen sie da wie versteinert. Endlich nahm Tomar alle Kraft zusammen und näherte sich einem der Säcke. Er schnitt die Plastikhülle auf und enthüllte ein vor Entsetzen verzerrtes Gesicht. Tomar, Rhonda, Francky und Dino ließen die Männer der Eingreifbrigade mit ihrer Aufgabe allein. Sie hatten die Frau gefunden, wegen der sie mehrere Wochen fieberhaft gearbeitet hatten. Wie gelähmt umstanden sie im Halbkreis die sterblichen Überreste von Rasha Al-Abed. Minutenlang wagte niemand, die Stille ihrer Andacht zu stören.

52

Dreiundzwanzig Uhr dreißig. Sie hatten den ganzen Tag gebraucht, um den Tatort im Krankenhaus zu sichern und das Einsatzprotokoll zu schreiben. Vier Männer, erschossen wegen Widerstands gegen die Staatsgewalt, und die Überreste einer Frau, deren Identität inzwischen jeder kannte. Bruchet hatte ihnen eine Kiste Champagner liefern lassen, als Dank dafür, dass sie Yuri Baric' Clan so gründlich zerschlagen hatten. Allerdings mussten sie zugeben, dass es ihnen durchaus gelegen kam, kein Anklagedossier für diesen Scheißkerl beibringen zu müssen. Ohne ihn ging es in der Welt mit Sicherheit besser zu als mit ihm. Ein langer Tag lag hinter ihnen, und Dino informierte gerade Interpol, dass nun auch der Fall Rasha Al-Abed erledigt war.

Wie am Ende eines Falls üblich, holte Francky ein paar Gläser heraus und machte eine Flasche von der Sitte auf. Er füllte drei Gläser und ließ das vierte leer, denn Rhonda war noch nicht von ihrem Ausflug zum Chef zurückgekommen, nachdem Tomar sie dorthin geschickt hatte. Eigentlich hätte er den Einsatzbericht selbst übernehmen müssen, aber angesichts seiner häufigen Fehlzeiten hatte sie diesen glorreichen Moment und die Lorbeeren, die damit einhergingen, mehr als verdient. Es würde zweifellos eine Pressekonferenz geben, um die Gerüchte über einen Terrorangriff zu zerstreuen, die in den Social Media aufgetaucht waren, und in einigen Wochen würde Francky das

Verfahren abschließen. Bald würde von diesem Fall nur noch ein Stapel Akten übrig sein, abgelegt im Archiv neben den anderen Trophäen der Gruppe Khan. Dennoch wollte einfach keine Stimmung aufkommen, und die Party, die sie vorbereiteten, drohte ein Schlag ins Wasser zu werden. Wie um Tomars Ahnung zu bestätigen, stürmte Rhonda mit finsterer Miene und unstetem Blick ins Büro.

»Ist es gut gelaufen?«, fragte Tomar.

»Ja, der Boss ist zufrieden. Wir können die 36 mit einem bravourös gelösten Fall verlassen. Passt offensichtlich gut in seinen PR-Plan.«

Francky füllte den letzten Champagnerkelch, und sie hoben ihre Gläser auf die Schließung der Akte Fantazmë. Ein paar Worte wurden gewechselt, und sie beschlossen, eine zweite Flasche zu entkorken, um ein bisschen in Schwung zu kommen. Francky schien sich gründlich besaufen zu wollen, denn er verbrachte mehr Zeit damit, seinen Kelch nachzufüllen, als damit, den Inhalt zu bewundern. Irgendetwas stimmte mit Rhonda nicht, nach dem ersten Glas hatte sie sich hinter ihren Schreibtisch zurückgezogen und starrte auf den Bildschirm des Computers. Tomar ging zu ihr und reichte ihr ein zweites Glas, um sie ein bisschen aufzuheitern, aber sie bedachte ihn mit einem Blick, bei dem ihm die Lust, sich mit Alkohol zu benebeln, vollständig verging.

»Was ist los?«, fragte er leise.

»Kann ich mit dir reden?«

Sie stand auf und gab vor, zur Toilette gehen zu wollen. Einige Minuten später folgte Tomar ihr zu einer abgelegenen Stelle auf dem Flur.

»Alles in Ordnung?«

»Ich muss dir etwas sagen«, antwortete sie mit einer Stimme, die verriet, wie unbehaglich sie sich fühlte. »Der Boss hat mir zu der Ermittlung gratuliert, aber er hat mir auch etwas Seltsames erzählt.«

»Ich höre.«

»Da war noch eine Sache, die ist gegen achtzehn Uhr passiert. Ein Tötungsdelikt in einer Wohnung im 16. Arrondissement. Ein Einbruch, der aus dem Ruder gelaufen ist. Bec ist damit befasst.«

Tomar verstand nicht, worauf sie hinauswollte. Solche Fälle kamen in der 36 jede Woche vor. Dennoch spürte er, wie sich vor Beklemmung sein Magen zusammenzog. Etwas in Rhondas Blick machte ihm Angst.

»Sie haben die Leiche des Mieters mitten im Wohnzimmer gefunden, erwürgt und mit eingedrücktem Kehlkopf. Die Wohnung wurde durchwühlt, aber offenbar ist nichts verschwunden. Keine Fingerabdrücke, keine DNA, nichts.«

»Gut, gut. Und weiter? Willst du, dass wir den Fall übernehmen? Ich kann Bec fragen, ob ...«

»Das Opfer ist Belko«, schnitt sie ihm das Wort ab.

Tomar spürte einen pulsierenden Schmerz im Hinterkopf. Belko. Der Vollidiot hatte sich in seinem Wohnzimmer umbringen lassen! Es war kaum zu glauben.

»Hast du ihn getötet?«

Jetzt sah sie ihn scharf an, lauerte auf das geringste Zögern. Tomar wusste, was von seiner Antwort auf diese Frage abhing. Sie liebten sich und hatten etliche Prüfungen gemeinsam durchgestanden, aber einen solchen Zweifel würde ihre Liebe auf Dauer nicht aushalten, das hatte sie ihm deutlich zu verstehen gegeben.

»Nein«, sagte er im Brustton der Überzeugung. »Ich schwöre es dir. Er hat mich gestern Abend aufgesucht, er hat unten vor dem Haus auf mich gewartet. Aber er ist wieder gegangen, und das war's. Mehr weiß ich nicht.«

»Was wollte er von dir?«

»Er hat gesagt, dass er meine DNA hat, dass ich erledigt bin und dass er uns fertigmachen würde, uns beide. Ich hätte ihm am liebsten eine aufs Maul gehauen, aber ich konnte mich beherrschen. Und jetzt …«

»… ist er tot. Komischer Zufall, nicht wahr?«

Tomar trat auf sie zu und sah ihr tief in die Augen.

»Ich habe damit nichts zu tun, das schwöre ich dir.«

Rhonda ließ die Schultern sinken, nahm ihn in die Arme und küsste ihn. Lange standen sie an die Flurwand gelehnt und küssten sich, und Tomar spürte, wie seine Beklemmung nachließ. Dennoch pulsierte der Schmerz an seiner Schädelbasis langsam weiter.

Konnte er wirklich sicher sein, dass er es nicht gewesen war?

53

Acht tote Kinder mit bleicher Haut, wie Blütenblätter zu einem morbiden Rund angeordnet. Eins davon, die Augen verdreht und der Körper steif, hatte den Arm zum Himmel erhoben, als flehte es in seinem Leid irgendeinen tauben Gott an. »Assads Kinder« stand auf der Titelseite der Zeitung *Libération*, die hinter den Scheiben der Pariser Kioske hing. Das Bild war krass, es wühlte Geist und Seele auf und brannte sich für lange Zeit wie ein Schandmal in die Netzhaut ein. Tomar war an einem halben Dutzend solcher Aushänge vorbeigekommen, bevor er den Friedhof von Saint-Ouen erreichte, wo ihn seine Kollegen erwarteten, außerdem seine Mutter, die darauf bestanden hatte, ebenfalls herzukommen. Jeder hatte seinen Beitrag entrichtet, um den Sarg und die feierliche Einäscherung zu bezahlen und Fantazmë die Chance zu geben, nach ihrem Tod wieder eine Identität zu erlangen. Damit rettete Tomar die Kinder von Aleppo zwar nicht, hatte aber wenigstens das Gefühl, sie nicht völlig im Stich zu lassen.

Die Beisetzung fand in einem unpersönlichen kleinen Raum ohne jede Feierlichkeit statt. Der Zeremonienmeister forderte sie auf, etwas zu sagen, aber niemand wagte das Wort zu ergreifen. Doch auf einmal erhob sich Ara, pflanzte ihre zarte Gestalt vor ihnen auf und legte eine Hand auf den Sarg.

»Ich kenne diese Frau nicht, aber mein Sohn hat mir

erklärt, dass sie Rasha Al-Abed hieß und in Damaskus geboren wurde«, sagte sie lächelnd. »Vor einigen Monaten habe ich eine Frau aus Aleppo kennengelernt, deren Eltern in Damaskus lebten. Vielleicht hat Rasha sie gekannt, vielleicht waren sie befreundet. Gott sei Dank wird sich diese Frau mit ihren beiden Kindern hier in Frankreich niederlassen und Frieden finden können. Dieses Glück hatte Rasha nicht, aber persönliches Glück suchte sie ohnehin nicht. Manchmal ist das Leben so schwierig, dass man sich nicht einmal mehr nach Ruhe sehnt. Man wünscht sich nur, für eine gute Sache zu sterben. Ich hatte meine Söhne, die mir das Licht gezeigt haben, aber sie … sie hatte nichts mehr.«

Es folgte ein Moment der Stille, und Tomar spürte, wie der zärtliche Blick seiner Mutter auf ihm ruhte.

»Dank euch, die ihr hier seid, dank eures Mitgefühls und eurer Liebe wird sie ein Licht mitnehmen, das sie durch die Finsternis leiten wird.«

Vorsichtig setzte Ara einen Fuß vor den anderen und nahm wieder Platz. Tomar ergriff Rhondas Hand und drückte sie. Er gab dem Zeremonienmeister ein Zeichen, und langsam trat der Sarg seine Reise zu den Flammen an, während im Hintergrund ein Requiem spielte. Wenige Minuten, die ihnen wie Stunden vorkamen, und danach versammelten sie sich draußen, um sich eine Kippe zu teilen, die Francky nervös herumreichte. Bald würde man ihnen die kleine Urne zurückgeben, in die der Name der jungen Frau eingraviert war. Sie hatten vereinbart, ihre Asche im Garten der Erinnerung, einem speziellen Bereich am Ende des Friedhofs, unter einer Pappel zu verstreuen. Niemand würde andächtig vor ihrem Grab verharren, aber wenigstens konnte sie endlich in Frieden ruhen. Tomar spürte, wie mit dem Ende dieses Falls ein Teil der Last von ihm abfiel, die er mit sich herumtrug. Das Bild der toten Kinder verfolgte ihn allerdings noch, als er seine Mutter bereits zum Ausgang begleitete. Schweigend gingen sie eine breite Allee entlang, die Äste der Bäume waren noch kahl. Ara hielt sich an seinem Arm fest wie an einem Stock, während sie auf den Rollsplitt vor ihren Füßen blickte.

»Hast du mal darüber nachgedacht?«, fragte Tomar zögernd.

»Wovon sprichst du?«, antwortete sie, obwohl sie genau wusste, was er meinte.

»Über den Tod.«

»Natürlich. Der Tod ist wie die Geburt, Tomar. Er ist ein Übergang.«

»Hast du schon mal daran gedacht, dich umzubringen?«

Nach einem Augenblick der Stille ergriff Ara mit der festen Stimme, die Tomar so gut an ihr kannte, das Wort.

»Als dein Vater anfing, mich zu schlagen, wollte ich mich umbringen und allem ein Ende machen. Aber das hätte bedeutet, auch euch zu verlassen, deinen Bruder und dich. So, und jetzt müssen wir uns klarmachen, dass das alles lange her ist, Tomar. Dein Vater ist tot, und du bist am Leben, das zählt als Einziges.«

Er hätte sich gewünscht, dass es so einfach wäre, aber man konnte die Vergangenheit nicht löschen wie das Licht in einem Zimmer. Ja, sein Vater ruhte am Fuß des Kirschbaums, und dennoch war er immer noch gegenwärtig, irgendwo in seinem Schädel, sogar der Computertomograf hatte es gezeigt. Ein Geheimnis, das er noch nicht mit Ara geteilt hatte.

Am Ausgang des Friedhofs angekommen, schlug Tomar ihr vor, sie auf die andere Seite der Ringautobahn zurückzubringen.

»Nein, danke, ich gehe lieber zu Fuß, das tut mir gut«, antwortete sie und küsste ihn zärtlich auf die Wange.

Während Tomar zusah, wie seine Mutter auf dem Bürgersteig in Richtung eines Metroeingangs davonging, dachte er noch einmal an ihre Worte und sagte sich, dass auch er ein Licht hatte, das ihn durch die Finsternis geleitete. Er kehrte zu seinen Freunden zurück und nutzte einen ungestörten Augenblick, um Rhonda zu umarmen und zu küssen. Sie lebten, nur das zählte.

54

Auf der Île Saint-Louis gab es eine kleine Kirche, deren Spitzturm im Morgenlicht immer gelblich zu leuchten begann. Tomar hatte sich angewöhnt, diese Kirche zu besuchen, wenn er die Brücke zwischen den beiden Inseln überquerte, um auf den Quai d'Orléans zu gelangen. Er unternahm diese einsame Pilgerreise von etwa fünfzehn Minuten, sobald er ein Bedürfnis nach Stille verspürte und ihm die ständige Unrast in der 36 auf die Nerven ging. Nachdem er das Portal unter der antiken Uhr aus Emaille durchschritten hatte, betrat er das von hohen weißen Steinsäulen gerahmte Kirchenschiff. Etwa zwanzig leere Stuhlreihen – Gott stand derzeit nicht gerade hoch im Kurs – erstreckten sich bis zum Altar, über dem eine Sonne aus vergoldetem Holz hing. Tomar schlenderte durch das Seitenschiff, wo eine Reihe von Kapellen und Seitenaltären Heiligenfiguren, große Gemälde und die Reliquie eines wohltätigen Abts beherbergten. Zwei Wochen waren seit der Einäscherung vergangen, und der Fall Fantazmë war aus Sicht der Polizei inzwischen endgültig zu den Akten gelegt worden. Offen waren noch einige Ermittlungen auf europäischer Ebene, die von Interpol geführt wurden, und die Gruppe Khan konzentrierte sich bereits auf einen anderen Fall.

Aber nicht aus diesem Grund unternahm Tomar den Gang zu seinem geheimen Refugium, das nicht einmal

Rhonda kannte. Professor Cherqui hatte sich einige Stunden zuvor mit ihm in Verbindung gesetzt und ihm die Ergebnisse der Gewebeentnahme mitgeteilt. Sein Tumor war gutartig und die Diagnose weniger schlimm, als er erwartet hatte. Die epileptischen Anfälle würden wiederkommen, Tomar würde Medikamente nehmen und sich häufig untersuchen lassen müssen, aber ein schwerer operativer Eingriff und Bestrahlungen würden ihm erspart bleiben. Er setzte sich in eine Ecke unter einem riesigen Kirchenfenster in Rottönen, das den Heiligen Ludwig mit dem Zepter in der Hand darstellte, das Gesicht zum Himmel gewandt. Das Morgenlicht breitete sich aus wie ein bunter Schleier. Tomar hielt eine Kerze in der Hand, die er nun auf den Ständer zu Füßen einer Statue des Heiligen Martin stellte. Er war nicht gläubig, jedenfalls nicht katholisch, und auch kein Fan dogmatischer Religionen, aber in Momenten wie diesem verspürte er den Wunsch, etwas oder jemandem zu danken, weil ihm das Schlimmste erspart geblieben war. Die Kerze brannte langsam herunter. Rauchfahnen wanden sich nach oben und bauschten sich im flach einfallenden Licht. Da spürte Tomar, dass er nicht allein war, und blickte zur Seite. In der ersten Reihe saß jemand, den er beim Eintreten nicht gesehen hatte. Der Mann drehte sich zu ihm um, und Tomar erkannte Bob. Nicht den ausgezehrten Bob, der ihn seit zwei Jahren in seinen Albträumen heimsuchte, sondern Robert Müller, wie er ihn zum letzten Mal lebend gesehen hatte, mit dicken Hängebacken, kantigem Kinn und den Schultern eines Möbelpackers. Bob stand auf, um sich zu ihm zu setzen. Sein Gang wirkte völlig normal, und das war fast noch gruseliger als das Hinken, das Tomar von ihm kannte.

»Du weißt, dass du nicht träumst«, sagte Bob mit klarer Stimme.

»Ja, ich weiß«, antwortete Tomar und betrachtete das Gesicht des gut zwei Jahre zuvor verstorbenen Mannes. »Aber jetzt weiß ich auch, woher diese Visionen kommen.«

»Du glaubst also, dass ich nicht existiere?«, fragte Bob.

»Ich kann es sogar beweisen. Ich sage nicht, dass das normal ist, das nicht. Aber ich verstehe, was mit mir los ist. Und ich weiß, was ich dagegen tun kann.«

»Wenn du es sagst.«

Bob erhob sich und legte einen Finger auf die Kerzenflamme, um sie zu löschen. Aber seine Finger gingen durch die Flamme hindurch, und das Licht flackerte friedlich weiter.

»Siehst du, dich gibt es nicht, du kannst nichts machen.« Das Gespenst stieß so etwas wie einen Seufzer aus, richtete sich zu voller Größe auf und betrachtete Tomar von oben herab.

»Na ja, das spielt jetzt sowieso keine Rolle mehr. *Je suis venu te dire que je m'en vais.* Du kennst doch das Lied von Serge Gainsbourg, oder? Also, Kumpel, es ist vorbei, der gute alte Bob geht dahin, wo du ihn hingeschickt hast … ins Vergessen. Und ich hoffe, du umarmst mich, nach allem, was ich für dich getan habe.«

Tomar musterte das maskenhafte Gesicht seines Gegenübers. Der Ton seiner Stimme hatte sich verändert, er war nicht mehr das bedrohliche Schreckgespenst seiner schlaflosen Nächte. In seinen Worten lag so etwas wie Gefühl. Hatte die Entdeckung des Tumors etwas in Tomars Psyche freigelegt? Akzeptierte dieses Gespenst tatsächlich seine

Niederlage und verließ den Pokertisch so umstandslos wie ein besiegter Spieler?

»Adieu«, sagte Tomar wie zu sich selbst.

Bob kehrte ihm den Rücken und ging auf den Chor der Kirche zu. Ein letztes Mal drehte er sich um.

»Ach, fast hätte ich es vergessen!«, sagte er. »Bevor ich verschwinde, möchte ich dir noch ein kleines Geschenk machen.«

Tomar spürte, wie sich seine Eingeweide vor Angst zusammenzogen. Das Gefühl durchströmte ihn wie Lava aus dem Herzen des Vulkans, bereit, hervorzubrechen und alles unter sich zu begraben.

»Dein Kumpel, dieser Belko … den hast du nicht umgebracht. Also dreh jetzt nicht durch!«

Tomar starrte dem Gespenst ins Gesicht, dessen Züge allmählich verschwammen.

»Siehst du, ich hab dich gern, du Arschloch«, sagte er, bevor er in einem Lichtstrahl verschwand.

Und Tomar war wieder allein.